台風十八号とミサイル

又吉康隆

JN146374

一

二〇〇四年、八月の半ば、赤道近くの南太平洋上で低気圧が発生した。低気圧は次第に発達して最大風速が二十五メートルを越した。台風十八号の誕生である。

ラジオ・テレビでは「南太平洋上の低気圧が発達して今年十八番目の台風になりました。」と報道し、新聞の天気図では台風十八号と表記されるようになった。

台風十八号は南太平洋上を西北西にゆっくりと進みながら次第に勢力を増していき、航空写真で台風の目がはっきりと分かるくらいに大型で強力な台風に発達した。

台風十八号は発生した直後は西北西に進んでいたが、次第に北よりに進路は変わり北西の方に進むようになった。台風十八号が進んでいる北西の方角にはジャパン国の南端にあるウチナー島があった。台風十八号は北西への進路を維持し、ウチナー島に向かって直進し続けた。

台風十八号は沖縄島を直撃し、台風の目が通過するとラジオやテレビで予報している。台風十八号の中心気圧は八百五十ヘストパスカルまで下がり、中心付近の最大風速は四十メートルになった。台風十八号のような超大型台風が沖縄島を直撃するのは久しぶりである。

ラジオやテレビは盛んに超大型台風十八号による被害は計り知れないだろうと警告を発し、急いで台風対策をするように報道した。

目が上陸する台風が一番恐ろしい。目が上陸する台風は被害が甚大になる。台風十八号の目が沖縄島を通過するということは台風十八号が襲来してから去っていく間に沖縄島は三百六十度の方向から猛烈な暴風雨に襲われるということである。四方八方から激しい風雨に襲撃されて家や建物は壊され、川は氾濫し、山は崩れ、大木でさえも四方八方から襲い掛かる暴風雨に耐えることができなくて倒されてしまうだろう。農作物は壊滅を免れない。恐ろしい超大型台風十八号の沖縄島直撃である。

沖縄島の人々は超大型台風十八号の来襲に恐怖していた。商店はシャッターを下ろし、あちらこちらの家々からは板を張り付ける音が聞こえ、港では漁船を陸に上げて頑丈な綱で縛った。家々では庭の木の枝を切り落とし、風に飛ばされそうな物はすべて物置に入れた。

沖縄島の人々が台風十八号に慄き、台風対策に懸命になっている最中に、台風十八号の沖縄島直撃を密かに歓迎している男がいた。男の名前は梅沢という。

梅沢は台風の目が沖縄島を直撃するのをずっと待ち望んでいた。梅沢にとって台風の目の沖縄島襲来は千歳一遇のビッグビジネスのチャンスであった。台風十八号が沖縄島を直撃することを知った時に梅沢はほくそ微笑んだ。待ちに待った台風の来襲である。

梅沢は沖縄島に駐留しているアメリカ軍が台風の対策に右往左往しているどさくさに紛れて、アジア最大の弾薬庫である嘉手納弾薬庫から核爆弾搭載可能な五基の高性能のミサイルを盗み出そうというとんでもない計画を立てていたのだ。梅沢の奇想天外な計画は台風の目が沖縄島に上陸しないと実現できない計画であった。

二

嘉手納空軍基地は嘉手納町、沖縄市、北谷町にまたがった総面積は、約十九・九五キロ平方メートルである。嘉手納空軍基地は四〇〇〇メートルの滑走路を二本有し、二百機近くの軍用機が常駐する極東最大の空軍基地である。なお、成田国際空港と関西国際空港には四〇〇〇メートル級の滑走路が一本ずつしかないため、二本ある嘉手納空軍基地は日本最大の飛行場ということになる。嘉手納空軍基地は面積においても日本最大の空港である東京国際空港（羽田空港）の約二倍である。ベトナム戦争ではB—52重爆撃機が嘉手納空軍基地から南ベトナムに飛び立ち、ベトコンが潜むメコンデルタの密林に爆弾や枯葉剤を雨あられのように落とした。アフガニスタン侵攻の時にもイラク戦争の時にも嘉手納空軍基地から戦闘機や爆撃機が飛び立った。イラク戦争の時にも多くの戦闘機や重爆撃機が嘉手納空軍基地から飛び立ちイラクを攻撃している。

嘉手納空軍基地がある沖縄島は北朝鮮から中国、ベトナムに対して扇形の要の位置にあり、アメリカ国家にとって沖縄島のアメリカ軍事基地はアジア全体に睨みを利かす軍事戦略基地として最重要な存在であり、その中でも嘉手納空軍基地は中心的な役割を担っている。

嘉手納空軍基地には滑走路、戦闘機の格納庫、洗浄室、エンジン調整室、基地司令部、兵舎、通信施設だけではなく、嘉手納空軍基地に勤務する多くのアメリカ兵とその家族が生活している広い居住区があり、居住区には家族住宅、病院等があり、幼稚園、小・中高校、図書館、野球場、ゴルフ場、映画館、カミサリー（スーパーマーケットのようなもの）、ボーリング場等の教養娯楽施設も完備されていて現代的なタウンになっている。嘉手納空軍基地のタウンには九千人以上の兵士と家族が生活している。

嘉手納空軍基地の北方には嘉手納弾薬庫が隣接している。ベトナム戦争、アフガニスタン侵攻、イラク侵攻の時に、嘉手納空軍基地から飛び立つ戦闘機にはミサイルが装備され、重爆撃機にはクライスラー爆弾や大型爆弾が積み込まれていた。それらのミサイルや爆弾を格納しているのが嘉手納弾薬庫である。嘉手納弾薬庫は嘉手納空軍基地になくてはならない存在である。総面積は嘉手納空軍基地よりも大きい約二十七平方キロメートルの広大な森林地帯にある。嘉手納弾薬庫は嘉手納空軍基地に必要な弾薬を貯蔵しているだけではない。アメリカ空軍、アメリカ海兵隊、アメリカ海軍、アメリカ陸軍などあらゆる軍隊で使用する兵器を貯蔵していて、アジアから中近東にまたがる広大な地域で活動しているアメリカ軍が使用する弾薬類の補給基地として、きわめて重要な役割を果たしている。

　広大な森林地帯の嘉手納弾薬庫の奥深くには梅沢という男が盗もうとしている五基の核爆弾搭載可能な高性能ミサイルがひっそりと眠っている倉庫があった。

三

　二〇〇四年九月四日。台風十八号が沖縄島に上陸する二日前。気象予報は台風十八号が沖縄島に二日後には上陸するだろうと報じた。台風十八号の動きに注目をしていた梅沢は台風十八号が二日後に沖縄島に上陸すると確信した時に嘉手納弾薬庫からミサイルを盗む準備に取り掛かった。梅沢はリストアップしている五十人の日本、中国、フィリピン、台湾、香港、インドネシア、タイに在住している男達に嘉手納弾薬庫から五基のミサイルを窃盗するのに必要な者を選んで次々と電話をした。

　梅沢は依頼する仕事の報酬を五十万円から百万円に決めた。一日だけの仕事の報酬としては今まで依頼した仕事の中でもかなり高い方である。しかし、成功した時の梅沢の儲けは莫大でありそれくらいの報酬はむしろ安いくらいであった。

　梅沢は仕事がキャンセルになる場合の可能性があるということも仕事を依頼する人間に告げた。過去に台風の目が沖縄島に上陸するという予報があり、梅沢はミサイルを盗み出すためのメンバーを集めたが梅沢の計画をあざ笑うかのように台風の目は沖縄島に上陸しなかった。そんなことが三度あった。今度の台風十八号が百パーセント確実に沖縄島を直撃する保障はない。相手は大自然である。台風十八号が沖縄島に向かっていると気象庁が予報していても途中で台風十八号の進路が変わり沖縄島を直撃しないこともありえる。台風の目が沖縄島から外れたら梅沢が計画しているミサイル窃盗は断念しなければならない。しかし、仕事がキャンセルになったからといって報酬がゼロというわけにはいかない。梅沢は仕事がキャンセルになった時には一日五万円として五日から七日までの三日分の報酬の十五万円は保証することを約束した。

　梅沢が最初に電話をしたのはガウリンだった。ガウリンは梅沢の依頼で東南アジアの国々から日本に麻薬の密輸出をする仕事をしていて、梅沢にとって信頼できる人間の一人だった。それにガウリンは沖縄島のことをよく知っているし、日本の運転免許も持っている。ガウリンは今度の仕事に必要な人間であった。

「ガウリン、梅沢だ。」

「ああ、梅沢さんですか。」

ガウリンの疲れた声が聞こえた。

「昨日、三十キロのヘロインを隠したコンテナを貨物船に乗せ、日本に送り出しました。今度はバナナの中に隠しました。コンテナの底には腐ったバナナを混ぜてその中にヘロインを隠しました。必ず梅沢さん指定の倉庫に届きます。」

ガウリンは梅沢が電話したのはヘロインの送り出しについての確認のためだと思ったようだ。

「そうか。ご苦労。しかし、電話したのはそのことについての話ではない。別の話をするために電話した。」

「そうですか。別の話とはどんな話ですか。」

「新しい仕事の話だ。」

「え、新しい仕事ですか。」

ガウリンは浮かない声をした。

「そうだ、明日までに沖縄島に来てもらいたい。」

「え、沖縄島にですか。」

「そうだ。明日までに沖縄島に来い。」

ガウリンは暫く黙っていた。

「梅沢さん。沖縄島に行くのはキャンセルしたいです。私は一ヶ月もフィリピンで動き回りました。今度の仕事で疲れました。私はインドネシアに帰って暫くの間は休みたいです。キャンセルが駄目なら、せめて一週間くらい待ってくれませんか。」

「駄目だ。今度の仕事は待ったなしだ。明日までに沖縄島に来るんだ。」

「他の人間に頼んでください。私は休みたいです。」

ガウリンは沖縄島行きを渋った。

「ガウリンは沖縄島に何度も来たことがあるから沖縄島についてよく知っている。それにガウリンは日本の自動車運転のライセンスも持っている。今度の仕事にはガウリンが必要なのだ。」

「しかし、梅沢さん。私は一ヶ月間もフィリピンに居て、ヘロインの調達から送り出しまでやりました。今度の仕事で疲れました。インドネシアに戻って休みたいです。家族にも会いたいです。」

「それは分かる。しかし、今度の仕事はどでかいし、どうしてもガウリンが必要だ。」

「そうですか。」

ガウリンはどうしようか悩んでいるようだ。

「成功報酬一万ドルでどうだ。仕事は六日か七日の一日だけの仕事でだ。」

「え、一万ドルですか。たった一日の仕事で本当に一万ドルをくれるのですか。」

報酬が一万ドルであると聞いてガウリンは驚きの声を発した。そして、二年前にも同じ内容の仕事の話があったのをガウリンは思い出した。

「もしかすると二年前と同じ仕事ですか。二年前は沖縄島に行ったら直ぐにキャンセルしましたよね。」

梅沢は苦笑した。

「ああ、二年前と同じ仕事だ。条件も同じだ。一万ドルは仕事が成功した時に払う。状況によっては二年前と同じように仕事をキャンセルする場合がある。その時には沖縄島に滞在する三日間の日当の合計として千五百ドルの報酬をやろう。」

「そうですか。二年前と同じ仕事ですか。」

「ああ、同じ仕事だ。」

「二年前と同じようにキャンセルになるのではないですか。」

ガウリンは仕事がキャンセルになり千五百ドルの報酬をもらうよりはインドネシアに帰りたかった。

「今度はキャンセルにならない可能性が高い。」

「どんな仕事なのですか。」

「それは二年前と同じで言えない。」

「そうですか。」

ガウリンは梅沢の仕事の依頼を断ろうと思ったが、

「ガウリン。私とお前の仲だ。断ることはできないよ。」

と梅沢は言った。ぞくっとする氷のような梅沢の声だった。梅沢の声を聞いてガウリンは断ることができないことを悟った。

「分かりました。沖縄島へ行きます。」

「そうか。急いで来てくれ。」

「はい。」

ガウリンは荷物をまとめるとホテルを出て、マニラ国際空港に行くためにタクシーに乗った。


ミサイル窃盗を成功させるには大型クレーンを運転できる人間はなくてはならない。短時間で手際よく仕事のできる熟練の運転手が必要だった。梅沢は大型クレーンを運転できる人間をピックアップしてあり、腕の立つ人間から順番に電話をかけて明日中に沖縄島に来るように仕事の依頼をしたが、最初に電話をした男は中国でダム建設の仕事をしているという理由で梅沢の仕事の依頼を断った。次に電話した人間は中近東のサウジアラビアに居て二日以内に沖縄島に来ることができないという理由で断わった。梅沢は三人目の人間に電話をした。三人目の人間の名前はハッサンと言い、インド国籍の人間だった。

「やあ、ハッサン。元気か。梅沢だ。」

「梅沢さん。なにかいい仕事ないですか。」

「仕事をしていないのか。」

「道路工事の仕事をしているが給料が安いです。梅沢さん。給料の高い仕事が欲しいよ。梅沢さん。なにかいい仕事はないですか。」

ハッサンの話を聞いて梅沢はほっとした。ハッサンは今度の仕事に飛びついてきそうだ。

「ハッサンは今どこに居るんだ。」

「台湾に居る。」

台湾なら一日あれば沖縄島に来れる。

「ハッサン。一日で七千ドルの仕事がある。」

「え、七千ドルですか。やるよ。どんな仕事だ。」

「仕事の内容は今は言えない。」

「一日で七千ドルの報酬があるならやばい仕事に決まっている。そうだよな梅沢さん。仕事の内容は聞かなくていい。俺は仕事をやるよ。」

「それじゃあ決まりだ。しかし、断っておくことがある。この仕事は状況によってはキャンセルになる時もある。その時は一日五百ドル出す。」

「日当が五百ドルなら喜んでやるよ。」

「そうか、わかった。仕事の現場は日本の沖縄島だ。ハッサンは沖縄島を知っているか。」

「知らない。」

「沖縄島は日本にある。」

「日本にあるのか。」

「そうだ。日本の南端に沖縄島はある。台湾からは沖縄島には直行便がある。調べれば簡単に探せるはずだ。ハッサン。今度の仕事は明日までに日本の沖縄島に来るのが条件だ。ハッサンは明後日までに沖縄島に来れるか。」

「行けるよ。」

「そうか、それなら決まりだ。」

「梅沢さん、お願いがあります。弟のシンも連れて行きたいですが。」

「え、弟も一緒なのか。」

「はい。」

「何才だ。」

「十九才です。」

「十九才か。」

梅沢はハッサンの弟が十九歳と聞いて迷った。

「お願いだ。梅沢さん。シンも雇ってくれ。」

ハッサンは何度も頼んだ。

「シンは英語を話せるか。」

「話せます。」

英語が話せるなら他の人間との共同作業ができる。

「まあ、いいだろう。シンには五千ドル出そう。それでいいか。」

「それでいい。ありがとう梅沢さん。」

「沖縄島に来る日時が決まったら連絡してくれ。空港に迎えに行くから。」

「これから日本の沖縄島行きの切符を買いに行く。」

「そうか。沖縄島で待っているよ、ハッサン。」

梅沢はハッサンとの交渉を終えた。

梅沢はクレーンの運転手を一人確保した。しかし、一人では心細い。なにしろ激しい暴風雨の中の仕事だ。どんなアクシデントが起きるか分からない。予備の人間を準備しておく必要がある。

梅沢はメモ帳からジェノビッチの電話番号を探し、ジェノビッチに電話をした。ジェノビッチはクレーンの運転ができると聞いたことがあったので、クレーン操作のできる人間として梅沢はジェノビッチをピックアップしてあった。ジェノビッチはヨーロッパから日本に出稼ぎに来ている人間である。ジェノビッチとは半年以上電話をしたことがないが、まだ日本にいるはずだ。

「やあ、ジェノビッチ。梅沢だ。」

「やあ梅沢。いい仕事はないかい。」

「ジェノビッチはまだ日本に居るか。」

「ああ居るよ。日本では期待していた程は稼げないからチャイナのシャンハイに行こうかとミルコと相談しているんだ。」

「ミルコとまだ一緒なのか。」

「ああ。」

「ジェノビッチはクレーンの運転ができると言っていたよな。」

「ああ、できるぜ。」

「一トンの荷物をクレーンで移動したことはあるか。」

「一トンくらいの荷物なら何度もクレーンで運んだ。」

「そうか、七千ドルの仕事があるが乗るか。」

「え、七千ドルだって。何日間で七千ドルなんだ。一ヶ月間でか。」

「いや、二、三日だ。実際に仕事するのは数時間だけだ。」

「え、たった数時間で七千ドルか。殺しか。」

梅沢は苦笑した。

「いや、殺しの仕事じゃない。物を運ぶ仕事だ。クレーンを運転する人間が必要だからジェノビッチに電話したんだ。」

「クレーンの運転なら任してくれ。そんなうまい話だとするとその仕事はヤバイ仕事だということか。」

「まあそういうことだ。断るか。」

ジォノビッチは笑った。

「断るはずがないだろう。」

「仕事の内容について今教えるわけには行かないが、仕事をすれば七千ドルの報酬をやる。」

「二、三日で七千ドルがもらえるなんて、こんないい仕事はめったにない。ぜひやらしてくれ。」

「ミルコも雇いたいが、ミルコはやるかな。」

「あいつが断るなんて考えられない。」

「そうか。ぞれじゃ、ミルコに仕事をするかどうかを聞いてくれ。もし、ミルコがオーケーなら私に電話しろ。しかし、遅くても明後日までに沖縄島に来れないと雇うことはできない。」

「沖縄島ってどこにあるのだ。」

「日本の南端にある小さな島だ。日本の人間に聞けばすぐ分かる。」

「そうか。」

「しかし、ことわっておくことがある。この仕事はキャンセルする場合がある。その時は一日五百ドルの報酬になる。その条件でどうだ。」

「交通費も含めてか。」

「いや、交通費は別だ。」

「つまり航空運賃は梅沢が出すということかい。」

「そうだ。」

「一日五百ドルなら悪くない。ミルコと一緒に明日沖縄島に行くよ。」

「沖縄島で待っている。」

梅沢は電話を切った。

これでクレーンの運転手はハッサン、ジェノビッチの二人を確保できた。ミサイルを嘉手納弾薬庫から盗み出すのだから色々なアクシデントが起こるのは覚悟しなければならない。クレーン運転手が怪我をすることもあり得ることだ。それでも二人のクレーン運転手が居れば大丈夫だろう。

梅沢は梅津に電話した。梅津は梅沢の依頼で不良自衛隊員から銃火器などを買い集めて、梅沢に売っている人間である。

「梅津。梅沢だ。」

「あ、梅沢さん。すみません。」

梅津は申し分けなさそうに言った。

「対戦車バズーカ砲はなかなか手に入れ難いです。色々知り合いの自衛隊員に話を持ちかけているんですが。対戦車バズーカ砲の話をするとみんなびびるんです。」

梅津は対戦車バズーカ砲を入手していないことを梅沢に謝った。

「電話したのはそのことではない。梅津よ、直ぐに沖縄島に来てくれ。」

「え、沖縄島にですか。」

「そうだ。来てくれ。」

「直ぐにですか。急ですね。」

「そうだ。梅津は沖縄島に行ったことはあるか。」

「いや、ありません。」

「そうか、那覇空港に仲間を行かすから、到着時間が分かったら電話をしてくれ。」

「そんなに急ぐ仕事なのですか。」

「ああ、そうだ。その代わり仕事の報酬は大きいぞ。百万円の仕事だ。」

「え、百万円。」

梅津は百万円という大金の報酬に絶句した。

「ほ、ほんとうに百万円をくれるのですか。」

「ああ、ほんとうだ。しかし、仕事が成功すればという条件だ。」

「それは当然ですよ、梅沢さん。分かりやした。これから沖縄島に行きます。」

「ああ、そうしてくれ。」

梅沢は梅津との交渉を終えて電話を切った。


梅沢は大城に電話をした。大城は沖縄島に住んでいる人間である。沖縄島については梅沢よりも詳しい。大城は不良アメリカ兵と親しくしていて彼らがアメリカ軍から盗んだ銃火器を買い集めて梅沢に売る商売をしていた。

嘉手納弾薬庫からミサイルを盗む計画は大城が「ミサイルを盗めると豪語しているアメリカ兵が居る。」という情報を梅沢に話したことから始まっていた。

梅沢は大城の話に半信半疑だったが大城は「ミサイルを盗めると豪語している」アメリカ兵を梅沢に会わせた。アメリカ兵の話には信憑性があった。ミサイルの種類、大きさ、重さ、ミサイルを保管している倉庫、合鍵を作る方法などの詳しい話を聞いた梅沢はアメリカ兵の話を信用して、ミサイルを盗み出して日本国外に運び出す方法を研究しながら、ミサイルを買ってくれる国際的な武器商人を探した。ミサイルを買うという国際的な武器商人はすぐに見つかった。その人物はミスター・スペンサーと呼ばれている男でアジアから中近東、アフリカ一帯で武器売買の商売をやっている人物であった。梅沢は武器商人スペンサーからミサイルを一基一億円で買うという確約を取った。

それからの梅沢は嘉手納弾薬庫から盗み出したミサイルを国外に運び出す研究に没頭した。そして、台風の目が沖縄島に上陸した時にミサイルを嘉手納弾薬庫から盗み出して国外に運び出す計画を立て、ミサイルを運び出すための機材を準備したのだった。大城が居なければ嘉手納弾薬庫からのミサイルを窃盗する計画は生まれなかった。


「大城。梅沢だ。」

「おお、梅沢さんか。」

「今度の台風十八号は沖縄島に上陸しそうだな。」

「そうだな。俺も気象予報には注目していた。梅沢さんからの電話を今か今かと待っていたよ。」

「そうか、例の仕事を決行するぞ。」

「やっぱりな。決断したんだ。」

「ああ、決断した。」

「いよいよか。しかし、ミサイルを盗むことが現実になるなんて信じられないな。感動ものだよ。こんなスケールのでかい泥棒は一生に一度しか俺にはないだろうな。俺が冗談半分で持ち込んだミサイルを盗む話を本当に実現するとはなあ。俺はまだ信じられないよ。梅沢さん。あんたはすごいよ。」

大城はミサイルを盗むのを現実化した梅沢に感心した。

「しかし、台風十八号がすんなりと沖縄島に上陸するのは百パーセントの確立ではない。今度こそ上陸してほしいよ。」

「俺の感では、今度は確実に台風の目は沖縄島に上陸するね。今度こそミサイルを盗めるよ。」

「そうあってほしいよ。ところで大城。頼みがあるんだ。」

「どんな頼みか。」

「お前のアパートに二、三人の仲間を泊めてくれないか。」

「え、俺のアパートにか。」

「ああ。」

「ううん、俺のアパートに他人を泊めるのか。それは困るなあ。他の人間に頼んでくれないかな。俺は知らない人間と寝泊りするのは嫌いなんだ。ホテルに泊まらせたらいいじゃないか。前はホテルに泊めただろう。」

「前はホテルに泊めた。しかし、ホテルに泊めると名前の記録が残るし顔もホテルの人間に覚えられる。それはまずいと考えた。だから今度はアパートや自動車モーテルに泊めるつもりだ。行動も素早くできるように日本の運転免許を持っている人間を中心にグループを編成するつもりだ。今度の仕事は台風が相手だ。台風の動きに迅速に動けるシステムを作らないと失敗する恐れがある。」

「なるほど。梅沢さんは頭がいい。」

「だから、グループはいつも一緒に行動してほしいのだ。大城、断らないでくれ。それなりに礼はするから。」

「なるほどな。梅沢さんの言う通りだ。そうだよな。今度の仕事は特別だからな。今度の仕事はスケールがでかいから仕事に参加する人間も多いだろうな。梅沢さん。何人がこの仕事に関わるのだ。」

「合計すると三十人以上になる。」

「そいつはすげーや。その三十人の人間を台風の目が沖縄島に入った数時間に一気に動かすのだろう。とても俺には真似のできない芸当だ。梅沢さん、承知した。俺のグループの人間は俺のアパートに泊めるよ。しかし、言っておくが、もてなしは一切しないよ。俺は人をもてなすのが苦手なんで。」

「それは仕方ない。お前は一匹狼だからな。しかし、今度の仕事は多くの人間の連係プレーで成功する。仲間同士の不協和音があっては仕事はうまくいかない。この計画を詳しく知っているのは私と大城だけだ。だから大城はリーダー的な立場だからな。それを忘れないでくれ。」

「うう。梅沢さんにそんな風に言われると気が重くなるなあ。俺はリーダーなんかになりたくないよ。」

「あはは。とにかく、大城よ。大城のアパートに泊まる連中は今度の仕事の仲間だからな。喧嘩はしないでくれよ。いいか。」

「俺は短気な男だからなあ。でも今度の仕事はスケールがでかいし一生一度の仕事だからな。ぜひ成功したい。梅沢さんよ。俺は仲間と喧嘩するような馬鹿なことは絶対にしないよ。約束するよ。」

「そうか。じゃ頼むよ。大城の部屋に泊める予定の人間が沖縄島に到着したら連絡する。」

「分かった。」


梅沢はピックアップしていた五十人の人間に優先順位に従って次々と電話を入れた。ガウリン、ミルコ、ジェノビッチ、ハッサン、シン、梅津、大城の他にベトナム人のホアンチー、フィリピン人のピコ、香港からはトンチーとルーチンなどの男たちが梅沢の誘いに乗り、仕事の内容を知らないままに翌日までに沖縄島に来て、沖縄島で梅沢と一緒に仕事することを承知した。


梅沢はミサイルを嘉手納弾薬庫から盗み出すグループのリーダーのウィンストンに電話をした。

「ミスター・ウィンストン。梅沢だ。」

「おお、ミスター。ウメザワ。」

「嘉手納弾薬庫からミサイルを盗み出す手筈は大丈夫だろうな。」

「大丈夫だ。ミスター・ウメザワの準備はオーケーですか。」

「ああ、準備はできた。ミスター・ウィンストン。お前がミサイルを嘉手納弾薬庫から運び出すことに失敗すれば元も子もないからな。絶対に失敗をするなよ。」

「大丈夫だ、ミスター・ウメザワ。作業に馴れた連中だからミサイルをトレーラーに乗せるだけの仕事は造作もないことだ。嘉手納弾薬庫から嘉手納空軍基地に出て、第三ゲートから運び出す予定だ。私の仕事は嘉手納弾薬庫の倉庫でミサイルをトレーラーに載せて嘉手納空軍基地の第三ゲートに運び出すまでだ。そうだよな、ミスター・ウメザワ。」

「そうだ。第三ゲートからミサイルを出してもらわないと私の仕事はおじゃんになる。」

「完璧にやるから案ずることはないよ、ミスター・ウメザワ。」

「わかった。それじゃ、ミサイルを第三ゲートから運び出す時間が決まったら連絡する。台風十八号が沖縄島に上陸する時間がはっきりしないと決めることができない。ミスター・ウィンストンも台風十八号の動きに注意してくれよ。」

「ああ、気象予報をずっと聞くよ。」

「そうしてくれ。それから、いつでも携帯電話を取れる状態でいろよ。」

「もちろんだ。」

「じゃな。ミスター・ウィンストン。」

梅沢は電話を切った。

　梅沢は金城に電話した。金城は自動車の修理工場を経営している人間である。梅沢が盗難車も含めて色々な中古車を輸出する時に自動車の修理、解体、切断、組み立てを金城に依頼している。自動車については梅沢の要求をなんでも応じてくれるのが金城であった。

「金城。梅沢だ。」

「ああ、梅沢さん。」

「シーモーラー五台を運び出す準備をしてくれ。」

梅沢はシーモーラー五台を金城の修理工場の近くにある倉庫に置いてあった。

「いつシーモーラーを使うのですか。」

「明後日になるだろうな。はっきり言えば台風十八号がウチナー島に上陸した時だ。」

「台風十八号が沖縄島に上陸した時ね。」

「そうだ。台風十八号の進路と時速が関係するからその日にならないと正確な時間は言えない。」

「まあ、梅沢のやる仕事だから驚きはしないよ。」

梅沢は苦笑した。

「ところでシーモーラーを載せるトレーラー五台と運転手の手配は大丈夫か。」

「私の会社の従業員がトレーラーの運転はできるし、トレーラーの準備もすぐできる。」

「シーモーラーは私が指示する場所に運んでくれるだけでいい。場所は一般人が入ってはいけない場所だから、運んだらお前らは直ぐに引き上げるのだ。」

「前にも聞いたが、シーモーラーでなにをするつもりなんだ。やっぱり私には教えないか。」

「そうだ。金城は聞かない方がいい。」

「しかし、知りたいな。」

と言って金城は笑った。

「仕事が成功したら後で教えるよ。」

梅沢は笑いながら言ってから、

「シーモーラーの準備を頼むよ。」

と言った。

「承知した。」

金城の返事に、「頼むよ。」と言って梅沢は電話を切った。

　梅沢は金城との電話を切ると具志堅に電話した。具志堅はトレーラーで自動車や重機などを運ぶ商売をしている。

「やあ、具志堅。梅沢だ。」

「梅沢さん。仕事ですか。」

「そうだ。クレーンを運んでほしい。」

「へえ。どこのクレーンを運ぶのですか。」

「オーケー重機社のクレーンだ。」

「どこに運ぶのですか。」

「今は場所については言えない。運ぶのは明後日になるが運ぶ時間はまだ決まっていない。明後日に私が指示した時間にオーケー重機社の大型クレーンをある場所に運んでほしい。オーケー重機社からクレーンを運び出す時にはこっそりと運び出さなければならない。」

「こっそりとか。」

「そうだ。クレーンに鍵はつけておく。そういうことでオーケー重機社の社長と話はついている。」

「わかった。」

「とにかく、明後日はいつでも行動できるようにしてくれ。」

「回収はいつやるのか。」

「回収はなしだ。具志堅、察しがつくだろう。」

具志堅の質問に梅沢は苦笑した。

「まあな。」

「オーケー重機社の社長はそのクレーンは盗まれたと警察に報告することになっている。」

「そういうことか。」

「そういうことだ。」

梅沢は笑いながら具志堅との電話を切った。

梅沢はミスター・スペンサーに電話した。ミスター・スペンサーはアジア・アフリカ一帯で武器の売買をしている武器の大商人であり、ミスター・スペンサーが梅沢からミサイルを一基一億円で買う約束をしている。

「ミスター・スペンサー。梅沢です。」

「オー、ミスター・ウメザワ。」

「台風十八号は八十パーセント以上の確立で沖縄島を直撃します。私が企画した計画をいよいよ実行する時がきました。ミスター・スペンサーの協力をお願いします。」

「フフフフフ、ミスター・ウメザワはおもしろい計画を立てる。私の方は準備オーケーですよ。」

「ありがとうございます。この計画が成功すればミスター・スペンサーとの取引をもっと増やしてくれませんか。」

「よろしいですよ。」

「それでは失礼します。」

梅沢は嘉手納弾薬庫からミサイルを盗む手配の全てを終わった。後は台風十八号が沖縄島に上陸するのを待つだけである。

嘉手納弾薬庫からミサイルを盗むことができると豪語しているアメリカ人が居ると大城から聞いたのは四年前であった。しかし、嘉手納弾薬庫からミサイルを盗むことはできても四方を海に囲まれた沖縄島から国外にミサイルを運び出すことは不可能である。梅沢は大城から嘉手納弾薬庫からミサイルを盗むことができるアメリカ人が居ることを聞いてもミサイルを盗みだすということに興味は湧かなかった。

梅沢がミサイル窃盗を真剣に考えるようになったのは国際的な武器商人ミスター・スペンサーがミサイル一基を一億円という莫大な値段で買うことを知ってからである。梅沢はミスター・スペンサーに会ってそれが事実であることを確認した。

それからの梅沢は沖縄島からミサイルを運び出す方法を真剣に考えミサイル窃盗の企画を練り上げた。企画をミスター・スペンサーに説明するとミスター・スペンサーは梅沢の企画を賞賛し協力を約束した。

それからの梅沢は機材や人材の確保に奔走した。そして、二年前から台風が沖縄島に上陸するのを待った。台風が沖縄島上陸する可能性があったのが過去に四回あり、ミサイル窃盗のためにメンバーを沖縄島に呼んだのが二回あった。しかし、それらは全て期待はずれに終わった。

沖縄島に来襲する台風に期待し、そして失望したことが過去に四回あったが、どうやら今度の台風十八号は梅沢の希望を叶える台風になりそうである。台風十八号が沖縄島を直撃する確率は日に日に高くなってきて、ミサイルを盗み出す時が刻々と迫ってきた。梅沢は一時間毎に電話で台風情報を聞き、台風十八号がウチナー島に上陸するのを今か今かと待った。

そして、とうとうその日がやってきた。

二〇〇四年、九月六日の朝に台風十八号はラジオやテレビが予報した通りに、日本の南端に浮かぶ沖縄島に上陸を始めた。沖縄島の空はどんよりと曇り時々激しい雨が降り風も強くなっていった。

梅沢が待ちに待っていた台風の到来である。梅沢の計画は開始された。

四

嘉手納弾薬庫の広大な森林地帯の中に弾薬倉庫は木々の緑葉に覆われて潜むように散在している。弾薬倉庫の中でも山の斜面を削って建てた特別に大きな弾薬倉庫が森林地帯の奥にあり、その弾薬倉庫には五基の高性能弾道ミサイルが格納されていた。

二〇〇四年九月六日。朝。高性能弾道ミサイルが格納されている弾薬倉庫の前に一台の大型トレーラーと三台の自家用車が停まった。

弾薬倉庫の周囲にはもくもうの木やすすきがうっそうと茂り五、六メートルも伸びたもくもうは沖縄島に上陸しつつある台風十八号の強風に大きく揺れて枝は今にも折れそうである。

自家用車から下りた三人の男たちは弾薬倉庫のシャッターの前に来た。一人の男が弾薬倉庫の裏に回り、密かに作った合鍵で裏口のドアを開けて弾薬倉庫の中に入った。窓のない弾薬倉庫の中は暗闇であった。男は懐中電灯を点けた。すると目の前に二段に積まれているミサイルが見えた。

「こいつをトレーラーに乗せるのか。」

男は独り言を呟きながらミサイルを電灯で照らした。ミサイルは下に三基上に二基と二段に積まれていた。

ミサイルの長さは九八〇センチメートル、直系は八七センチメートルであった。核爆弾搭載可能のミサイルは到達距離が五〇〇キロメートルのANN－X２と呼ばれている高性能弾道ミサイルである。男は懐中電灯で弾薬倉庫の壁を照らしてブレーカー盤を探した。奥の壁にブレーカー盤があるのを見つけた男はブレーカー盤の方に行き、ブレーカーを上げた。それから、ドアの方に行き、スイッチを押すと弾薬倉庫の中が明るくなった。男は正面の壁に行き、スイッチを押すと弾薬倉庫のシャッターが金属の擦れる音を発しながらゆっくりと上がっていった。

シャッターが上がり終えると、恰幅のいい男が大型トレーラーの運転席に来て

「ロバート。トレーラーを中に入れろ。」

とトレーラーの運転手に指示した。その男がグループのリーダーのウインストンである。

トレーラーはゆっくりとバックしながら弾薬倉庫の中に入った。

「ようし、ここで停まれ。」

トレーラーは運転台が倉庫に入る直前に止まった。

「ようし、ミサイルをトレーラーに乗せろ。」

五人の男達は慌しく動いた。靴音やウィンチの動く音や金属と金属の軋む音がコンクリートの壁にこだました。弾薬倉庫のミサイルは次々とトレーラーに積まれていった。

「このミサイルは廃棄処分予定のミサイルだ。爆弾は外してあるし、燃料も抜き取ってある。ミサイルが爆発することはない。少々乱暴に扱っても大丈夫だ。作業を急ぐのだ。」

ウインストンは仕事を急がせた。

ミサイルはトレーラーの床に置かれた固定用の台に三基が並び、三基の上に設置した固定用の台の上に二基が並んだ。

「ようし、カバーを被せろ。ミサイルが見えないようにしっかりと被せるんだ。」

積み終えた五基の弾道ミサイルには緑色のカバーが被せられた。

「ようし。作業は終わりだ。ロバート。トレーラーを倉庫から出せ。」

ロバートはトレーラーの運転席に戻りエンジンをかけた。五基のミサイルを載せた大型トレーラーは弾薬倉庫からゆっくりと出た。急に降ってきた強烈な雨がミサイルを覆ったカバ

ーに当たり、ババババーと音を立てた。

　トレーラーが弾薬倉庫から出ると、シャッターがきしみ音を発しながらゆっくりと下りていった。

「私達の仕事はミサイルをトレーラーに乗せるまでだ。これで私達の仕事は終わりだ。後はロバートとジョンソンの仕事だ。」

ボブはジョージに、

「今日はタイフーンで仕事は休みだ。家でウイスキーでも飲むか。ジョージはどうするんだ。」

と聞いた。

「俺は映画でも見るよ。ウインストンはこれからどうする。」

「そうだな。家に帰ってから考えるよ。」

「じゃな、ウインストン。」

と言ってボブとジョージは車に乗ると去って行った。

　ウインストンは携帯電話を出して梅沢に電話した。

「ハロー。私はウインストンだ。ミスター・ウメザワ。聞こえるか。」

「おう、ミスター・ウィンストン。梅沢だ。」

「ミスター・ウメザワ。ミサイルをトラックに乗せ終わった。これから嘉手納空軍基地に向かって出発する。」

「トラブルはなかったか。」

「トラブルはない。仕事は順調だった。」

「そうか。安心した。」

「トレーラーを運転しているのはロバートだ。助手席にはジョンソンが乗っている。二人がミサイルを運ぶ。三十分以内には嘉手納空軍基地の第三ゲートに着くだろう。ミスター・ウメザワの準備はオーケーか。」

「ああ、オーケーだ。」

「そうか。これで私の役目は終わりだ。後はロバートと連絡をしてくれ。それじゃ、電話を切るよ。」

ウインストンは電話を切ると、大型トレーラーの運転台に近づき、ハンドルを握っているロバートに声を掛けた。

「ロバート。」

ロバートの顔は強張っていた。ウインストンは運転台に上って来て、

「緊張しているのかロバート。緊張していると事故を起こすぞ。もっとリラックスしろ。」

と言いながらロバートの頬を軽く叩いた。

「は、はい。」

ウインストンはロバートに携帯電話を渡した。

「ロバート。嘉手納空軍基地に出たらミスター・ウメザワに連絡することを忘れるな。第三ゲートに到着する時間を伝えるんだ。その後はミスター・ウメザワの指示に従って行動するのだ。なにしろ、この大型トレーラーが第三ゲートを出てどこに行くか私はミスター・ウメザワに教えられていない。トレーラーの行方はミスター・ウメザワだけが知っている。

それからなロバート。第三ゲートの歩哨に積み荷のことを聞かれたらこの証明書をみせながら交換済みの古い土管だと言え。それで全てＯＫだ。歩哨が嘉手納空軍基地から出て行く積み荷をいちいち調べることはしないから心配するな。ゲートの歩哨はテロ侵入を用心して嘉手納空軍基地に入って来る車を厳しくチェックしているだけだ。嘉手納空軍基地から出て行く時の車はフリーのようなものだ。それにタイフーンが接近しているからタイフーンのことが気になって積み荷には無警戒になっている筈だ。お前もタイフーンを気にしている振りをするんだ。タイフーンが来る前に急いで土管を集積所に運ばなければならないと話すんだ。それで絶対にゲートを出れる。分かったなロバート。」

「は、はい。」

ロバートの声は緊張の性で固かった。ウインストンはロバートの緊張した返事に苦笑した。

「ロバート。もっとリラックスしろ。緊張していたら歩哨に怪しまれるぞ。ほれ、ガムでも噛みな。」

ウインストンはポケットからチューインガムを出してロバートにあげた。

「ロバート。後は頼むぞ。」

「はい。」

ウインストンはトレーラーから下りた。トレーラーはゆっくりと弾薬倉庫を離れていった。トレーラーが車道に出ると、

「さて俺もさっさと引き揚げるとしよう。」

と言い、ウインストンは自動車に乗って去って行った。

五

二〇〇四年九月六日。朝。台風十八号は沖縄島に接近してきていた。空は黒い雲が激しく蠢いて移動している。時おり激しい雨が降ったりしている。大城が住んでいるアパートは宜野湾市の普天間ヘリコプター飛行場に隣接する住宅街の一角にあった。

大城のアパートから百メートルほど離れた道路沿いに一台の車が停まっていた。車の中には二人の男が乗っている。助手席で仮眠を取っているのが鈴木であり運転席で大城の部屋をじっと見張っているのが斎藤であった。大城の部屋を見張っていた斎藤が助手席で仮眠をしている鈴木の肩を揺すった。

「鈴木君。大城達が出て来たぞ。」

コンクリート建ての家やアパートが密集している宜野湾市の普天間ヘリコプター飛行場に隣接する住宅街の狭い道路に車を停車して鈴木と斎藤は昨夜から大城のアパートを見張っていた。ワイパーが動いていないフロントガラスは雨の滴がいくつもの筋となって流れ、外の景色が歪んで見える。

鈴木は斎藤に肩を揺すられて起き上がり目を開くとフロントガラス越しに百メートル近く離れた古い三階建てアパートの二階を見た。フロントガラスの向こうに大城と梅津とハッ

サン、シン兄弟の四人の男がアパートの二階から下りて来た。

アパートは大城が借りているが二日前に梅津が東京からやって来て大城のアパートに泊まった。昨日の夕方にはハッサンとシンが台湾からやって来て大城のアパートに大城や梅津と一緒に泊まった。

大城達の見張りをしている斎藤と鈴木は防衛庁の武器盗難特別捜索班に属している防衛庁の職員である。

二日前に東京から沖縄島にやって来た梅津は関東一帯の自衛隊基地に所属している不良自衛隊員が盗み出した拳銃や自動小銃などの武器を買い集めているという噂があり、鈴木は二ヶ月前から梅津の身辺調査をやっていた。梅津は鈴木が尾行を始めてから数人の自衛隊と接触をしていて、自衛隊員と一緒にスナック等で飲食もやっていた。しかし、梅津が自衛隊員と拳銃や自動小銃等の取引をしている現場を押さえることはまだできなかった。

二日前に、都内のパチンコ店で昼間からパチンコに興じていた梅津に電話が掛かってきた。電話の声を聞いて梅津は急に神妙になり、話しながら電話の相手に何度もおじぎをした。梅津は電話を終えると急に慌しい行動を取った。

携帯電話をポケットに入れた梅津はパチンコの玉を隣の人間にあげてパチンコ店を出るとタクシーを拾って羽田空港に向かった。そして、沖縄島行きの旅客機に乗った。梅津を調査していた鈴木も梅津を尾行して沖縄島にやってきた。

梅津とハッサン兄弟を自分のアパートに泊めている大城という男は沖縄島在住の男で、彼も梅津と同じように自衛隊員やアメリカ兵から拳銃や自動小銃等の武器を買い集めているという噂のある人物であった。大城は拳銃の不法所持で沖縄警察に逮捕されたこともある。運転席に座っている斎藤は一ヶ月前から大城の身辺調査をしていた。

沖縄島には二人の武器盗難調査隊員が配置されていた。斎藤は沖縄島の中北部の自衛隊員やアメリカ兵から拳銃や自動小銃等を買い集めていると噂のある人物を調査していて、もう一人の天童は南部一帯の自衛隊員を調査していた。最近の斎藤は中部で暗躍しているという情報がある大城の調査を集中的にやっていた。鈴木が調査をしている梅津が二日前に沖縄島にやって来て大城と合流したことで、東京から梅津を尾行して来た鈴木と大城を調査していた斎藤は合流し、一緒に二十四時間張りつきで大城と梅津の調査を遂行することになった。

六

梅沢から大城に電話が掛かってきた。

「大城。那覇空港に梅津という男が午後五時十分にやって来る。迎えに行ってくれないか。」

「俺のアパートに泊める人間か。」

「そうだ。梅津の電話番号を教えるから書きとめてくれ。」

梅沢は梅津の電話番号を大城に教えた。

「どんな奴だ。」

「どんな奴だと聞かれても困る。まあ、普通の人間だと言うしかできないな。」

「梅沢さん、断っておくけど、俺はちやほやした接待はしないよ。仕事だから仕方なく俺の家に泊めるだけだからな。その梅津という奴にも梅沢さんから俺の考えをちゃんと伝えてくれよ。」

梅沢は苦笑しながら、

「分かった。伝えるよ。」

と言って電話を切った。


那覇空港のロビーに下り立った梅津は電話を掛けた。すると同じ空港ロビーにいた大城の携帯電話が鳴った。大城は携帯電話のモニターを見た。モニターに映った電話番号は梅津の電話番号であった。

「もしもし、大城だ。」

「大城さんか。俺は梅津だ。今、どこに居るか。」

「ロビーに居る。」

ロビーで立ち止まった状態で携帯電話を耳に当てていたのは大城と梅津だけだった。二人は電話で話し合いながらお互いの存在を確認し合った。

「あんたが梅津か。」

「そうだ。あんたが大城さんか。」

「そうだ。」

「梅沢さんから聞いていると思うが、俺は梅沢さんに頼まれて仕方なくあんたを俺のアパートに泊める。それだけだよ。俺はあんたをお客さん扱いはしないよ。」

「それでけっこうだ。」

ロビーで顔を合わせた梅津と大城は笑顔で挨拶することもなく、一度握手したきりで親しそうに会話を交わすことはなかった。

二人は那覇空港の駐車場に行き、大城の車に乗った。那覇空港を出て国道五八号線に入った時、

「腹が減っているか。」

と、運転している大城は助手席の梅津に聞いた。

「ああ、減っている。」

「俺も腹が減っている。それじゃあ、飯でも食おう。」

梅津と大城は沖縄島の中心都市である那覇市のレストランで食事を取った。

「梅津はスラグマシンをやるか。」

レストランを出ながら大城は梅津に聞いた。

「スラグマシンは余りやらない。しかし、パチンコは好きだ。毎日やっている。」

大城が微笑した。

「そうか、そいつはよかった。俺はこれから浦添市のパチンコ店にスラグマシンをやりに行く。お前も行くか。行かないなら浦添市に連れて行くからそこで適当にぶらぶらしてくれ。スラグマシンが終わったら迎えに行く。」

「俺もパチンコ店に行く。」

大城と梅津は浦添市のパチンコ屋で夜遅くまで梅津はパチンコに興じ大城はスラグマシンに興じた。パチンコ店で遊ぶのが二人の共通点のようだ。大城と梅津は夜遅くまでパチンコとスラグマシンを興じた後は浦添市のラーメン屋で食事を取った。

大城はスラグマシンをやった後にラーメンを食べ、それから馴染みのスナックに行くのが習慣であったが、梅津と一緒にスナックに行く気にはならなかった。大城はスナックに寄らずに梅津を連れて宜野湾市の大城のアパートに帰った。

「大城はラーメンを食べた後にスナックに行くのが習慣ですが、今日は行かなかった。梅津がスナック嫌いなのかな。」

「そんなことはありません。梅津も毎日スナックに行っています。変ですね。」

梅津と大城はほとんど毎日スナックやバーに通っているのに今日に限って行かなかった。

「大城と梅津はお互いに酒を酌み交わす気になれないのかな。」

「そうかも知れませんね。」

二人の会話の少ない不自然な行動を観察して、梅津と大城が合流したのは二人が親しい間柄であるからではなく二人に共通する何者かの指示によるであろうと鈴木と斎藤の推測は一致した。そのことをはっきりさせたのは大城と梅津がハッサンとシンを迎えに行った時だった。

翌日の早朝に梅沢から大城に電話があった。

「今日の午後三時に台湾からハッサンとシンが那覇国際空港に着く。迎えに行ってくれ。」

「台湾からか、台湾人にしては名前が変だな。」

「ハッサンとシンは台湾人ではない。インド人だ。」

「インド人だって。俺はインドの言葉を話せない。」

「心配するな。ハッサンは英語が話せる。」

「そうか。」

「よろしく、頼む。」

「分かった。」

大城の返事を聞いて、梅沢は電話を切った。

梅津が沖縄島に来た翌日の大城と梅津は午前中は昨日と同じ浦添市のパチンコ屋でスラグマシンとパチンコに興じていたが、午後になるとパチンコ屋を出て那覇国際空港に向かった。二人はロビーに出て来た白いターバンを巻いたインド人を探した。梅沢の電話では見つけやすいために二人は白いターバンをやることになっているという。大城と梅沢はロビーに出て来る外国人を見ていたが、梅津が白いターバンを巻いた若いインド人を見つけて大城に耳打ちした。

「大城。あのターバンをやっている二人がハッサンとシンではないか。」

「そうだろうな。」

大城は梅津の言葉に頷いた。白いターバンを巻いたインド人は立ち止まり周囲を見回した。大城は白いターバンを巻いたインド人に近寄っていった。

「ソーリー。アー　ユー　ハッサン。」

と大城が言うと、ハッサンが、

「イエス。」

と答えた。

予想通りターバンを巻いていた二人はハッサンとシンであった。大城は梅沢に頼まれてハッサン兄弟を迎えにきたと話し、自分の名前を紹介した後に梅津を呼んで梅津を紹介した。四人はお互いに自分の名前を紹介し合って軽く握手を交わした。ハッサン、シン兄弟は握手をする時に親しみを込めた笑顔を作ったが、大城と梅津はにこりともしないで握手をした。

大城は握手をした後は、「ついて来い。」と言うと、ハッサン兄弟を背にしてさっさと歩き出した。あっけに取られているハッサンに梅津は手を振って着いて来るように合図した。

ハッサンとシンはロビーを出る時に梅津と大城がハッサンとシンを見つけるための目印に使った白いターバンを取った。

ロビーを出て、四人は駐車場にある大城の車にやって来た。大城は運転席に乗るとドアのロックを解いてハッサン兄弟を見向きもしないでハンドルを握りエンジンを始動した。梅津はハッサンに後ろに乗るように指示してハッサンとシンが車に乗るのを確認してから助手席に乗った。大城の無愛想にハッサンは呆れたように肩をすくめた。

「アー　ユー　ハングリー。」

大城はハッサンに聞いた。ハッサンとシンを顔を見合わせた後にハッサンが、

「イエス。」

と答えた。

「こいつらにはなにを食わせはいいのかな。」

大城は梅津に聞いた。

「インド人だから、カレーがいいじゃないのか。」

「それじゃあ、インドカレーを食わすことにしよう。」

大城はハッサン兄弟を那覇市のインドカレー専門店に連れて行った。それが大城のハッサン兄弟への唯一の接待だった。

インドカレー専門店を出た大城は昨日と同じ浦添市のパチンコ屋に直行した。車を運転しながら、

「ハッサン。パチンコを知っているか。」

と聞いた。

「ノー。」

とハッサンは答えた。

「スラグマシンを知っているか。」

と大城は言い、ハッサンが返事に困っていたのでスラグマシンについて説明した。

「知ってはいるがやったことはない。」

大城はハッサンの返事を聞いてがっかりした。

「こいつらはパチンコを知らないしスラッグマシンはやったことがないらしいぜ。」

「それじゃあ、パチンコ店に行くのは止めるか。」

「冗談じゃないよ。お前とハッサンとシンと俺の四人でどこに行けばいいと言うんだ。俺は四人であっちこっちうろうろするのはごめんだ。俺はパチンコ店以外に行く所はない。お前がハッサンたちとどこかに行きたいならこの車を貸すぜ。」

「馬鹿言え。俺も後ろの二人と一緒にぶらぶらするのはやりたくない。」

「それじゃあ、パチンコ店に行くしかない。」

「そういうことだ。」

大城と梅津は笑った。大城の車は浦添市のパチンコ屋に向かった。

大城の車はパチンコ店の駐車場についた。車から下りた大城はハッサンにパチンコ店に一緒に行こうと誘った。

「ハッサン。俺はパチンコ店でスラグマシンをやる。梅津はパチンコをやる。お前たちもやったらどうだ。」

大城に誘われてハッサンは迷っていたが、車から出てシンと一緒に大城たちの後ろをついて行った。大城、梅津、ハッサン、シンはパチンコ店に入って行ったが、暫くすると耳を押さえながらハッサンとシンはパチンコ店から出て来た。ハッサンとシンを追って大城もパチンコ店から出て来た。大城はパチンコ店に戻ろう説得したがハッサンは店の中がとてもうるさいからといって断った。

大城は車のドアを開けてハッサンとシンを車に乗せた後に、パチンコ店に戻って行った。ハッサンとシンは大城がスロットマシンに興じている間は車の中でじっとしていた。外国からはるばるやって来たハッサン兄弟を丁重に持てなす気持ちは大城や梅津にはなかった。

七

大城、梅津を尾行している鈴木と斎藤は那覇国際空港から出て来た大城、梅津、ハッサン、シンを見た。

「斎藤さん。二人の男はインド人に似ています。」

「そうですね。二人は顔や体躯が似ているから兄弟だと思います。」

「そうですね。私はインド人二人の素性を調べます。斎藤さんは四人を尾行してください。」

「分かりました。」

斎藤は那覇国際空港から出た大城の車を尾行し、鈴木はインド人の素性を調べるために那覇国際空港に残った。

斎藤が浦添市のパチンコ店の駐車場に停まってから数分すると鈴木から電話があり、那覇国際空港に下りた二人のインド人は兄弟であり名前が兄はハッサンで弟はシンであることを伝えてきた。

「斎藤君は今どこにいますか。」

斎藤は車を駐車している浦添市のパチンコ店の名前と場所を教えた。

「分かりました。私はタクシーで斎藤君の所に向かいます。」

「待っています。」

数十分後に鈴木は浦添市のパチンコ店に到着した。鈴木はパチンコ店の入り口近くでタクシーから下りて斎藤に電話した。

「鈴木です。四人の様子はどうですか。」

「斎藤です。大城と梅津はパチンコ店に入っています。ハッサンとシンは車の中に居ます。」

「私はパチンコ店の入り口に居ます。斎藤君の車はどこに駐車していますか。」

鈴木は斎藤と電話で話しながらハッサンやシンに見られないように斎藤の車に近づき背を屈めて車の助手席に乗った。

「インド人がやって来るとは意外でした。」

「そうですね。」

「外国からも仲間を呼んだということは大掛かりな武器窃盗が目的なのでしょうか。」

「多分そうだと思います。そうでなければ、大量の武器弾薬を国外に運び出すつもりだと思います。」

「面識のない四人が『大きな仕事』をやるために謎の人物によって呼ばれたことに疑いの余地はありません。」

「四人を集めた人物はどんな人間なのだろうか。」

「外国人を呼べるということはかなりの大物でしょうね。」

「そうだと思います。その男を見つけて逮捕したいです。」

「同感です。」

斎藤と鈴木は武器窃盗団の大物を捕らえることができるかもしれないことに緊張が高まっていった。

深夜の十一時頃に大城と梅津はパチンコ店から出て来た。四人は昨夜と同じラーメン屋で食事をしてから大城のアパートに帰った。

大城と梅津の親しみのない態度。大城と梅津のハッサン兄弟に対する無碍な扱いが四人は旧知の間柄ではないことを示していた。無理矢理一緒に寝泊りさせられていることは明らかである。四人を呼び集めた人物がいる。四人を沖縄島に呼んだ人物が彼らのリーダーであろう。なぜ四人を沖縄島に呼んだのか。リーダーの正体は何者なのか、鈴木も斎藤も具体的には何も知らなかった。ハッサン兄弟と梅津、大城の四人が合流してからの行動をつぶさに観察していた鈴木と斎藤は以下のように分析した。

大城と梅津の個人的な関係は希薄である。

インド人のハッサンとシンは大城、梅津とは初対面である。

ハッサンとシンの正体は不明だが知的教養があるとは認められない。恐らく二人は肉体労働かそれに近い仕事をやっている。

四人は大城が集めたのでもなければ梅津が集めたのでもない。

四人を集合させた人物が存在する。

その人物がリーダーに違いないが、リーダーの正体は不明である。

梅津、大城、ハッサン・シン兄弟が合流したということは近日に自衛隊基地かアメリカ軍基地から窃盗した武器の取り引きがあるか、でなければ自衛隊基地かアメリカ軍基地から武器を窃盗する計画がある。

外国からハッサン、シンが合流したということは大規模な武器の取り引きあるいは武器の窃盗が近日中に行われるであろう。

以上が鈴木と斎藤の分析結果であった。気になるのは四人を合流させたリーダーの正体が分からないことと取り引きあるいは窃盗の規模と実行日がまだ予測できないことであった。沖縄島の自衛隊基地から大量の武器が盗まれたという情報はなかったし、アメリカ軍基地から大量の武器盗難の報告が防衛庁にあったという事実もなかった。そして、自衛隊基地かアメリカ軍基地から大量の武器を窃盗する計画があるという情報も皆無であった。しかし、東京から梅津、台湾からハッサン兄弟が沖縄島にやって来て大城と合流したということは近い内に大きな武器取り引きまたは武器窃盗があることを予感させる。四人を徹底して尾行すれば彼らの犯行現場を押さえることができるだろう。鈴木と斎藤の緊張は高まった。

八

大城のアパートを出た梅津、ハッサン、シン、大城の四人は大城の運転する車に乗りアパートの駐車場を出た。

「これからパチンコ店に行くのでしょうか。」

「パチンコ店に行くには時刻が早すぎます。違うと思います。それに四人の表情が普通と違います。」

「そうですね。緊張している表情をしていますね。」

大城達の表情は明らかに緊張していた。これから四人の男達はどこに行きなにをするのだろう。大城達を見張っている鈴木と斎藤も緊張した。

大城達の乗った車は家やアパートが密集している窮屈な狭い道路を通り抜けて普天間の大通りに出た。大通りを直進すると普天間三叉路に出る。普天間三叉路は大通りから国道三三〇号線に出る交差点であり、大城達の車は普天間三叉路を右に曲がって国道三三〇号線を北に向かった。

「浦添市のパチンコ店とは逆方向です。」

「そうですね。暴風になったからパチンコ店は閉まっていると思います。暴風になったというのにどこに行くのだろうか。」

国道三三〇号線を北上している大城達の車は坂を下っていった。暫くすると坂は上り坂になった。坂を上りきると再び長い下り坂になった。道路の左側はアメリカ軍基地であるキャンプズケランを囲う金網が続き、右側もアメリカ軍施設のキシャバテラスハイツを囲っている金網が続いた。この通りは道路だけが民間地域で右も左もアメリカ軍基地であるというびつな国道である。

大城達の車はアメリカ軍基地の金網に挟まれたいびつな国道三三〇号線を走り続けた。キャンプズケランの金網に沿ってゆるやかな坂を下ると、やがて三叉路が見えた。大城の運転する車は三叉路を左折して間道に入った。間道を直進すると沖縄島の西側の幹線道路である国道五八号線に出る。

大城達の車は国道五八号線に出ると右折した。右折して国道五八号線を北に進むと右側にはアメリカ海軍病院のあるキャンプクワエというアメリカ軍の敷地があり、左側の海岸には映画館や観覧車等の娯楽施設が集合している沖縄島の新しい繁華街になっている美浜タウンがある。大城達の車は美浜タウンを過ぎ、なおも北の方に向かった。

「大城達の車はどこに向かっているのだろうか。」

「これから先は嘉手納町、読谷村、恩納村です。もう少し進むと国体道路入り口がありますが、国体道路は沖縄市に通じている道路です。沖縄市に行くのなら国道三三〇号線を直進していたはずです。だから、国体道路に入ることはないと思います。」

「そうですか。暴風雨はますます激しくなりました。運転を注意してください。」

「はい。」

激しい雨がフロントガラスを襲い視界を悪くした。ワイパーを最速にしても次々と襲い掛かる大粒の雨がフロントガラスを覆い視界は悪かった。

キャンプクワエの敷地は沖縄市に通じている国体道路入り口まで続いていた。国体道路入り口を過ぎるとアジア最大のアメリカ空軍基地である嘉手納空軍基地である。大城達の車は国体道路入り口を過ぎ、嘉手納空軍基地の金網沿いを走り続けた。

大城達の車は嘉手納空軍基地のゲートを通り過ぎ、嘉手納空軍基地専用のゴルフ場、砂辺、アメリカ空軍貯油基地を通り過ぎて嘉手納町の水釜に入った。嘉手納空軍基地の広大な滑走路が金網の向こう側に広がっている。嘉手納空軍基地の滑走路は全長四キロメートルもあり、ジェット戦闘機だけではなくB—52などの重爆撃機も難なく離着陸できる。

　大城達の車は嘉手納町の水釜に入ると国道五八号線沿いにあるコンビニエンスの駐車場に入った。

「コンビニの駐車場に入りました。私たちも駐車場に入りますか。」

と斎藤が言った。

「いや、それはまずいです。コンビニの駐車場は小さいです。駐車場に入ったら尾行していることが知られてしまう恐れがあります。しかし、国道に停まるのもまずいですね。」

「コンビニエンスを過ぎたらドライブインがあります。ドライブインの駐車場に入りましょう。」

斎藤はコンビエンスを通り過ぎて、ドライブインの駐車場に入った。大城達四人はコンビニエンスでおにぎりや弁当、ハンバーグにソフトドリンクなどを買い込んで車に戻った。大城の運転する車はコンビニの駐車場を出て再び五八号線を走った。


　大城達を尾行している斎藤と鈴木は次第に緊張が高まってきた。普天間のアパートから出た大城の運転する車は普天間三叉路からキャンプズケラン沿いを通り、国道五八号線に出て美浜タウン、浜川、砂辺そして嘉手納町へと走り続けた。朝食はコンビニエンスで買い、車を走らせながら食べている。大城達の車の走り方は大城のアパートを出てから迷わずにある目的地へ向かって走っている様子を窺わせた。

　大城、梅津、ハッサン、シンはこれから仕事をやろうとしている。鈴木はそう確信した。

「斎藤君、どう思いますか。私は彼らがこれから仕事をするのではないかと思いますが。」

「そうですね。アパートを出た時から四人には緊迫感が漂っていたし、普通ではないですね。しかし、今日はこれから暴風雨が激しくなります。今日のような天候では仕事はできないと思います。私は仕事をやる可能性よりも彼らのリーダーに会う可能性が高いと思っています。大城と梅津が合流したのは一昨日、ハッサン、シンが合流したのは昨日ですからね。仕事をするには準備期間が不足していると思います。多分、彼らはリーダーに会って仕事の打ち会わせをするのではないですか。私はそのように推理しています。」

斎藤の説明の方が理に適ってはいるが、鈴木の直感は斎藤の意見と違っていた。アパートから出てきた時の四人の顔つきは戦場に赴くのに似た緊張感が漂っていた。リーダーに会い、リーダーから計画を聞くという緊張感とはなんとなく違うように鈴木には思われた。しかし、彼らが仕事をするという根拠は鈴木の直感であり、はっきりした根拠に基づくものではないから強く主張することはできなかった。

「斎藤君の言う通りかもしれません。とにかく、四人のこれからの動きは要注意です。我々の意見を青木隊長に報告したいと思いますが、斎藤君はどう思いますか。」

「私も同意見です。もし、彼らがリーダーに会うとしたら、リーダーを尾行する必要があります。車一台で大城達とリーダーの車の二台を尾行することはできません。できたら応援を頼んだ方がいいと思います。」

「そうですね。」

助手席に座っている鈴木は携帯電話で彼らの隊長である青木に連絡をした。

武器盗難調査班の隊長は青木である。青木は斎藤と天童の調査情況の報告を聞くために一週間前から沖縄島に滞在していて、梅津、大城、ハッサン兄弟の四人が合流したことを報告すると青木は非常に関心を持った。青木は大城達を徹底して尾行しろと鈴木と斎藤に厳命した。

「青木隊長ですか。鈴木です。斎藤と私は大城、斎藤、ハッサン、シンの四人が乗っている車を尾行して嘉手納町の国道五八号線を走行中であります。四人の行動には只ならぬ気配を感じます。私と斎藤隊員の共通の判断と致しまして、これから彼等は仕事をやるかそうでなければ彼らのリーダーと会うのではないかと思われます。は、いえ、まだ確信があるわけではありません。四人の緊張した顔つきが気になりますし四人の乗る車もなにやら目的地にひたすらに向かっているような走りをしています。私達の誤判断かも知れませんが、気になりまして青木隊長に連絡したわけでありまして。はい、分かりました。よろしくお願いします。」

携帯電話を切った鈴木はほっとした顔をした。

「青木隊長と天童が応援に来てくれるそうだ。」

「そうですか。それはよかったです。今日こそは梅津と大城の尻尾を掴んでやりましょう。」

「そうですね。」

九

大城達の乗る車は嘉手納ロータリーに入ると国道五八号線を右折して県道二四号線に入った。国道五八号線をそのまま北進すれば読谷村に入り、恩納村そして名護市へと続く。右折して県道二四号線に入り東の方に進路を取ると、再び広大な嘉手納空軍基地沿いを走ることになる。嘉手納ロータリーから沖縄市までは五キロ以上もあり、嘉手納ロータリーから沖縄市の間は嘉手納空軍基地を囲っている金網が延々と続いている。

「あれ、右折しました。北進は止めました。」

「どこに向かっているのだろう。」

「そのまま進めば嘉手納空軍基地沿いを走って知花十字路に出ます。知花十字路は国道三二九号線にありますが。知花十字路に行くのなら普天間から国道三三〇号線を真っ直ぐ進んでコザ十字路で左折して国道三二九号線を通った方が早いです。国道五八号線に出て嘉手納ロータリーを右折して知花十字路に行くのは遠回りになります。」

「そうですか。すると大城達は知花十字路には行かないということなのですか。」

「そのように考えるのが普通だとおもいます。しかし。この道路は一本道です。知花十字路つまり国道三二九号線に出る道路なのです。大城達はどこに行くのだろう。変ですね。」

斎藤は大城達が嘉手納ロータリーを右折して県道二四号線に入ったことに戸惑った。

「鈴木君。大城達が方向転換したことを青木隊長に連絡したほうがいいと思います。」

「そうですね。」

鈴木は急いで青木に電話をした。

「隊長ですか、鈴木です。」

「おう、鈴木君。大城達の動きはどうなっているのか。」

「はい。大城達は嘉手納ロータリーを右折して知花十字路方向に向かいました。」

「右折したのか。」

「はい。右折して知花十字路方向に向かいました。」

「そうか、わかった。私たちも知花十字路に向かうことにする。鈴木君。梅津、大城にハッサン・シンの四人が合流したということは彼らが確実に大きな仕事をやるということだ。梅津は関東をテリトリーにしている人間で大城は沖縄島をテリトリーにしている人間だ。二人とも弾薬・火器類の密売はしているが二人には直接的なつながりはない。二人を指図している人間が梅津を沖縄島に呼んだのは確実だ。その人物は外国からハッサンとシンも呼んでいる。大きい仕事をやる目的があるから梅津やハッサン達が大城と沖縄島で合流したのだ。暴風雨であっても油断はしないことだ。気をつけて尾行してくれ。君が話した通り、これからの四人の行動は要注意だ。絶対に四人を見失いなわないでくれ。当然のことだが尾行していることを彼らに気づかれることは絶対にあってはならない。尾行は細心にやってくれ。私と天童も応援に向かっている。鈴木君、絶対に武器を窃盗されてはならない。絶対に大城達の尻尾を掴むのだ。」

「はい、承知しました。」

鈴木は電話を切ると、

「大城達を絶対に見失うなと青木隊長に言われました。」

と斎藤に言った。斎藤は黙って頷いた。二人は前方を走っている大城達の車を凝視した。

二年前、沖縄市の自衛隊員が住んでいる借家で大爆発があった。爆発で借家人の自衛隊員が即死した。警察が調べてみると爆発で即死した自衛隊員の借家には拳銃や自動小銃だけでなく、手榴弾や対戦車用のバズーカ砲まで発見された。警察が武器の入手経路を調査していくとそれらの武器は自衛隊基地やアメリカ軍基地から盗み出された盗品であるということが判明した。現役の自衛隊員でありながら大量の盗品武器を所持していたのだ。そして、他の住民を巻き込んでしまうような大爆発を起こしてしまった。防衛庁は大量の武器が盗まれていた事実が判明したこの大爆発事件にショックを受けた。それ以来自衛隊からの武器盗難に防衛庁は神経過敏になっていた。上からの自衛隊の武器盗難を徹底して無くすようにという厳しい通達に青木隊長はじめ武器盗難特別捜索班のメンバーは武器窃盗犯を捕まえるのに必死になっていた。

十

大城達四人の乗った車は嘉手納町の屋良を過ぎ千貫田も素通りした。千貫田は嘉手納町の東端にあり、コンビニエンス、ガソリンスタンドと続き、嘉手納空軍基地を見学する観光客相手のお土産店を過ぎると家並みは途絶える。県道二四号線の右側は嘉手納空軍基地の金網が延々と続き、左側は濃い緑が絨毯のように広がっている森林地帯であった。濃い緑に覆われている森林地帯は嘉手納弾薬庫と呼ばれ、車窓からは見えないが、広大な森林地帯には弾薬倉庫が数多く点在している。嘉手納弾薬庫はアメリカ軍のあらゆる種類の銃や爆弾やミサイルが格納されているアジアで最大の弾薬庫である。

大城の運転する車は嘉手納空軍基地と嘉手納弾薬庫に挟まれた県道七四号線を東進し続けた。暫くすると前方に十字路が見えた。嘉手納空軍基地第三ゲート前の十字路である。大城の車は嘉手納空軍基地第三ゲートの十字路に近づくとスピードを落として十字路をゆっくりと左折した。

「大城達の車が左折して間道に入りました。」

ハンドルを握っている斎藤が言った。

「左折したらどこに向かうのですか。」

「そのまま間道を進めば三二九号線に出ます。しかし、間道には左折する道路が数ヶ所あります。それらの道路がどこに行くかは私は知りません。」

「大城達の車を見失ったら大変です。急いで十字路を左折しなければ見失うかも知れません。」

「そうですね。」

大城達の車の二百メートル後方で車のハンドルを握っていた斎藤は左折した大城達の車を見失わないようにとスピードを上げた。

大城達の車を追って十字路にやって来て、左折指示のランプを点滅しながらスピードを落とした時、鈴木は大城達の車が十字路を左折していないことに気づいた。

「あれ、大城達の車が駐車場にあるぞ。」

「え。」

斎藤は鈴木の声に驚いた。そして、

「しまった。」

と叫んだ。

十字路を左折したと思っていた大城達の車は十字路を左折してはいなかった。嘉手納空軍基地第三ゲートに面している十字路の左側には道路に沿って十台ほどの車が駐車できる小さな駐車場があり、大城達の車は十字路を左折したのではなくて十字路手前で左折して小さな駐車場に入ったのだ。駐車場には五台の車が駐車していた。駐車場の入り口に近い所に駐車していた大城の車を鈴木は見た。

大城達が十字路を左折したと思ったのは斎藤と鈴木の錯覚であった。その駐車場はアメリカ軍関連の事務所が使用していたが駐車場には囲いがなく管理者も居ないので誰でも自由に駐車することができた。駐車場は車道からは見通しが悪く、第三ゲートの十字路近くまで来た時に始めて駐車場の存在に気づくほどだ。

斎藤の運転する車は左折のランプを点滅させながら十字路の白線近くまで来ていた。信号は青であった。信号が青であるのに停車をすれば大城達に怪しまれてしまう。斎藤は停車することもバックすることも許されなかった。

「あそこに駐車場があるのは知りませんでした。信号は青です。停車はできません。もう左折するしかありません。」

斎藤はハンドルを左に回転させて間道に入った。

なぜ、尾行している大城達の車が十字路手前の駐車場に入ったのだろうか。鈴木は大城達に尾行を感づかれてしまったのかと心配になった。

「なぜ、あの駐車場に入ったのだろうか。もしかして私たちの尾行に気づいたのだろうか。」

鈴木は言った。

「そうですね。私達が尾行しているのに気づいて、尾行されているかどうかを確める目的で駐車場に車を入れたかもしれません。」

と言いながら斎藤は十字路を左折するとスピードを上げて駐車場の横を通り過ぎ、駐車場の車が見えなくなった場所でスピードを落とした。斎藤はバックミラーを見ながら、

「もし、大城達が私達の車を怪しんでいたら、私達の車を追ってくるかも知れません。」

と言った。雨水がフロントガラスを流れていてバックミラーでは後続の車を見ることはできなかった。

「鈴木君。大城達が追って来ているか見てくれませんか。」

「わかりました。」

鈴木は後部座席に移ってフロントガラス越しに後続車があるかないかを見た。

後続車は見えなかった。

「私たちを追ってくる様子はありますか。」

「走って来る車は一台もありません。」

「そうですか。」

斎藤は車を停車した。

「まだ、後続の車はありませんか。」

鈴木は注意深く後ろを見た。車の姿は見えなかった。

「ありません。大城達は私達を追ってきてはいないようです。」

「そうですか。もしかすると、私達の尾行から逃れようと嘉手納町の方向に逃げたかも知れません。」

「そうですね。」

「私は大城達の車がまだ駐車場にあるかどうかを確かめてきます。」

鈴木は車から下りようとした。

「下りるのは待ってください。車をバックさせます。」

斎藤は車をバックさせて、駐車場から百メートルほど離れた場所で止めた。

「それじゃ、駐車場の様子を見てきます。」

鈴木は車を下り、強風雨の中を背を屈めて嘉手納空軍基地第三ゲート向かいの駐車場に向かった。

大城達の車はまだ駐車場にあるかどうか斎藤は心配だった。大城達の車が駐車場を出て嘉手納町に方向に引き返していたら尾行は失敗である。ハイスピードで追っても大城達の車を再び見つけ出すのは困難だろう。それに尾行していることに気づかれていたらこの車の車種やプレートナンバーを覚えられているだろうからこの車で尾行することはできない。もしかすると嘉手納町ではなくて知花十字路の方に行ったかもしれない。

斎藤は苛々しながら駐車場の様子を調べに行った鈴木が帰って来るのを待った。五分ほど過ぎて鈴木は戻って来た。助手席に座ると、

「大丈夫です。大城達の車はありました。私達の尾行にはまだ気づいていない様子です。」

斎藤は鈴木の報告を聞いてほっとした。

「そうですか。安心しました。私達の尾行は大城達にまだ気づかれていないですね。安心しました。私達の尾行に気づいて駐車場に入ったのではないとすると大城達四人はあの駐車場に来るのが目的だったということです。一体あの駐車場でなにをするのでしょうか。やっぱり彼らのボスとあの駐車場で会う予定なのですかね。」

「駐車場には五台の車が駐車しています。もしかすると五台の車の中には大城達のボスの車があるかも知れません。」

と鈴木は言った。

「そうですね。」

暴風雨の最中で駐車場の側を通る車がほとんどないとは言え、道路から丸見えの小さな駐車場で武器の売買をやるとは考えられない。鈴木はアパートから出てきた大城、梅津、ハッサン、シンの緊張した顔つきを見て危険な仕事をやるに違いないと予想していたが、どうやら自分の予想ははずれていたよ

うだ。斎藤が予想した通り、今日は四人を集めたボスに会うのが目的なのかも知れない。鈴木は張り詰めていた気持ちが緩んだ。

「斎藤君の予想が当たったようですね。あの小さな駐車場で武器等の取引きはあり得ません。彼らの今日の目的はボスとの待ち合わせでしょう。」

「そうだと思います。」

「もう少し車を駐車場に近づけましょう。道路沿いは金網だけで身を隠す場所がありませんし、この風雨ですから車の外で見張るのは厳しいです。」

鈴木は後部座席に移った。

「駐車場がぎりぎり見える所まで誘導しますのでゆっくりバックして下さい。」

「わかった。」

斎藤はゆっくりと車をバックさせた。駐車場から五十メートルほどの場所まで近づいた時に鈴木は車を止めるように斎藤に指示した。

「大城達の車が見えました。」

と鈴木は言った。斎藤と鈴木は駐車場から五十メートルほど離れた場所に車を停めて大城達の車を見張った。

鈴木は青木に連絡した。

「もしもし、青木だ。」

「鈴木であります。大城達の車は嘉手納空軍基地第三ゲート向かいの駐車場の中に入りました。駐車場には大城達の車を含めて五台の車が駐車しています。私たちは駐車場から五十メートル程離れた場所に居ります。」

「四人の乗った車の様子はどうだ。」

「はい。大城達に気づかれないように大城達の車がぎりぎり見える場所に駐車していますので車内の様子を見ることはできません。大城達の車は現在も駐車したままです。移動する気配は今のところはありません。」

「そうか。その場所で見張りを続けてくれ。その駐車場に新たに入って来る車もチェックするように。嘉手納空軍基地第三ゲートにもう直ぐ私たちも到着する。到着したら連絡する。」

「了解しました。」

鈴木は車の中から駐車場を見続けながら電話を切った。

十一

梅津は駐車場から梅沢に電話をした。

「もしもし、梅沢さんですか。」

「ああ、梅沢だ。」

「梅沢さんの指示した通りに嘉手納空軍基地第三ゲート向かいの駐車場に車を停めました。」

「そうか。嘉手納弾薬庫からのミサイル運び出しはうまくいったようだ。ミサイルを積んだトレーラーは嘉手納弾薬庫から嘉手納空軍基地に入ったという報告があった。今は第三ゲートに向かっている。梅津、すべては順調に進んでいる。暫くすると次の指示を出すよ。その時まで待機していてくれ。それからその駐車場には仲間の車が二台駐車している。木村が運転している車とガウリンが運転している車だ。お前とは初顔だが仲間だから気にする必要はない。大城と電話を代わってくれ。」

梅津は大城に携帯電話を渡した。

「大城だ。」

「梅沢だ。ガウリンを知っているな。ガウリンも今度の仕事に参加している。」

「え、ガウリンが。」

大城はガウリンが駐車場に居ると聞いて驚いた。

「ガウリンというとインドネシア人のあのガウリンか。」

「そうだ。そのガウリンだ。大城。急いでハッサンとシンをガウリンの車に移動させろ。ガウリンには連絡済みだ。」

「分かった。」

大城は車から下りて駐車している車を見回わした。しかし、風雨が強くて駐車場に駐車している車の車窓を激しい雨滴が覆っているので車内の様子が見えなかった。車から離れてガウリンの車を探していると、四台目の車から、

「へーイ、大城さーん。」

ガウリンは大声で大城の名を呼び、手を振った。

「おお、ガウリン。」

大城は車に戻り、ハッサンの座っている後部座席のウインドーを叩いた。ハッサンがウインドーを下ろした。

「ハッサン。別の車に移るから下りろ。」

大城はハッサンとシンを連れガウリンの車に行き、ハッサンとシンを後部座席に乗せて自分は助手席に乗った。

「ガウリンも来ていたのか。」

「大城さん、久しぶりです。」

「久し振りだな。まさか、こんな所でガウリンに会うとはな。驚いたよ。」

「大城さんに電話したかったけど、梅沢さんに誰にも連絡するなと言われていたからやらなかった。大城さんは元気でしたか。」

「ああ、元気だったよ。懐かしいなガウリン、五年振りだよ。商売はうまくいっているか。」

大城の質問にガウリンの顔は沈んだ。

「商売は辞めました。」

「え、辞めたのか。」

「はい。」

「それで沖縄には来なくなったのか。」

「はい。」

「そうか。だから、俺の方に電話をしなくなったのか。」

「はい。」

ガウリンは十年前からインドネシアの民芸品を沖縄島のフリーマーケットの店や観光客を相手にしている商店等に卸売りをやっていた。大城は知人に頼まれてガウリンに中古の軽貨物車を売ってやったり、アパートや倉庫を世話してあげたのが縁でガウリンとは親しくなった。ガウリンの商売は十年前はうまくいっていたが、フリーマーケットを開催していた大きな空地には次第にテナントビルが増えていって、フリーマーケットは消滅していった。それに、大手の卸店がガウリンの扱っている民芸品を扱うようになっていったのでガウリンの売上げは次第に減っていき、ガウリンは五年前に民芸品の卸商売を止めて沖縄島に来なくなった。沖縄島に来る度に大城に連絡してきたガウリンが五年前の夏以降は大城に連絡しなくなっていた。

「そうか、ガウリンも厳しかったんだ。」

「そうです厳しかったです。」

「それで梅沢の下で仕事をするようになったのか。」

ガウリンは黙って頷いた。

大城は自衛隊やアメリカ兵から入手した拳銃等を梅沢に売ったり、梅沢に頼まれて盗難車を保管したり、梅沢の欲しい中古車を集めたりして梅沢とは協力関係にあった。

八年前にガウリンを梅沢に紹介したのは大城だった。梅沢は麻薬を民芸品に隠して密輸する商売をガウリンに持ちかけたのだがガウリンは恐がって梅沢の話を断ったいきさつがある。ガウリンが麻薬の運びを断ったので梅沢とガウリンの縁はそれでなくなったと大城は思っていた。しかし、ガウリンは民芸品の商売がうまくいかなくなったので梅沢の下で仕事をするようになったのだろう。梅沢はガウリンの話はしなかったし、ガウリンは大城に連絡しなくなったので、大城の頭の中でガウリンのことは薄れていっていた。

「そうか。しかし、梅沢の仕事を手伝うということは命がけだろう。ガウリンも大変だなあ。」

麻薬の密売は東南アジアの国々では重罪とされ死刑判決が下されることもある。ガウリンはため息をついた。

「仕方がありません。商売で失敗したから借金があります。借金を返さなければならないです。お金を稼がなければならないですから。」

ガウリンは淋しそうな顔をした。

「大城さんもお金に困って梅沢さんの仕事を手伝っているのですか。」

大城は苦笑した。

「いや、そうじゃない。梅沢さんとは腐れ縁でな。昔から仕事を組んでいるんだ。」

「それじゃ、麻薬も扱っているのですか。」

「いや、それはやっていない。個人相手にちまちまと麻薬を売る商売は俺には向いていないからな。それにボスになって手下に麻薬を売らせるような芸当は俺にはできない。ガウリンだから言うが、実は、盗んだ車や拳銃などの武器を集めて梅沢さんに売っている。俺ができる仕事はそんなものだ。」

「そうだったんですか。」

「俺の仕事は警察にばれても刑務所で何年か臭い飯を食えばいいが、ガウリンは違うだろう。警察にばれれば死刑になる場合もあるだろう。」

「はい。」

ガウリンは暗い表情で頷いた。大城は、「そんな危険な仕事からは早く足を洗った方がいいぞ。」と言いたかったが、ガウリンの生活のことを考えれば言えなかった。

「家族は元気か。」

「はい、元気です。もう少しで五人目の子供が生まれます。」

「え、子供が生まれるのか。」

「はい。」

「そうか。」

借金があるなら子供なんか作るなと喉まで出かかったがガウリンの痩せた顔を見るとそんな冗談を言う気になれなかった。

「それはいいことだ。今度の仕事でいくらもらうことになっているんだ。」

「一万ドルです。」

「一万ドルか。俺がもう少しアップしてくれるように梅沢さんに頼んでやるよ。」

「本当ですか。」

「ああ。早く借金を返して、新しい商売を始めろよ、ガウリン。」

ガウリンは元気のない、暗い笑いをした。

「ガウリン、そんなみみっちい顔なんかするな。人生は七転び八起きっていうからよ。ガウリンにも明るい明日があるさ。」

大城はガウリンの背中を叩いた。

「人生は覇気次第だからよ。覇気がなけりゃなにもかもうまくいかないものさ。ガウリンも覇気を出さなくては駄目だよ。」

「はい、久しぶりに大城さんの話を聞いて元気が出ました。」

「沖縄で商売する時は俺が手伝うからさ。じゃな、頑張れよ、ガウリン。」

「はい。」

大城はガウリンと右手で握手をやり、左手の拳で軽くカウリンの胸を突いた。大城はガウリンの車を下りて自分の車に戻った。


大城と梅津が乗っている車、ガウリンとハッサンとシンが乗っている車、それに木村とミルコとゼノビッチが乗っている車の三台は嘉手納空軍基地第三ゲート向かいの駐車場で風雨に叩かれながらじっとしていた。三台の車に乗っている八人のミサイル窃盗グループはボス梅沢の電話連絡を暴風雨が襲い掛かる小さな駐車場で待った。雨と風はますます強くなっていく。

梅津の携帯電話が鳴った。梅津は急いで携帯電話を取った。

「梅津か。」

「はい、梅津です。」

「梅津、第三ゲートにミサイルを積んだトレーラーがもうすぐやって来る。」

梅津は嘉手納空軍基地の第三ゲートを見た。第三ゲートの監視所は県道七十四号線から百メートル奥の位置にあった。トレーラーの姿はまだ見えなかった。

「そのトレーラーの行き先は大城が知っている。ガウリンの車はトレーラーの直ぐ前を走り、木村の車はトレーラーの直ぐ後ろを走ることになっている。私は木村の車の後方に着く。お前たちは今から出発して斥候役をやるのだ。交通事故や通行止めがあったら直ぐに私に連絡をしてくれ。大型トレーラーは小回りが利かないから通行止めがあったら早めに進路変更をしなければならない。進路変更は私と大城が相談して決める。大城は沖縄島の道路に精通しているからな。それから、この暴風雨だ。木が倒れて車が通れない場所があるかも知れないし道路が冠水している場所があるかも知れない。冠水している場所があったら急いで車から下りて冠水している水溜りの深さを調べてくれ。トレーラーはどんな水溜りでも通れると思うが私達の自家用車が通れるか通れないかが問題になる。その時の対処のやり方も大城と私が相談して決める。わかったな。」

「はい。」

「大城に電話を代われ。」

梅津は大城に電話を渡した。

「大城だ。」

「トレーラーはもうすぐ第三ゲートに来る。お前はすぐ駐車場を出ろ。」

「分かった。」

「いよいよ私達の計画が実行される。」

「ぞくぞくするぜ。」

「ああ、ぞくぞくする。クレーンやシーモーラーは目的地について設置をしている。全ては順調だ。」

「そうか。」

「お前達の役割りについては梅津にも伝えた。トレーラーが第三ゲートに到着したらすぐに出発しろ。」

「わかった。」

大城は携帯電話を梅津に渡した。大城と梅津は第三ゲートを見つめた。暫くすると、大きなトレーラーが現われた。梅津が、

「トレーラーが来た。」

と緊張した声で言うと、大城は、

「いよいよ、始まるぜ、梅津よ。」

とにやりと笑いながら車をバックさせて車列から出ると向きを変えて駐車場を出た。

「あのトレーラーには何を積んであるのだ。」

「ええ、ミサイルだ。」

「ミサイルだって。本当か。」

「ああ。」

と大城は嬉しくてたまらないという風ににやにやしながら言った。

「信じられない。」

梅津は目を丸くして驚いた。

「ふふ、さあ、一世一代の大泥棒が始まるぞ。」

駐車場を出た大城が運転する車はハンドルを左に回転させて十字路を左折した。

大城の運転する車は間道をゆっくりと進んだ。この道路は国道三二九号線に出る間道になっている。

「大城達の車が駐車場から出て十字路の方に向かいました。」

「え、本当か。」

斎藤はギアを入れ、車を出そうとした。

「車を出すのは待ってください。信号を左折してこちらにやって来ます。今、車を出せば怪しまれます。」

大城の車は道路沿いに停車している鈴木と斎藤が乗っている車に近づいて来た。

「大城達はなんのために駐車場に入ったのだ。」

「そうですよね。彼らのボスの車が入ってくると思っていましたが、車は一台も入ってきませんでしたし、動きもありませんでした。集合場所を変更したのでしょうか。」

斎藤と鈴木は大城達の車が駐車場に入った理由が理解できなかった。大城達の車はどんどん近づいてきた。

「なぜ、大城達の車がこの道路に入ったのだろう。」

斎藤と鈴木は身を臥せた。

「こっちの正体がばれたのかな。」

不安になってきた斎藤が言った。

「そんなことはないと思います。」

大城達の車は斎藤達の車の側を通り過ぎていった。

「大城達の車は通り過ぎて行きました。」

「そうですね。私達の尾行はばれていないようです。」

大城達の車がカーブを曲がり、車が見えなくなった時に斎藤は起き上がり、車を始動させて大城達の尾行を再開した。鈴木は助手席に移動すると青木に電話を掛けた。

「青木隊長、鈴木です。」

「おお、鈴木か。大城達に動きがあったのか。」

「はい、ありました。大城達の車が駐車場を出ました。私たちの車の横を通り過ぎていきました。今から尾行を開始します。」

「なに、お前達の車の側を通り過ぎていったのか。」

「はい。」

青木の車は沖縄市の方から来て、嘉手納空軍基地第三ゲートの手前二百メートルの場所に停車したところだった。

「駐車場で仲間と落ち合うか取引相手と会うと思っていたが、私の予測は外れた。気をつけて尾行を継続してくれ。私達は駐車場が見える場所に停車したところだ。私は暫くの間駐車場を見張っている。」

「え、青木隊長は第三ゲートに着いたのですか。」

「今、着いたところだ。」

鈴木は青木が来たことを知りほっとした。

「慎重に大城達を尾行してくれ。」

「分かりました。」


駐車場で大城達が彼らのボスに会うだろうと予測していた青木は自分の予測がはずれたのでがっかりした。大城達が駐車していた駐車場には手掛かりになるものは何もないとは思ったが、念のために駐車場を調べることにした。

「天童、駐車場に行ってくれ。」

青木は車をスタートするように天童に指示した。その時駐車場から新たな車がゆっくりと出てきた。

「天童、車を停めろ。」

駐車場から出てきた車は嘉手納空軍基地第三ゲート前の十字路を左折すると十字路から数十メートル進んで止まった。

「大城達の仲間でしょうか。」

「大城達と同じ駐車場から出て来たということは大城達の仲間である可能性が高い。」

青木の顔は険しくなった。

「なぜ、あそこに車を停めたのでしょうか。」

「分からん。とにかく、駐車場には大城達の仲間がすでに来ていたということだろう。もしかすると駐車場で仕事の打ち合わせをしていたかも知れない。駐車場から二台の車が出て来たということは彼らの仕事が始まるかも知れない。天童。しばらく様子をみよう。」

「はい。」


その時、赤いスポーツカータイプの車が横を通り過ぎていった。赤いスポーツカータイプの車が十字路に差し掛かった時、第三ゲートから黒い煙を吐きながら大型トレーラーが出てきた。大型トレーラーは山のような荷を緑のカバーで覆っていた。大型トレーラーは轟音を出しながら急停車した赤いスポーツカータイプの車の前を通り過ぎ嘉手納空軍基地第三ゲートの十字路から間道に入っていった。赤い車はトレーラーが通り過ぎた後に嘉手納町の方に去って行った。

青木は予想もしなかった大型トレーラーの突然の登場に驚

いた。

「隊長、もしかするとあの大型トレーラーは武器窃盗集団と関係があるのではないですか。」

「うむ。もしかするとあのカバーの中には盗んだ武器が積まれているのかもしれない。」

「あれが武器だとすると大量の武器が窃盗されたことになります。」

「そうだな。」

天童は沿道に停まっていた車がないことに気づいた。

「停車していた車がありません。」

天童は慌てて大型トレーラーを追おうとした。

「待て、天童。」

青木が車を発進するのを止めた。

「あのトレーラーが鈴木、斎藤が尾行している武器窃盗団と関係がある可能性は高い。しかし、相手は大型トレーラーだ。せいぜい時速二、三十キロのスピードだろう。尾行はやりやすい。それに鈴木達がトレーラーの前に居る。トレーラーを見失うということない。それよりも冷静に回りの様子を見る必要がある。駐車場にはまだ三台の車が駐車している。彼らの仲間の車がまだ残っているかも知れない。あせりは禁物だ。」

「はい、分かりました。」

青木の判断は正しかった。大型トレーラーが間道に入った後に大型トレーラーを追うように十字路近くの駐車場から一台の車が飛び出してきて十字路を左折した。

「隊長。新たな車が駐車場から出てトレーラーの後を追いました。」

「ああ。」

「尾行しますか。」

「まて、あせるな天童。大型トレーラーの前に二台の車、後ろに一台の車がついた。これはかなり綿密な計画であると考えなければならない。うかつな行動はできない。」

「はい。」

青木はなおも様子を見るために車を発車させなかった。大型トレーラーはスピードが遅いから追いつくのは簡単である。大型トレーラーに追尾する車がないことを確かめてから尾行を初めても大型トレーラーを見失うことはない。青木たちは暫くの間駐車場を見ていたが、駐車場に残っている二台の車は動かなかった。

青木は駐車場の中を調べるために、

「天童、駐車場に行ってくれ。」

と指示した。天童は車を発進した。

「止めろ、天童。」

青木の鋭い声に天童はすぐに車を止めた。それから駐車場を見た。しかし、駐車場の中の二台の車は動いていなかった。

「駐車場に怪しい動きはありませんが。」

「駐車場ではない。向こうを見ろ。」

青木は前方を指した。見ると嘉手納町方向から水しぶきを上げて近づいてくる車があった。

「あの車も武器窃盗団の仲間なのでしょうか。」

天童は青木に聞いた。

「それはわからない。用心第一だ。あの車が通り過ぎるのを待とう。」

「はい、わかりました。」

嘉手納町の方から来た車は十字路に来るとスピードを落とした。そして十字路を左折して間道に入っていった。

「隊長。あの車も武器窃盗団の仲間でしょうか。」

「その可能性は高いな。」

駐車場を出た三台目の車が最後の車ではなかったようだ。青木は県道七五号線に一台の車も走っていないのを確認してから車を間道に入るように天童に指示した。車が走り出すと青木は鈴木に電話した。

「鈴木です。」

「青木だ。」

「青木隊長。今のところ、尾行は順調です。」

「鈴木よく聞け。今嘉手納空軍基地第三ゲートから大型トレーラーが出て間道に入った。大型トレーラーは大量の荷を積んでいた。トレーラーの荷は嘉手納空軍基地から盗んだ大量の銃火器の可能性があると思われる。トレーラーの前と後ろには不審な車が追随している。トレーラーは君達の後を追う形になった。後ろにも気を付けながら尾行をしてくれ。私たちはトレーラーの後ろを付いていく。」

「了解しました。」

鈴木は電話を切ると、

「斎藤君、後ろから大型トレーラーが来ているそうだ。」

「え、大型トレーラーがですか。」

「そうです。青木隊長の話では盗んだ武器を積んでいる可能性が高いそうです。」

「それじゃ、武器窃盗団は嘉手納空軍基地から大量の武器を盗んだということですか。」

「そうだと思います。」

「私達は武器窃盗団の車に挟まれた状態になったですね。私達はどうすればいいのですか。」

「この間道では私達は身動きができません。今は慎重に尾行をするようにとのことです。」

「わかりました。」

斎藤と鈴木は慎重に尾行を続けた。

間道のうっそうと木が生えている場所に来ると葉っぱや小枝が路上に散らばっていた。大城はスピードを落とした。

「大きい枝が道に落ちていないか心配だ。」

梅津は顔をフロントガラスに近づけて前方を注意深く見なが

ら言った。

「そうだな。まあ、枝だったらお前と二人で片付けることができるが木が根元から倒れているとヤバイぜ。」

タイヤがバキバキと枝を踏む音が耳に入ってきた。

「お、あれは水溜りじゃないか。」

枝葉が散らばっている先に水溜りが見えた。水溜りは道路一杯にひろがり長さは十メートルくらいあった。

「深くなければいいが。」

梅津は呟いた。大城は車を停めた。

「深くはないと思う。」

「そうかな。」

梅津は心配そうに大城を見た。

「何回か大雨の時にこの道を通ったことがあるが。あの時は大丈夫だった。」

「そうか。」

「車を入れるよ。」

大城はゆっくり水溜りに車を入れた。大城は慎重に車を進めた。大城の言った通り水溜りは深くはなかった。水溜りから出ると大城は車を加速させた。

斎藤は大城達の車がスピードを落としたことに気づいた。

「鈴木君、大城達の車がスピードを落としました。」

「え。」

「私もスピードを落とします。大城達はなぜスピードを落としたのでしょうか。」

「道路に枝葉が散らばっています。その性ではないでしょうか。」

「そうですね。」

暫くすると大城達の車が停まった。斎藤と鈴木は緊張した。

「車が停まりました。」

斎藤はそう言うと車を停めた。

「水溜りがあるのでしょうか。」

「あ、水溜りが見えます。」

大城達の車はゆっくりと水溜りを走った。

「水溜りを走っています。」

大城達の車は水溜りから出るとスピードを上げた。

「やっぱり水溜りがあったせいで車を停めたようです。」

斎藤はほっとした。そして、車のスピードを上げた。

ガウリンは前方に白い車が止まっているのを見た。暴風雨のために故障した車が停まっていると思ったがその車はゆっくりと走り出した。

「おかしいな。」

ガウリンはつぶやいた。

「大城さん達の車と私達の車の間には一台の車もないはずなのに、前の方に車が走っている。」

前を走っている白い車をガウリンは怪しんだ。

「梅沢さんに連絡をした方がいいな。」

ガウリンはそう言うと梅沢に電話した。

「梅沢だ。どうしたガウリン。」

「梅沢さん。怪しい車が前を走っています。」

「え、怪しい車だって。どういうことだ。」

「私達と大城さんの車の間には車が走っているはずはないのに車が走っているということです。」

「どんな車だ。」

「白のセダンです。あ、もしかすると大城さん達が駐車場に入った時に、大城さん達の後からやってきて十字路を左折していった車かもしれません。」

「え、どういうことだ。」

「大城さん達の後ろから走ってきた車があったんです。その車は大城さん達の車が駐車場に入った後にやって来て十字路を左折しました。私が駐車場に入ってから目の前を通過した車は後にも先にもその車一台だけだった。」

「つまり、その車はどこかに隠れていて、大城達の車が間道に入ってきたので大城達を尾行しているということか。」

「それ以外には考えられません。」

「くそ、厄介なことになったかも知れないな。悪い予感がするぜ。」

「どうしましょうか。」

「できるなら事を荒立てない方がいい。大城達に連絡するから電話を切るよ。」

「はい。」

梅沢はガウリンとの電話を切ると急いで梅津に電話を掛けた。

「梅津、梅沢だ。」

「梅津です。」

「気を付けろ。お前たちの後ろに怪しい車が付いている。」

「え、まさか。」

梅津は予期していなかった梅沢からの話に仰天した。梅沢は後ろを見た。しかし、激しい雨のせいで後ろの車は見えなかった。

「くそ、いつから俺たちを尾行していたんだ。」

「梅津、大城に話して車のスピードを落として後ろの車に接近させろ。車に乗っている奴の顔を見てみろ。見覚えのある人間かどうか確かめるんだ。」

「はい。」

梅津は携帯電話を手で押さえて大城に話した。

「大城。俺達を尾行している車があるらしい。」

「まさか、嘘だろう。信じられねえ。」

大城はバックミラーを見た。しかし、バックミラーは視界が悪くて車の後方を見ることができなかった。

「梅津、あせるなよ。尾行していると決め付けるのはまだ早い。偶然にお前たちの後ろを走っていることも考えられる。いいか梅津、よく聞け。今度の仕事はどでかい。一生に一度あるかないかのどでかい仕事だからできるだけ荒立てたくない。慎重にやってくれ。大城と話したい。お前の携帯電話を大城の耳に当てろ。」

梅津は、「梅沢さんからだ。」と言いながら携帯電話を大城の耳に当てた。

「大城だ。」

「大城。慎重にやれ。今度の仕事はでかい。失敗は許されない。」

「分かっている。」

梅沢は電話を切った。

「電話は終わった。梅津。後ろの車が見えるか。」

梅津は後ろを見た。

「見えない。もっとスピードを落として。」

「ああ。」

大城はスピードを落とした。すると梅沢が言った通り雨の中に白い車が見えた。

「車が見えた。大城。どうやら尾行されているのは確かのようだ。」

「くそ。俺達を尾行しているのはどこのどいつだ。」

大城は尾行されていることにショックを受けた。

「尾行されているのは間違いない。この車がスピードを落としたらむこうの車もスピードを落としてこの車と同じスピードで走っている。」

「どうする。」

「車に乗っている人間が知っている人間かどうかを調べろと梅沢さんは言った。スピードを落として後ろの車に接近してくれ。」

「わかった。」

大城は車のスピードを徐々に落としていった。

斎藤は大城が車のスピードを落としたのに気づいた。

「変だぞ。」

「どうかしたのか斎藤君。」

「前の車がスピードを落としたようです。」

「なに、なぜスヒードを落としたのだろう。」

「さっきと同じように前方に障害物を見つけたのじゃないですか。暴風雨で道路沿いの木の枝が折れ落ちたとか、それとも水溜りを発見したかもしれません。」

「そうかも知れませんね。」

斎藤は前の車に合わせてスピードを落とした。

「お、後ろの車もスピードを落としたぞ。大城、もっとスピードを落とせ。」

「くそ。もし、俺達を尾行しているのならただじゃおかないぞ。」

大城はスピードをさらに落とした。

「大城達の車の前方に水溜りが見えません。」

「スピードの落とし方が変です。障害物がないのにかなりスピードを落としています。」

斎藤は大城達の車のスピードの落とし方を変に感じたが、斎藤は大城達の車に合わせるようにスピードを落とした。すると大城達の車はさらにスピード落としていった。大城達の車に合わせて斎藤もスピードを落としたので大城達の車はますますスピードを落とし、最後には停まってしまった。


「あ、前の車が停まりました。前方に障害物らしきものも水溜りも見当たりません。あんな場所で車を止めるのは変です。もしかしたら私達の尾行に気づいたのでしょうか。」

「分かりません。後ろからは大型トレーラーが近づいてきます。どうしますか。」

「どうしますか。」

斎藤と鈴木は顔を見合わせた。

「彼らに尾行していることが知られているとしたら、ここに停車しているのは危険です。それにここに停車し続ければ尾行していることを確実に知られてしまいます。仕方がありせん。尾行を中止しましょう。」

「え、尾行を中止するのですか。」

「この車は大城達に覚えられています。この車で尾行するのは無理です。引き返して青木隊長の指示を仰いだ方がいいと思います。」

斎藤はユーターンした。


「梅沢さん。やっぱり俺達を尾行している車のようです。俺達の車が停まったらその車も止まりました。で、止まったままです。」

「くそ。あり得ないことだ。信じられない。そいつらは一体何者なんだ。いいか梅津。こうなったら逃がすわけにはいかねえ。絶対に捕まえろ。」

「分かりました。」


「あれ、前の車がユーターンしたぞ。」

怪しい車がユーターンしてガウリン達の方に向かってきた。ガウリンは怪しい車が逃げるのを防ぐために反対車線に車を入れた。トレーラーを運転しているロバートはガウリンの車が反対車線に入ったのを見て、ユーターンしてやってくる車が敵の車であり、逃げ道を防がなければならないと思った。ロバートは反対車線にカーブを切り、トレーラーで二車線道路を塞いだ。

斎藤は逃げ道を塞がれて車を止めた。

「まずいです。後ろの人間にも尾行を気づかれたようです。トレーラーが二車線を完全に封鎖しました。ここから逃げるのは不可能です。」

斎藤は再びユーターンした。

「どうしますか。」

「どうしますか。」

前も後ろも塞がれたので若い斎藤と鈴木はパニック状態になった。

「仕方がありません。前の車を抜きましょう。それしかないと思います。」

「そうですね。それしかないと思います。」

斎藤は大城達の車に近づいていった。

「やっぱりやっぱり。くそ。あの車は俺達を尾行していたんだ。尾行しているのがばれたので逃げる気だな。大城、あの車の逃げ道を塞げ。」

「まかせとけ。」

大城は車をバックさせて道路の中央に止めた。

斎藤は大城の車が道路中央に移動したのを見て車を停めた。

「車が道路の中央に移動しました。どうしますか。」

「前方の車の側面を通って逃げるしかありません。もし、前方の車にぶつかってもそのまま突っ切ったほうがいい。」

「わかりました。もし、前方の車と衝突して車が止まってしまったら走って逃げます。それでいいですか鈴木君。」

「それしか方法はないようです。了解。」

斎藤はアクセルを踏んだ。斎藤と鈴木は車から素早く逃げれるようにシートベルトを外した。斎藤が運転する車は大城達の方に向かってゆっくりと走り出した。

正体不明の車がゆっくり接近してきた。

「ここを強行突破する気だな。そうはさせないぞ。大城、あの車にここを突破させるなよ。」

「ああ、まかせとけ。」

梅津は急いで車から降りて車の後ろに回って拳銃を抜いた。大城はハンドルを握り、走ってくる車を待った。走って来る車が左側を通り抜けようとすれば車をバックさせる。右側を通り抜けようとすれば前進する。走って来る車が右側を通っても左側を通っても進路を断つつもりだ。大城は接近して来る車を待った。接近して来る車は右側を通るか左側を通るか。

梅津は車の背後に回り拳銃を構えた。正体不明の車はゆっくりと接近してくる。正体不明の車が大城の車にぶつかって止まったら、直ぐに車に駆け寄って正体不明の車に乗っている人間に銃を付きつけて捕まえる積もりだ。

斎藤は梅津が車の後ろから拳銃を構えたのを見た。

「鈴木さん。相手は拳銃を持っています。」

斎藤は車を止めた。

「そうですね。武器窃盗団だから拳銃を持っていて当然かも知れません。」

鈴木は拳銃を抜いて安全装置をはずした。

「前を突破する以外に方法はありません。」

「そうですね。」

斎藤も拳銃を抜いた。


ガウリンは斎藤達の車を追ってスピードを上げた。

「どうしたのですか、ガウリンさん。」

異常事態を察知したハッサンはガウリンに聞いた。

「あの前の車は大城さん達を尾行している車のようです。捕まえなきゃ。」

「敵ですか。」

「ああ、敵だ。」

ハッサンはガウリンの話を聞いて拳銃を抜いた。

正体不明の車は急にスピードを出して右側の車線に入った。大城は前進して正体不明の車に接近した。正体不明の車は急停車するとバックして止まり左側車線に入ってきた。大城は慌ててバックして反対車線に入った。すると正体不明の車はカーブを切って右側車線に入ってスピードを上げた。・・・逃げられる・・・と思った梅津は正体不明の車に向かって拳銃を撃った。梅津が放った銃弾は正体不明の車のフロントガラスを撃ち抜いた。


斎藤は突然の敵の銃撃に驚いた。被弾したフロントガラスにひびが入り穴が空いた。気が動転した斎藤は思わずハンドルを切りアクセルを踏んだ。斎藤の運転する車は濡れた車道を横滑りして路肩に鈍い音を立ててぶつかり跳ね上がった。跳ね上がった車は街路樹のヤシの木にぶつかって止まった。

鈴木と斉藤はシートベルトを外していたために衝突の衝撃で斎藤はハンドルに胸を強く打ち、鈴木もダッシュボードに胸を打ち、頭がフロントガラスにぶつかりそうになった。ひびの入ったフロントガラスは鈴木の肘が当たって割れた。激しい雨と風が車内に浸入した。

「大丈夫か斎藤君。」

斎藤は苦しそうにうめいていた。鈴木は外を見た。大城と梅津が近づいてくるのが見える。鈴木は割れたフロントガラスの間から拳銃を撃った。そして、

「斎藤君。」

と斎藤の名を呼んだ。

「す、鈴木君。苦しい。」

斎藤は胸を押さえてあえぐような声を出した。

「しっかりしろ斎藤君。車の中は危険です。外に逃げよう。」

鈴木は斎藤の肩を引っ張った。しかし、斎藤は胸の痛みがひどくて動けなかった。鈴木は斎藤を運転席から引っ張り出すことができなかった。

「斎藤君。」

鈴木は何度も斎藤の名を呼んだ。そして、斎藤の肩を引っ張った。斎藤は鈴木の声に反応し徐々に助手席に移動した。

　ガウリンとハッサン、シンが銃を構えて斎藤達の車に近づいている時に、

「ガウリン。」

と背後で呼ぶ声があった。振り返ると梅沢と木村、ミルコ、ジェノビッチがトレーラーの方から走ってきた。

「尾行している奴はどうなった。」

「車の中に居ます。大城さん達と撃ち合っています。私達は後ろから攻めようとしています。」

「そうか。木村。ミルコ。お前達も行け。」

「へい。」

木村、ミルコ、ガウリン、ハッサン、シンの四人が腰を低くして斎藤達の車に近づいていった。

　鈴木はドアを開けて車の外に出て、助手席に移った斎藤の頬を叩いた。

「斎藤君。大丈夫か。」

「胸がひどく痛いです。」

「敵は拳銃で襲撃しています。反撃しましょう。」

「あ、ああ。」

斎藤は胸の痛みを我慢しながら拳銃を握り、起き上がると大城達に向けて拳銃を撃った。

「斎藤君。早く脱出しないとまずいです。動けますか。」

「なんとか動けます。青木隊長に連絡しなくては。」

斉藤は応戦しながら内ポケットから携帯電話を出した。

「駄目だ。壊れている。」

斉藤の携帯電話はハンドルに胸を打った時の衝撃で壊れていた。

「内ポケットに入れていた私の携帯電話はハンドルとぶつかって壊れています。鈴木君。青木隊長に電話をしてください。」

「携帯電話が見つかりません。」

「え。」

「落としたようです。」

鈴木は車が衝撃を受けた時に携帯電話を落としていた。

「探してみます。」

斎藤は助手席の回りを探した。

「ありました。」

鈴木の携帯電話は助手席の下に落ちていた。

「う。」

斎藤の肩に激しい痛みが走った。銃弾が肩を射抜いたのだ。

斎藤は肩の痛みを我慢しながら、携帯電話を鈴木に渡した。

「鈴木君。早く青木隊長に電話して下さい。」

「はい。」

鈴木は斎藤から受け取った携帯電話を開いた。しかし、開くと自動的に明るくなる画面が明るくならなかった。鈴木はスイッチを押した。しかし、画面は明るくならなかった。

「変です。携帯電話がつきません。」

「え、どうして。。」

斎藤は助手席の床に手を置いた。床は浸入した雨で水が溜まっていた。

「床は水浸しです。携帯電話に水が入ったと思います。」

携帯電話のスイッチを押し続けていた鈴木の親指が止まった。

「ああ、もう駄目だ。」

鈴木は絶望の声を上げた。


梅沢の指示でハッサンは車の後ろに回り、車の中の様子を調べた。ハッサンは助手席に一人、助手席の外に一人居ることを伝えた。梅沢は大城達に拳銃を撃たせて鈴木達の注意を大城達に向けさせながら、助手席の斎藤を狙って運転席の方にはガウリンと木村を、車の外にいる鈴木を狙って車の左側にはハッサンとシンを配置した。

梅沢の合図で四人は立ち上がって斎藤と鈴木を狙って一斉に拳銃を撃った。


銃声が止んだ。梅沢は銃弾を打ち込んだ車に駆け寄った。大城と梅津も駆け寄ってきた。木村は銃を構えながら運転席に近寄った。斎藤が助手席から体をずらして仰向けに倒れている姿が見えた。木村は斎藤を凝視しながら車の窓から顔を入れて斎藤を見た。斎藤は銃弾を浴びてすでに死んでいた。

ハッサンは鈴木に近寄っていった。開いているドアに後頭部をつけて体をくの字にして鈴木もすでに死んでいた。

木村は梅沢に、

「梅沢さん。二人とも死んでいます。」

と斎藤と鈴木が死んでいることを伝えた。

「そうか。」

梅沢は尾行していた男達が死んでほっとした。しかし、なぜ二人の男が大城達の車を尾行していたのか、そのことに対する不安は消えなかった。

梅沢が一番恐れていたトラブルが発生してしまった。暴風雨でも嘉手納空軍基地から目的地まで車なら二十分しか掛からない。大型トレーラーなら四十分あれば到着できる距離である。たった四十分もかからない道程だというのに嘉手納空軍基地から出て間もない場所でトラブルが発生してしまった。一難は去った。しかし、こんなにも早く難がやってきたということは二番目の難もすぐにやって来るのかもしれない。

不安と苛立ちに梅沢は、

「ち。」

と舌打ちをした。

しかし、どのような事態が起こっても一世一代の大仕事を仕掛けた梅沢にはぐずぐず迷っている余裕はない。一分一秒でも早く最悪事態を処理してミサイルを目的地まで運ばなければならない。

「二人を引きずり出して身元を調べろ。」

梅沢の命令で梅津とハッサンが鈴木を引きずって車の側に運んできて仰向けに寝かした。木村とシンは助手席から斎藤を引きずり出して鈴木の側に並べた。

「こいつらは何者なのだ。」

梅沢の後ろに居たミルコが、

「ミスター・ウメザワ。」

と梅沢を呼んだ。

「なんだ。」

と言って後ろを振り返るとミルコがトレーラーの方を指さした。

トレーラーを見て梅沢は唖然とした。ミサイルを覆っていたカバーがめくれてしまい、めくれたカバーが吹き上げる暴風雨と激しく踊っていたのだ。全然予想しなかった光景である。踊っている緑のカバーがバーンと倒れてミサイルを覆った。あっけに取られている梅沢は呆然とトレーラーを見た。倒れたカバーは再び舞い上がり狂ったように踊り始めた。

止まっていた梅沢の思考が動いた。カバーが破れたのだろうか。暴風雨とはいえミサイルが丸見えの状態で国道を走るわけにはいかない。暴風雨でも国道を通っている車はあるだろう。トレーラーと交錯する車の運転手がカバーが破れて露わになったミサイルを見れば警察に通報するに違いない。パトロール中のパトカーとすれ違う可能性だってある。パトカーにミサイルを見られてしまえばミサイル窃盗計画は頓挫し、梅沢達は刑務所行きだ。最悪の事態だ。なんとかしなければならない。

「くそ、なんでカバーが破れるんだ。ロバート、ジョンソン。俺と一緒に来い。」

梅沢はロバートとジョンソンを連れてトレーラーの方に走った。

「くそ、今日は厄日だ。」

梅沢は忌々しげに言葉を吐いた。

「くそ、最悪だ。最悪の事態だ。」

しかし、梅沢は最悪な事態に困惑している余裕はない。早く決断し早く行動し早く目的地に到着しなければならない。なにしろミサイルをアメリカ軍から盗むのは梅沢一世一代の大仕事なのだ。破れた箇所を応急処置して、一刻も早くカバーをミサイルに被せなければならない。

「ロバート。カバーのどこが破れているのだ。修理はできるか。」

ロバートはミサイルの上で踊っているカバーを調べた。激しく動き回っているカバーは裂けてはいないし穴が開いているようでもなかった。

「カバーは破れては居ません。」

「本当か。カバーは破れていないのか。」

梅沢はカバーが破れていないと聞いてほっとした。

「はい。カバーを繋いでいたロープが切れています。」

「良かった。直せるか。」

「ロープを繋ぐだけだから直せます。」

「それじゃ、ロバートはジョンソンとトレーラーに上ってカバーを直せ。できる限り早く直せ。」

「この暴風雨では二人では無理です。あと二人か三人の応援が必要です。」

「分かった。おうい。木村。ミルコ、ジェノビッチ。」

梅沢は木村、ミルコ、ジェノビッチの三人を読んだ。梅沢に呼ばれた三人が走ってきた。

「お前らもトレーラーに上れ。ロバートを手伝って早くカバーを直すんだ。」

梅沢はミルコ、ガウリンもトレーラーに上らせた。

「ぐずぐずするな、早くやるんだ。」

苛々している梅沢は怒鳴った。梅沢はカバーの補修の手配をやって、急いで大城たちのところに戻った。

「二人の正体は分かったか。」

梅沢は聞いた。

「梅沢さん。こいつら防衛庁の人間ですぜ。」

梅津が言った。

「なに、防衛庁だと。」

梅津達の車を尾行していた人間が防衛庁の人間と聞いて梅沢は驚いた。ミサイル窃盗の実行計画の全容は梅沢だけが知っている。今日ミサイル窃盗を実行するのは直前まで大城以外は誰も知らなかった。防衛庁が今日のミサイル窃盗を知っているのはあり得ないことである。

「本当に防衛庁の人間なのか。」

尾行していた二人が防衛庁の人間であるのが梅沢は信じられなかった。

「ポケットに身分証が入っていました。二人が防衛庁の人間であるのは間違いないです。」

「どうして防衛庁の奴らに尾行されたのだ。考えられない。」

梅沢は呟いた。鈴木を見た大城が、

「ひょっとすると梅津はこいつにずっと尾行されていて、こいつは梅津と一緒に沖縄に来たのかも知れないな。」

「え、どうしてだ。」

梅津は驚いた。

「こいつの膚が白い。まだ沖縄の陽に全然焼かれていない。二、三週間も沖縄に居ればナイチャー(本土人)の膚は赤くなる。こいつは沖縄に来て間もないな。」

陽射しの強い亜熱帯気候の沖縄島に住んでいる大城は膚の焼け具合で温帯気候の本土から来た人間が沖縄島に来てどのくらいの日数を過ごしたかを判別することができる。本土から来た直後の人間は沖縄島の強烈な太陽の紫外線を受けていないから膚が白い。本土から来た人間は一週間もすれば沖縄島の強烈な太陽の日差しに焼かれて膚が赤くなり、一年が過ぎれば赤っぽい赤銅色になり、数年もすれば黒っぽい赤銅色になる。鈴木の膚が白いということは鈴木は沖縄島に来てまだ数日しか経っていないということになる。

「梅津の膚の色とこいつの膚の色は同じ白さだ。ということはこいつは梅津と同じ日に沖縄にきたことになる。」

「なるほどな。」

梅沢は頷いた。梅津は鈴木の膚の色を見、自分の膚の色と比べた。鈴木と梅津の膚の白さは同じだった。

「俺が尾行されていたのか。くそ、気づかなかった。」

梅津は恐る恐る梅沢の顔を見た。梅沢は斉藤を指して大城に聞いた。

「こいつはどうだ。こいつも本土から来たのか。」

「こいつは沖縄に来て一年くらいは経っている。」

「そうか。」

梅津をこっぴどくとっちめたい梅沢であったがしかしそんな時間的な余裕はない。防衛庁の尾行者二人と銃撃戦をやり、トレーラーのミサイルを覆ったカバーがめくれた。トラブルがたてつづけに起こってしまった。トラブルを早急に解決して、目的地に出発しなければならない。梅津が防衛庁の人間に尾行されていたことの問題に触れる余裕はなかった。梅沢は事故の後始末を急いだ。

「二人をここに放置しておくのは拙いな。大城の車のトランクに入れて置け。」

と言ったが、すぐに車のトランクに入れるのはまずいと考えた梅沢は、

「いや、死人をトランクには乗せない方がいい。」

梅沢は辺りを見廻わした。歩道の側にうっそうと雑草が生えている場所があった。

「梅津。あそこの草むらに死体は隠しておけ。車から見えないように草の中に隠すんだ。」

「はい。」

苛立っている梅沢は大声を出した。

「死体を隠したら急いで出発するんだ。」

「梅沢さん。車はどうする。草むらに隠そうか。」

と大城は聞いた。

「車を移動するのは時間がかかる。車はそのままでいい。とにかく急げ。くそ、今日は厄日だ。」


その時、トレーラーに一台のスポーツカータイプの赤い車が近づいてきた。車に気づいたミルコが横で作業をしている木村の腹をつついた。木村がミルコを振り返るとミルコは赤い車を指さした。赤い車はトーラーの後ろに停めてある梅沢の車の後ろに停まった。木村は大声で梅沢を呼んだ。赤い車から一人の若い男が出て来て、トレーラーに近づいてきた。

「梅沢さーん。」

木村は梅沢を呼んだが暴風雨のせいで梅沢の耳には届かなかった。木村は、

「梅沢さーん。」

と大声で呼んだ。

「なんだー。」

と梅沢はトレーラーの方を振り向いた。

「男が一人やってきた。」

「なにー。」

梅沢の声ははっきりとは聞こえなかった。

「男が一人トレーラーに近づいてきたー。」

木村は若い男を指しながら叫んだ。

「大城、ちょっと待って。」

梅沢は大城達が二つの死体を移動するのを止めて、

「なんだー。」

と言いながら、トレーラーの方に走った。

「男が一人、やってきていますぜ。」

走って来る梅沢に木村はトレーラーの側まで来ている若い男を指しながら言った。

「男がやって来ただと。」

と梅沢が聞くと、木村は頷いた。

その男は防衛庁の人間なのだろうか、それとも一般人なのだろうか。トレーラーに近づいてきた男が防衛庁の人間であろうが一般人であろうが事故現場も一つの死体も見せるわけにはいかない。

「くそ、どうして災難がこうも続くんだ。」

苦々しく呟きながら梅沢はトレーラーの運転台を回った。その途端に若い男と鉢合わせになった。


青木隊長は最後尾を走っている梅沢の車の後を追った。暫くすると梅沢の車がスピードを落として停まった。

「隊長。梅沢の車が停まりました。」

「天童、車を停めろ。」

天童は車を停めた。

梅沢の車の前を走っていた車も停まっていて、その車の前には間道を横断して止まっているトレーラーが見えた。トレーラーの後ろに停まった二台の車に乗っていた人間達は車か

ら下りて梅沢を先頭にトレーラーの反対側に走って行った。

「隊長。あれはなんでしょうか。」

天童はトレーラーの荷台を見て言った。激しい雨の中でトレーラーの荷台の上で激しく動き回るものが見えた。

「カバーだ。トレーラーの荷物を覆っていたカバーのロープが解けたのだろう。」

「トレーラーは事故を起こしたのでしょうか。」

「うむ。その可能性もあるな。」

「鈴木さん達に電話で聞いた方がいいのではないですか。」

「そうだな。聞いてみよう。」

青木は携帯電話を取り出して鈴木に電話をした。しかし、鈴木の電話は、電波の届かない場所かスイッチが切られているというメッセージを繰り返し、鈴木は電話を取らなかった。

「変だ。」

青木は悪い予感がした。

「どうしたのですか。」

「鈴木の電話に繋がらない。」

「本当ですか。」

青木は次に斎藤に電話した。しかし、斎藤の携帯電話の反応も同じだった。

「斎藤の電話にも繋がらない。」

天童の顔が強張った。

「鈴木さん達はトラブルに巻き込まれたのでしょうか。」

「ううん。トレーラーが事故を起こしただけなのか、それとも鈴木達も巻き込んだトレーラーの事故なのか。」

「心配です。」

「電話に出ないということは鈴木達に何かが起こった可能性が高い。」

「はい。」

「二人とも無事であればいいのだが。」

青木の斎藤達を心配する言葉に天童は黙って頷いた。

　トレーラーの向こうでなにが起こったのか。斉藤と鈴木の二人は無事なのか。青木は斎藤と鈴木の身が心配であった。しかし、武器窃盗団がいる危険な場所に行くわけにはいかなかった。しばらくは様子を見るしかない。青木は回りを見た。

「ここに停車していては怪しまれてしまう。彼らに見られない場所に移動しよう。」

反対車線の近くに石灰岩が山のように積まれた空地があった。

「天童。あの空地に車を移動してくれ。あそこに車を停めて様子を見よう。」

「わかりました。車を移動します。」

天童は車をゆっくりとターンして石灰岩が積まれている空地に車を入れた。

青木と天童の二人が斎藤達からの電話が掛かってくるのを待っていると赤い車が目の前を通り過ぎていった。

「赤い車が通り過ぎていきました。仲間でしょうか。」
「そうではないだろう。あの車は第三ゲートで私達の車の側を通って嘉手納町方面に走っていった車ではないかな。」
「そう言えばあの時の車に似ています。」
天童はドアのロックを外した。
「隊長。私は様子を見てきます。」
「そうしてくれ。」
天童は車から下りて歩道の近くに移動した。歩道の側にはすすきが生えていた。天道はすすきに隠れながらトレーラーの方を見た。赤い車は二台の車の後ろに停まり、中から若い男が出て来た。若い男はトレーラーに近づいていった。

十二

とうとう台風十八号が沖縄島にやってきた。年中無休二十四時間オープンをモットーとしているコンビニエンスの店長にとって台風来襲がなんといっても一番辛い。年中無休二十四時間オープンを売り物にしているのだから台風が来たからといって店を閉めることはできないのだ。例え停電してもローソクや懐中電灯を準備してオープンするのがコンビニエンスのモットーなのである。

具志川市にあるコンビニエンスの店長をやっている啓太は南太平洋で発生した台風十八号が沖縄島に直進しているのが気になっていた。

「どうぞ、沖縄島に襲来しないでください。よそに行ってください。」

と、沖縄島の南東の太平洋上にある台風十八号が東か西に曲がってくれるように祈っていたが、啓太の祈りと期待を裏切った台風十八号は東にも西にも曲がらないで北西への進路を保ち、ウチナー島に接近し続けた。そして、いよいよ台風十八号は今日の朝には沖縄島に上陸を開始した。

テレビの気象予報では、これから風雨がどんどん強まり、昼過ぎには台風の目が沖縄島に上陸するという。これから台風十八号が沖縄島で猛威を振るうのだ。台風が気になる啓太は午前六時にはコンビニエンスに来た。

「今日は一日中店の番だ。台風が直撃するのだから、店は確実に停電するな。」

啓太はため息をついた。

台風の中心辺りの最大風速が四十メートルもあるという大型台風が直撃するのだ。コンビニエンスが停電するのは間違いない。コンビニエンスにとって一番辛いのが停電だ。停電した時に店の運営は果たしてうまくやっていけるだろうか。初めて体験する大型台風の襲来に啓太はとても不安だった。

啓太は店長になって一年にも満たない新米店長である。啓太は二十五歳。元暴走族。私立大学を中退して定職にも就かずぶらぶらしていることに腹を立てた啓太の母親が啓太を強引にコンビニエンスの店長にさせた。コンビニエンスのオーナーになるには入会金、商品代金、運転資金、家賃や敷金等を含めると総額で一千五百万円もの資金が必要である。母親は五百万円は現金で、残りの一千万円は銀行から借りてコンビニエンス開店の資金を作った。母親はオーナーになり、銀行から借りた一千万円は啓太が返済するという条件で啓太を店長にした。

啓太の母親の名前は和代といい、沖縄市で美容院をやっている。美容院はそこそこに繁盛し啓太達三人の子供を母親一人で育てた。啓太の父親は母親と別居をしていた。啓太の父親の名前は啓四郎といい、大学の時学生運動をやっていたらしい。大学に五年も在籍していたが卒業することができなくて六年目の春に大学を中退した。大学を中退した父親は学習塾を始めた。学習塾をやっている時に母親の和代と父親の啓四郎は出会い、そして結婚した。二人の間には長男の啓太と長女の春奈と次女の美夏が生まれたが、啓太が十歳の時に父親は学習塾経営に飽きたと言って学習塾を止めた。それからはビデオ店をやったり古本屋をやったりライブハウスをやったりフリーマーケットをやったりと次々と商売を変えていった。商売を変えていっている内にいつの間にか父親は家に戻らなくなった。今はインターネットショップで商売するのに興味を持ち、パソコンを勉強しながらバーデスというアジアからアクセサリーや民具等の商品を輸入して日本の各地の小売店やインターネットショップで販売しているアメリカ人からインターネットショップのやり方を教わりながら彼の商売を手伝っていた。

父親の啓四郎が世話になっているバーデスというアメリカ人は元アメリカ海兵隊員だったが、五年前に除隊して沖縄島に住み、アジア各地を回ってアクセサリーや民具等を仕入れて沖縄島で卸販売をやっている。バーデスはパソコンの知識も広くインターネットショップ販売もやっていた。

父親の啓四郎はバーデスからパソコンの操作やインターネット販売の方法を習いながら、今ではバーデスがアジアに出掛けている時は啓四郎がバーデスの代わりに商品配達をやったりインターネットでの注文を受けて商品の手配をやるようになっていた。

啓太の父親と母親が完全なる別居状態になって十年以上になる。啓太の父親は自由奔放な人間で仕事は次々と変わるし啓太たち子供の面倒も母親任せであった。母親はそんな父親に恨み言も言わないで父親が気ままに生きているのを放っていた。しかし、啓太がコンビニの店長になった時、母親は夫の啓四郎を家に呼んで啓太の監視役を厳しく申し付けた。

母親は今まで子供の面倒を見なかった父親を責め、父親としての責任を取れないなら犬畜生にも劣る人間だと言い、啓太が店長として一人前になれるかなれないかの一切の責任は監視役の父親にあるとまで断言し、もし啓太を一人前の店長にすることができなかったら離婚すると宣告した。母親の厳しい態度に父親は渋々と啓太の監視役を引き受け、啓太が一人前の店長になれるかなれないかは自分の責任であると言い、啓太を一人前の店長にすることを妻に誓った。そのようないきさつがあって啓太は具志川市のコンビニの店長になった。啓太の父親は自由人ではあったが無責任な男ではなかったので、啓太を一人前の店長にするためにあれこれと啓太を指導していた。

十三

台風の激しい風雨が恐いのではない。停電することが恐い。停電で一番困ることは店内が暗くなることではない。ろうそくや懐中電灯があれば陳列棚から買いたい商品を探すことはできる。停電で一番困ることはコンピューターで管理しているコンビニ専用のレジスターが使用できないことである。

商品の全てにバーコードがある。レジスターのスキャナーを商品のバーコードに当てれば自動的に値段がモニターに表示されるから店員は商品の値段を覚える必要はない。しかし、停電すればスキャナーが使えないので商品の値段が分からなくなる。商品に値段が表示されていればいいのだが最近はほとんどの商品に値段が記入されていない。

商品に値段を記入するのは小売業者の自由競争を妨げて独占禁止法に違反するというので生産工場で値段を商品に印刷記入することが禁じられているそうだ。それは国が決めたことだから商品に値段を表示していないことに文句をつけても仕方がない。それに停電しなければバーコードにスキャナーをかざすとピッピッとレジスターのモニターに値段が表示されるからなんの支障もない。

しかし、停電した時はもう大変だ。コンビニエンスのパートは商品の値段なんてひとつも覚えていない。だから停電した時のコンビニエンスのパートは戦場のように忙しく地獄のように悲惨である。

客が買おうとしてレジカウンターにお菓子を置いたとしよう。お菓子の値段を知らないパートは急いでお菓子の置かれていた陳列棚を探す。そして、お菓子を陳列してある場所にあるプライスカードを見てお菓子の値段を覚えてレジカウンターに戻る。ノートにお菓子と書いて値段を記入。それからお客さんからお金をもらい、電子計算機を使ってつり銭を計算するというわけだ。レジカウンターに五つの商品が並べられたとしよう。パートは陳列棚で五つの商品を探し五つの商品の値段を調べて五つの商品の値段をノートに書き、小さい電子計算機で五つの商品の合計を出し、それをノートに記入し、お客からお金を預かって、再び小さな電子計算機で計算をしてつり銭の金額を出し、お客につり銭を渡す。

ノートには商品の値段だけ記入するわけではない。コンビニの商品はソフトドリンク、ファーストフード、日配、お菓子、食品、バラエティー、タバコ、酒類等に部門分けされているから商品の種類も記入しなければならない。

停電した時のコンビニエンスは停電していない時の数倍どころではなく五、六倍以上も難儀である。だから、停電になった時の難儀を少しでも軽くするために商品のひとつひとつに値段を記したラベルをラベラーで貼りつけなければならない。種類の多いコンビニエンスの商品にラベルを張るのは大変な作業である。

啓太は早朝からコンビニエンスに出勤して、表の立て看板やのぼりやゴミ箱を店内の倉庫に片付けてから商品にラベル貼りをやっていた。停電するまでにはほとんどの商品にラベルを貼りたいのだが、午前零時から八時までは一人の深夜勤パートだけで店を見ているので深夜パートは深夜に配達されたお菓子やソフトドリンクやファーストフードなどの陳列とお客の相手でラベル貼りをすることはできなかった。八時からは二人体制になるので、パートにラベル貼りをさせたいのだが、朝は客が集中して忙しいのでラベル貼りまでは手が回らない。啓太もファーストフード、お菓子、ソフトドリンク等の発注の仕事があるのでラベル貼りを中断しなければならなかった。店長の啓太も二人のパートもあれやこれやで商品のラベル貼りに集中することはできなかった。普通の日なら午前八時半を過ぎるとお客のピークは終わるのだが、台風上陸のお陰で八時半を過ぎてもまだ買い物客が多く二人のパートはお客の対応に追われたので啓太一人だけしかラベル貼りはできなかった。

「台風が来てもすぐに停電するというのはないからあせる必要はないな。もしかしたら停電はしないかもしれないしな。」と停電しないのを期待しながら啓太はラベル貼りを続けた。

啓太がラベル貼りに勤しんでいる午前九時前に啓太の監視役である父親の啓四郎から電話がかかってきた。

「もしもし、啓四郎だ。啓太か。」

「うん、啓太だ。」

「啓太、ドライアイスは準備をしたか。」

「え、ドライアイス。まだだけど。」

「おいおい、店長たるもの暴風対策を怠るものではないよ。」

「暴風対策はちゃんとやっているよ。外にある看板やのぼりは全部片付けたし、今は停電になった時の対策として商品に値段のラベル貼りをしている。ドライアイスを準備する必要はあるのか親父。」

「おいおい、そんなことも知らないのか。停電した時にはアイスクリームや氷は溶けてしまうだろう。解けてしまったアイスクリームや氷は商品にならない。全て廃棄処理しなくてはならない。店にとっては大損害だぞ。だから氷やアイスクリームが溶けないようにドライアイスを準備するのは当然だろう。」

「ああ、そうか。」

「店長さんよ、しっかりしてくれよ。」

どこでドライアイスを売っているのか啓太は知らなかった。

「ドライアイスはどこで売っているのか。」

「ドライアイスを売っている所を知らないのか。」

「知らない。」

「やれやれ。」

敬四郎は啓太の無知ぶりに呆れた。


コンビニが停電した時は冷蔵庫と冷凍庫の冷却機がストップし、ソフトドリンクやアイスクリームや冷凍食品や氷を冷やすことができなくなる。ソフトドリンクは冷えなくても商品として売れるがアイスクリームや氷は商品価値がなくなって売れなくなってしまう。売れなくなった商品は廃棄するしかない。廃棄は店の損失である。つまりは店長である啓太の損になる。だから、損しないためにアイスクリームや氷が溶けるのを防ぐためにドライアイスを冷凍庫に入れるのだ。


啓四郎はコンビニエンスの店長でありながらドライアイスを売っている場所も知らない啓太に呆れたが、早くドライアイスを買って来るようにとドライアイスを売っている会社を教えた。

「ドライアイスを売っている会社は嘉手納町の東側にある。」

「嘉手納町か。でも、今日は台風だよ。会社は休みじゃないのか。」

「休みじゃない。台風の時にはドライアイスは飛ぶように売れるから会社は二十四時間開いている。」

「そうなんだ。」

啓太は買いに行くことにした。

啓四郎が言うにはドライアイスは嘉手納町の東はずれにあるカモス工業株式会社で売っているという。早く行かないと他のコンビニやスーパーの連中に買われてしまって在庫が無くなってしまうぞと啓四郎は啓太を急き立てた。


啓太は啓四郎との電話が終わると直ぐにドラスアイスを買いに行くことにした。

「美紀さん。僕はこれからドライアイスを買いに行くから店をお願いする。」

「え、店長は外に出るのですか。台風はこれからひどくなりますよね。店長がいないと心細いです。」

パートの美紀と澄江は店長の啓太がコンビニエンスを留守にするというので不安になった。

「嘉手納町に行ってくるだけだから一時間以内には帰るよ。」

「一時間で帰って来るんですよね。」

「ああ。後は頼む。」

「急いで帰って来てね、店長。」

不安そうに美紀は言った。
「気をつけてね、店長。」
「うん。それじゃ、行ってくる。」
啓太は心細い顔をしている美紀と澄江を残して、裏口から外に出た。

十四

コンビニエンスを出ると駐車場に行き、車体が赤い愛用のRX―7に乗った。暴走族時代に乗り回したRX―7であるが父親からは廃車にしろと言われている。乗りなれた車であり愛着があるがもうかなり古い車であり燃費は高いから啓太は今度の車検が切れた時には廃車にしようと考えている。

啓太の運転する赤いRX―7は駐車場を出て、嘉手納町のカモス株式会社に向かった。

啓太は具志川市のメイン通りに出た。車を強い風雨が襲ってきた。どうやら本格的な暴風雨になったようだ。激しい暴風雨のせいで道路を走る車は激減していた。商店が並んでいるメイン通りは強い風が四方八方に舞い、雨は激しく右往左往して路上にぶつかっている。路上に激しくぶつかる雨がいくつもの白いしぶきの集団となって路上を右左に走り回る。まるで無数の白い小さな妖精たちが追いかけっこをしているようだ。

啓太は車を走らせながらまだシャッターを下ろしていない商店の中を見た。店の中に白い蛍光灯の光が見えた。通り一帯はまだ停電になっている地域はないようだ。

啓太の赤い車は平良川の長い坂を上ると緩やかな坂を下って喜屋武へ出た。啓太の車は喜屋武から髙江洲に入った。道路沿いのスーパーマーケットの駐車場には多くの車が駐車していた。台風に慣れっこである沖縄島の人々は暴風雨が本格的になってからスーパーマーケットに掛けこむのんびり屋の人が多い。そんな人々がスーパーに押しかけているのだろう。
「僕のコンビニもまだ客が多いだろうか。こりゃあ売り上げアップだ。」
啓太は心を浮き浮きさせていた。停電になったら大変だが、台風の時は売り上げが倍増する。台風様々だ。啓太は後で売り上げを見るのが楽しみになった。早くドライアイスを買ってコンビニに戻ろう。

啓太の車は赤道から知花十字路を過ぎて池武当に入った。道路の左側は金網が続く。金網の中は広い芝生に囲まれた一戸建て住宅が点在している。嘉手納空軍基地の東側は嘉手納空軍基地所属の軍人家族の住宅地になっている。啓太の車は東南アジア最大のアメリカ空軍基地である嘉手納空軍基地沿いの県道七四号線に出た。嘉手納空軍基地の金網沿いの県道七四号線を数キロ西へ進めばカモス株式会社のある嘉手納町に入る。

　ますます雨と風は激しくなってきた。水はけの悪い道路は冠水で水溜りができている。今は通行に支障はないがやがて水深が深くなり車のエンジン部分まで浸水してしまう水溜りが増えていくだろう。もしかすると同じ道路を帰ることができないかも知れないと啓太は心配した。急いでドライアイスを買わなくては。しかし、激しい雨がフロントガラスに当たり視界が悪いのでスピードを出すわけにはいかなかった。

　嘉手納空軍基地第三ゲートの十字路に啓太の車が差し掛かった時、突然豪雨の中を超大型のトレーラーが第三ゲートの方から飛び出してきた。信号は啓太の方が青色だったのに傍若無人にも大型トレーラーは獰猛なマンモスが暴れ出す勢いで赤信号を無視して飛び出してきた。十字路に近づいていた啓太は思わずブレーキを踏んだ。啓太の車は停車線を飛び出してあやうく大型トレーラーに衝突しそうになったが、怪物のような大型トレーラーは啓太の車を無視して我が者顔で啓太の前を横切って行った。

　信号を無視して傍若無人に十字路に飛び出してきたアメリカ軍の大型トレーラーの図々しい態度に啓太は頭にきたが、大型トレーラーに怒っても仕様がない。アメリカ軍も台風対策に大わらわのようだと思いながら啓太は大型トレーラーが過ぎ去るのを待った。

　大型トレーラーが過ぎ去ると大型トレーラーのことは直ぐに啓太の頭から消えた。啓太は暴風雨の中、コンビニが停電した時の必需品であるドライアイスを急いで買わなければならない。大型トレーラーが通り過ぎると啓太は嘉手納町に車を走らせた。

　嘉手納空軍基地の第三ゲートを過ぎると左側は金網の向こうに長さが四キロの滑走路が二つ並んでいる嘉手納空軍基地の広大な飛行場が見え、右側には緑に覆われた広大な森林地帯が見えた。嘉手納弾薬庫である。

　嘉手納空軍基地第三ゲートから嘉手納町までの道路は風を遮る木や建物がないので風雨はさらに強くなった。行き交う車は一台だけだった。

　嘉手納町に入るとすぐに信号があり、道路の右側に白い四階建ての新しい建物が見えた。白い建物の手前の三叉路を右折して、白い建物を横切ると前方にカモス工業株式会社が見えた。サイロのような高い塔が目印になっているので啓太は難なくカモス工業株式会社を見つけることができた。啓太の車はゆっくりとカモス工業株式会社の門に近づいた。門の鉄扉は半開きしていて車一台が通り抜けるようになっている。啓太の車はゆっくりと門をくぐってカモス工業株式会社に入った。

　会社の広場には自家用車は一台も見当たらなかった。工場には誰も居ないようだ。台風のせいで工場は休みなのだろう。啓太はカモス工業株式会社に入ると車を止め工場の広場を見回して明かりの付いている建物を探した。しかし、明かりが漏れている建物はなかった。啓太はゆっくりと広場を車で移動しながら広場に沿っている建物を見たが人の居る気配はなかった。

広場を一回りして入り口近くに戻ると入り口の右側に「ドライアイスはこちらへどうぞ」と書かれた小さな看板を見つけた。啓太は車を下りて背を屈めて看板の奥の建物に行った。建物はガラスドアがありガラスドアの中は暗かった。啓太はガラスドアを開けようとした。しかし、ドアはカギが掛けられていて開かなかった。ガラス越しに建物の中を覗いて見ると、入り口の左側にカウンターがあり、カウンターの奥には十台の事務机が並んでいる。どうやらカモス工業株式会社の事務所のようだ。事務所は明かりが消え薄暗く人影らしきものは見当たらなかった。カモス工業株式会社は台風接近のために工場だけではなく販売店も休みなのかも知れないと啓太は不安になった。しかし、親父はカモス工業株式会社は台風の時は二十四時間営業をしていると言っていた。もしかすると事務所のどこかに会社の人間が居るかもしれない。

「もしもーし。誰か居ませんか。」

啓太は大声を出しながらドアを叩いた。しかし、事務所の中から人が出てくる様子はなかった。啓太はカモス工業株式会社は台風の時は二十四時間営業をしているという啓四郎の言葉を信じて何度もドアを叩いた。叩いていると、事務所の奥から白髪で頭の半分は禿げている守衛らしき男がのそっと出てきた。事務所の奥から出て来たのは守衛らしき男だけで販売員らしき人は出て来なかった。守衛がドライアイスを販売するのだろうか。守衛がレジを操作してドライアイスを販売するとは思えない。カモス工業株式会社は台風の時もドライアイス販売をやっていると親父は言ったが、親父の言ったことは間違っているかも知れないと啓太は不安になった。胡散臭そうに守衛らしき男がドアを開けた。

「ドライアイスを買いたいのですが。」

守衛らしき男は啓太をじろっと見てからついて来いという仕草をして事務所の奥の方に歩いた。啓太はドライアイスを買えるかどうか不安になりながら守衛らしき男の後をついて行った。事務所の奥にドアがあり、ドアを開けると小さな部屋にコンビニエンスにもあるような平置きのアイスクリームボックスと同じ大きさの冷凍庫が置かれていた。守衛らしき男が面倒臭そうに冷凍庫の蓋を開くと中には茶色の紙に包まれたドライアイスがボックスの半分ほど詰められていた。

「何個欲しいのだ。」

守衛らしき男は面倒臭そうに言った。何個欲しいのだと聞かれても啓太はすぐに答えることができなかった。なにしろドライアイスを買うのは生まれて始めてのことだ。必要な量がどれくらいであるのか啓太は見当をつけることができなかった。啓太が答えるのに戸惑っていると、

「これが一キロのドライ、これが二キロのドライだ。」

と言いながら大小のドライアイスを啓太に見せた。啓太は厚めの紙に包まれた一キロのドライアイスと二キロのドライアイスを持ち比べたがどのドライアイスがいいのかわからなかった。

「僕はコンビニの店長をしています。停電した時にアイスクリームや冷凍庫、それに牛乳などを並べているオープンケースに入れるドライアイスが必要なんです。」

と啓太は言った。啓太はどれだけのドライアイスを買えばいいのか男のアドバイス聞きたかったが、男は、

「あ、そう。」

と啓太の話を軽く流して、

「何個買うのだ。」

と言った。どうやら、男は啓太にアドバイスをする気は全然ないようだ。啓太は男からアドバイスを受けるのは諦めて自分で氷や冷凍食品の入っている冷凍庫やアイスクリームの入った冷凍庫や日配コーナーに必要なドライアイスの数を予想した。啓太は二キロのドライアイスを十個買うことにした。

「それじゃあ、二キロのドライアイスを十個下さい。」

と啓太が言うと、男は大きなビニール袋にドライアイスを五個ずつ入れて両手で持つと啓太に何も言わずに事務所の方に歩いて行った。

男はカウンターに入ると不器用に人差し指だけでレジのキーを打った。レジの画面を凝視してから、

「六千三百円。」

とぼそっと言った。

「え、六千三百円。」

啓太はドライアイスの値段の高さに驚いた。

「そう、六千三百円。」

男はモニターを見ながら念を押すように言った。

十個で六千三百円ということは一個六百三十円である。二酸化炭素を圧縮して作った小さな塊が六百三十円もするのだ。ドライアイスは啓太が予想していた値段よりはるかに高かった。利益三十円のアイスケーキ二百十個を売り上げた利益がドライアイスの購入費になるのだ。すごく高いと啓太は感じた。しかし、氷やアイスクリームが溶けて廃棄処分するよりはいいかもしれない。啓太は一万円札を出した。男は再び人差し指だけでモニターとキーボードを交互に見ながら打った。

「おつりは三千七百円か。」

と男は呟いて三千七百円を取り出すと、男は、

「はい。」

と言っておつりとレシートを啓太に差し出した。男が差し出したおつりとレシートを受け取り、両手にドライアイスの入ったビニール袋を持つと、啓太は事務所を出た。

啓太はカモス工業株式会社を出て、県道七四号線に入ると

知花十字路に向かって車を走らせた。嘉手納町を出ると道路沿いに並んでいる高さ七、八メートルもあるもくもうが小さな枝を道路に撒き散らしていた。

もくもうは沖縄島の在来種の木ではない。もくもうは太平洋戦争が終わった後に沖縄島に植えられた木である。一九四五年の激しい地上戦で焼け野原になった沖縄島に早く緑を増やそうと考えて、成長の早いもくもうの木をいたる所に植えたのだ。

もくもうは松より数倍も成長が早く、沖縄島の至る所がもくもうの木で覆われた。しかし、もくもうは成長は早いが枝や幹は脆くて、風が少しでも激しいと枝はあっさりと折れて道路に落ちて障害物になってしまう。激しい暴風雨の時には太い幹が折れて道路を塞ぎ、車の通行の邪魔をする時もある。県道七四号線沿いのもくもうはやがて幹や枝が折れて道路を塞いでしまうだろう。

雨がますます激しくなってきた。啓太はスピードを落として進まざるを得なかった。

激しい雨の中、嘉手納空軍基地の第三ゲートを過ぎ、なだらかな坂を下っていると、前方に一台の乗用車が水溜りで立ち往生しているのが見えた。冠水が長さ五十メートル程道路を覆っている。啓太は車を止め、立ち往生している乗用車の様子を見た。水面が車体まで届いている。乗用車が立ち往生している場所が一番深い場所なのか、それとももっと深い場所が手前にあるのか。泥水で水溜りの底が見えないのでどこが一番深い場所なのか見当がつかない。

「ここを通るのは危険だ。ここを通るのは止そう。」

啓太は別の道路からコンビニエンスに帰ることを決め、車をUターンした。

啓太がコンビニエンスの店長という責任ある仕事をしていなかったなら啓太は運を天に任せて冠水した場所を通っただろう。しかし、今の啓太にはコンビニエンスの店長としての責任がある。万が一、車が止まってしまったらコンビニエンスに行けなくなる。すると、コンビニエンスでパートをしている澄江さんと美紀さんに迷惑を掛ける。ドライアイスも駄目にしてしまう。親父にもこっぴどく叱られるだろう。この道路を通らないということは遠回りをすることになるが店長としての自覚が芽生えてきた啓太は安全な道路を通ることを選んだ。

啓太は車をユーターンして嘉手納空軍基地の第三ゲートに引き返した。第三ゲートの十字路を右に曲がり、啓太の車と衝突しそうになった第三ゲートから出てきた大型トレーラーが入っていった間道に啓太の車は入って行った。この間道を数キロ進むと国道三二九号線に出る。国道三二九号線を右折すれば知花十字路に戻れる。チバナ十字路を左折すれば具志川市だ。遠回りだがその方が安全だ。

啓太の車は間道を進んだ。この間道は嘉手納空軍基地と嘉手納弾薬倉庫を繋ぐアメリカ軍の専用道路であったが、ここ一帯の軍用地は返還されて、民間人が自由に入れるようになった。

啓太は間道に入っても安心はできなかった。県道七四号線が冠水していたから、この間道も冠水している場所がある可能性がある。もし、車が通れないくらいに冠水している場所があれば、再び第三ゲートの十字路に引き返して別の道路を行かなければならない。啓太は間道が冠水していないことを祈りながら車を走らせた。

間道を進むと道路が二つに分かれている場所に来た。道路を左に曲がればは嘉手納弾薬庫地帯のある金網に囲まれた森林地帯に向かう。右に曲がれば三二九号線に出る。啓太は右の道路に車を進めた。間道の木々は強風に激しく揺れている。啓太の車は急なカーブを曲がりなだらかな坂を下り始めた。坂を下り終えた場所が冠水していないことを祈りながら啓太は坂を下った。坂を下った場所はやはり冠水をしていた。しかし、立ち往生している車はなかった。冠水した水溜りの底は浅いだろう。啓太はゆっくりと水溜りに車を入れて進んだ。幸いにも水溜りの底は浅かった。啓太の車はエンジントラブルを起こさないで冠水から出た。冠水を抜けるとスピードを上げた。

だが、啓太の車の行く手を阻む存在が目に入った。それは倒れて道路を塞いでいる木でもなければ冠水した水溜りでもなかった。前方の道路にとんでもない障害物が横たわっていた。二台の車が間道の左側に停車していて、停車している二台の車の前には大型トレーラーが二車線の道路を封鎖するように止まっていた。その大型トレーラーは啓太が嘉手納空軍基地第三ゲートの十字路を通り過ぎようとしていた時に傍若無人に啓太の前を横切って行ったあの大型トレーラーだった。啓太の行く手を塞いでいる予想外の障害物に啓太は愕然とした。

この間道を通り抜けることができないということになると、第三ゲートに引き返し、十字路を右折して嘉手納町に戻り、沖縄島の西側を縦断する国道五八号線に出て、国道五八号線を南に下り、国道五八号線から国体道路を通って沖縄市に入り、沖縄市から啓太のコンビニがある具志川市に行かなければならない。とどの詰まりは広大な嘉手納空軍基地をぐるっとひと回りすることになるのだ。国道五八号線を北の方に進み、読谷村を通って恩納村に入り恩納村から石川市を通って具志川市に行く方法もあるが、それは嘉手納空軍基地より広い嘉手納弾薬庫をぐるっと一回りすることになるからいっそう遠回りになる。嘉手納弾薬庫より嘉手納空軍基地を回った方が距離は短いが、激しい風雨の中で嘉手納空軍基地をひと回りするのは大変である。それに冠水した場所があればなおさら遠回りをしなければならない。

啓太は第三ゲートの十字路に戻りたくなかった。できるならこの間道を通り抜けたかった。啓太は道路を横断しているトレーラーの側を通り抜けることができる隙間がないかと思いトレーラーを見た。左側はトレーラーの後部タイヤが路肩に接触していて荷台が歩道まで飛び出していた。道路の左側は車が通る隙間はありそうにない。次に啓太は右側の運転席の方を見た。トレーラーの前部は路肩から少し離れていた。歩道に車体の半分を乗り上げれば車がぎりぎりに通れそうだ。

啓太は車から下りた。風は強いが雨は小降りになっていた。トレーラーは荷台を覆っているカーキー色のカバーがめくれて強風にばたばた揺れていた。アメリカ兵と数人の男たちが必死にカバーを掛けようとしていたが暴風雨と一緒に踊り狂っているカバーを押さえるのに大苦戦していた。トレーラーの荷は十メートル近くもあるミサイルだった。五基のミサイルが台形型に三基二基と積まれている。

ミサイルの起爆装置は抜いてあり爆発することはないと思うが、暴風の煽りを食ってミサイルがトレーラーから落下しようものなら大変なことになるだろう。沖縄島のマスコミは騒ぎ、社会問題になることは間違いない。いや、ミサイルを積んでいるトレーラーが道路を封鎖している現状だけでもマスコミが知れば大きく報道するだろう。いやいや、暴風雨の最中にミサイルを運んだという事実が知られただけでも、アメリカ軍非難の記事が新聞の一面にでかでかと載るのは間違いない。白昼の暴風雨の中をミサイルを積んだトレーラーが一般道路を走ると大きな問題になるのはアメリカ軍だって知っているはずだ。アメリカ軍も無謀なことをやるものだと啓太は呆れた。

めくれたカバーを直そうとアメリカ兵を手伝っている日本人が居るが、啓太は手伝う気にはならなかった。啓太は一分一秒でも早くコンビニエンスに戻らなければならない。啓太はトラクターの前の方から通り抜ける隙間を見つけようとトレーラーに近づいた。

啓太はトレーラーの運転席から路肩がどのくらい離れているかを調べ、啓太の車が通れるか通れないかを知るために歩道とトレーラーの間の幅を目測した。車を歩道に乗り上げれば啓太の車はなんとか通り抜けることができそうだ。ほっとした啓太はトレーラーが車道を横断している原因を知るためにトレーラーの運転席の前を横切った。交通事故が原因のようだ。左側の歩道に乗り上げた車が見えた。車の側には四、五人の男達が立っていて彼らの足元には二人の人間が横たわっているのが雨ではっきりとはしないが見えた。あの自家用車と事故を起こしてトレーラーは道路を横切ったのだろうと啓太は思いながら事故車の所に行こうとした。しかし、トレーラーの前から出た瞬間に啓太の前に男が立ちはだかった。梅沢である。梅沢は手で啓太の胸を押して啓太を後退させた。

啓太の視角から事故車は消えた。

　啓太は後ろに下がりながら、

「事故ですか。」

と聞いた。

「ああ、事故だ。しかし、大した事故じゃない。」

「本当ですか。」

と言いながら前に出ようとしたが梅沢が立ちはだかって啓太が前に出るのを阻んだ。

「大した事故じゃない。」

梅沢の声には威圧感があった。啓太は事故車の所に行きたかったが、啓太の前に立っている梅沢がそれを許さなかった。

「運転手は大丈夫ですか。」

「ああ、大丈夫だ。」

「警察には連絡しましたか。」

「したした。パトカーがもう少しで来る。」

倒れている人間が見えたが、あの人間は本当に大丈夫だろうか。啓太は車の側に行って事故の様子を直接見たかった。しかし、啓太が正面の男を避けるように右に移動すると男も右に移動して啓太の邪魔をした。どうやら啓太には見られたくない理由があるようだ。男の態度は気に入らないが啓太もどうしても事故現場を見たいという気はなかったので、男を撥ね退けて強引に事故車の方に行く気はなかった。それよりも啓太は急いでコンビニエンスにドライアイスを運んで行かなくてはならない。啓太は梅沢に、

「急いで具志川市に行かなくてはならないんです。この位の隙間ならなんとか通れそうだから通っていいですか。」

と言った。ところが梅沢は、

「駄目だ。別の道を行け。」

と啓太を突っぱねた。

　ここは公道であり、トレーラーの前を通るのに本当は梅沢の許可は必要がない。勝手に通っていいのだ。啓太が、「通っていいですか。」と言ったのは、「通りますよ。」のことわりの意であり梅沢に許可を求める言葉ではなかったし、啓太は梅沢が承諾するのは当然と思っていた。ところが梅沢は突っぱねた。啓太は梅沢が突っぱねるのは予想していなかったので戸惑った。

「どうしてですか。このスペースなら僕の車ならぎりぎりで通り抜けることができます。ここを通っていいですよね。」

「駄目だ駄目だ。引き返せ。」

梅沢は啓太の要求を頑として受け入れなかった。

　この道路は公道なのだから梅沢がことわることはできるはずがない。それなのに梅沢はまるで白分の私有道路でもあるように啓太の車が通るのを拒否した。

「それはおかしいですよ。ここから僕の車は通れるのだから通ったっていいじゃないですか。」

「駄目だ駄目だ。引き返せ。」

梅沢の一方的な態度に啓太は怒った。啓太は短気で喧嘩早い元暴走族の若者である。

「冗談じゃない。ここは天下の公道だろう。あんたたちは事故だかなんだか起こしたかも知れないが、僕には関係ない。あんたたちが事故を起こさなければなんの支障もなくこの道路を通れたのだ。この隙間から僕の車は通れるのだからここを通ったたって文句を言われる筋合いはないよ。」

啓太は啖呵を切ったが梅沢は、

「駄目なものは駄目だ。とにかくここは通れない。他の道路から行け。」

と、啓太の啖呵を軽くはねつけた。

梅沢と啓太が言い争いしているのを見ていたハッサンが啓太達の所に走って来た。梅津は立ったまま啓太を凝視している。

「どうしたのですか梅沢さん。」

「この若造がここを通りたいと言って聞かない。」

啓太の前に立ったハッサンは啓太を睨んだ。ハッサンの睨みは凄みがあり啓太はひるんでしまった。

啓太はコンビニエンスの制服を着用し、店長・山城というネームプレートを胸に付けていた。ハッサンは小声で始末しましょうかと言ったが梅沢は迷った。防衛庁の人間二人を殺したが、啓太を防衛庁の人間と同様に扱うわけにはいかない。コンビニエンスの制服を着用して胸のネームプレートには店長・山城と書いてあり、目の前の男は防衛庁や警察とは関係のない一般の人間である。一般の人間を無闇に殺すわけにはいかない。できるなら無益な殺生はやりたくないと梅沢は思っていた。

「ドライアイスを早く店に届けたいから通してくれ。」

と啓太は言った。

この若造がトレーラーの横を通り抜けると事故車の近くを通るから斎藤と鈴木の死体を見てしまう。そして、車に空いている無数の穴も目にするだろう。その穴が銃弾による穴であると気づけば、二つの死体は交通事故ではなく、拳銃で撃たれて死んだと知ってしまう。そして、ここで起こったのは交通事故ではなく殺人事件であると若造は知ってしまう。そうなれば殺人を知ってしまった若造を始末するしかない。

梅沢は、できるなら穏便に済ませたいと考えているが、もし、この若造がここを通り抜けることにこだわり続けるなら仕方がない、この若造の始末をハッサンに任せよう。梅沢はそう決めた。ここでまごまごしている時間の余裕はない。

「駄目だ。別の道路を行け。」

「池武当の道路は冠水していて車が通れない。ここを通るしかないんだ。」

梅沢は啓太を睨んだ。・・・殺すしかないか・・・。

啓太は梅沢と話しながら、梅沢とハッサンに異様な恐さを感じた。啓太は暴走族に入っていた。喧嘩も随分やった。しかし、この男達は暴走族やチンピラとは全然違う。背筋がぞくっとしてしまうような恐さがある。この男達は啓太とは別の世界、それも恐い世界を生きているような冷たい不気味さがあった。インド人は興奮していていまにも殴りかかろうとする勢いである。・・・やばい連中だ・・・啓太はそう直感した。暴風雨の中の間道には彼ら以外は誰もいない。ここにいたらやばいことになるかも知れない。そうそうに逃げた方がいい。元暴走族で喧嘩の修羅場を体験してきた啓太の直感がそう判断した。

「分かった。お前がそう言うなら仕方がない。別の道を行くよ。」

と啓太はそう言うと体をくるりと半回転して急ぎ足で車に戻った。

得体の知れない連中に、振り返りざまに「本当に警察に連絡をしただろうな。」と捨てゼリフを吐きたかった。喉から出掛かっていたが捨てゼリフを言うのは止した。彼らを怒らして襲われでもしたら大変だ。君子危うきに近寄らずだ。

梅沢は啓太が車の方に戻ったので急いで事故現場の方に走って行った。

啓太の車がユーターンして第三ゲートの方に引き返していった時、白い車が間道の左側の空地から出てきた。トレーラーの荷台の上から啓太の車が去っていくのを見ていたロバートは空き地から白い車が出て来るのを見た。白い車は啓太の車の後を追うように去って行った。

梅沢は、

「大城。早く死体を片付けろ。」

と大城達に斎藤と鈴木の死体の処理を急がせた。その時、

「ヘーイ、ウメザーワ。」

とロバートが梅沢を呼んだ。ロバートを振り返るとロバートが手を振って梅沢に来るように合図をしていた。梅沢は悪い予感がした。

「くそ。」

梅沢はトレーラーの所に走った。

「なんだロバート。」

「空き地から車が出てきて、さっきの赤い車の後を追って行ったよ。」

「なに。本当か。」

梅沢はロバートの話に愕然とした。

「本当に白い車が赤い車を追って行ったのか。」

「ああ、そうだ。」

赤い車を追って行ったのは恐らく防衛庁の連中の車だろう。防衛庁が組織ぐるみで梅沢達を尾行していると知った梅沢は

強い危機感に襲われた。

「くそ、一難去ってまた一難か。」

梅沢には腹を立てる余裕も嘆いて頭を押さえる時間も許されていない。梅沢は降りかかる難を取り除く方法を直ぐに打たなければならない。例え相手が防衛庁の人間でもひるんではならない。なにしろ一生に一度あるかないかの大きな仕事だ。成功すれば莫大なお金を手にすることができるのだ。

梅沢は大城達がいる場所に戻った。

「大城。俺は梅津、ハッサン、シン、ガウリンを連れてロバートが見たという車を追いかける。死体を草むらに隠したら全員でトレーラーのカバーを被せる作業をやれ。事故った車はそのままにしろ。とにかく急いでやるんだ。トレーラーのカバーを直したら直ぐ出発してくれ。大城。お前が指示をしてくれ。」

「分かった。」

梅沢は、

「梅津、ハッサン、シン、ガウリンは私について来い。」

と言って四人を連れてトレーラーの後ろに止めてある車に戻った。

「梅津とハッサンは私の車に乗れ。ガウリンとシンは木村の車に乗れ、車のキーはついているからガウリンが運転しろ。」

梅沢達は二台の車に乗り、白い車を追って第三ゲートの方に向かった。

十五

啓太は第三ゲートを右に曲がり嘉手納町に向かった。雨は鋭い勢いで横に走っている。もう風速は三十メートルを軽く超えているだろう。車は時々襲ってくる突風にビュビュっと揺らされる。風速四十メートルの暴風雨になる前にコンビニに着きたいものだ。

啓太は携帯電話を取り、警察に電話した。

「もしもし、警察ですか。」

「はい、警察です。」

「もしもし、嘉手納空軍基地第三ゲートから三二九号線に出る間道がありますよね。いえいえ、知花十字路に行く道路じゃなくて、嘉手納町から来るなら左折するし、沖縄市から来ると右折して入る間道です。嘉手納空軍基地第三ゲートの十字路から入る間道です。」

電話の警官は感が鈍く、啓太の説明をなかなか理解できなかった。何度も繰り返し説明してやっと警官は間道の存在を理解した。

「間道でミサイルを積んだ大型トレーラーと普通乗用車が事故ったようなんだ。その事故のせいでミサイルを積んだトレーラーが道路を塞いでしまい車が通れなくなっている。早くパトカーを行かして調べた方がいいですよ。もしかすると大事故で、死人が出ているかもな。」

啓太は間道を通れなかった腹いせに事故を大げさに警察に話した。ところが、警官は啓太の話を信用しなかった。警官が啓太の話を信用しないのは無理もない。暴風雨の最中にミサイルを積んだトレーラーが民間道路を通るなんてあり得ないことである。

啓太の話を信用しない警官を納得させるためにはもっと詳しく説明しなければならなかった。啓太は詳しく話すために第三ゲートから数百メートル過ぎた個所に休憩所として利用している旧道に入って車を停めた。その道路は直線の新道路を造ったために取り残された二百メートルくらいの旧七四号線の道路だ。車道として使わなくなった道路はドライバーの休憩場所として利用されている。

旧七四号線に車を停めた啓太はミサイルを積んだ大型トレーラーが嘉手納空軍基地第三ゲートから出てきたのを見たことや大型トレーラーにはミサイルが五基積まれていたことを詳しく話し、事故の様子のことも順序よく話した。しかし、警官は啓太の話が荒唐無稽なので次第に啓太が嘘を話していると思うようになった。

「信用しないのは無理ないけどね。本当なんだよ。ミサイルを積んだトレーラーと普通乗用車が事故ったんだよ。とにかく一分でも早くパトカーを手配した方がいいよ。え、なぜミサイルを積んだトレーラーが民間道路を走っていたかって、そんなこと僕が分かる筈ないじゃないか。そんなのはアメリカ軍に聞けばいいじゃないか。」

話を信用しない警官に啓太はいらいらしてきた。警官の方も啓太の乱暴な言い方に怒ったようだ。

「改めて聞くが君の名前は。」

「名前か。山城啓太。山城啓太だよ。さっき言っただろう。」

「本名だろうね。」

「本名だよ。」

警官は事故の様子は聞かず、啓太の名前、年齢、住所、職業を詳しく聞いてきた。いらいらしながら、啓太は警官の質問に全てを正直に答えた。

「君の名前、住所、年齢、職業は間違いないだろうね。嘘ついていたら直ぐばれるよ。」

警官の疑り深さに気の短い啓太はカーっと頭に血が上った。

「うるせえなあ。間違いないよ。パトカー一台を事故現場に回せば済むことじゃあないか。なにをだらだらつまらないことを聞くんだよ。さっさとパトカーを回せよ。」

啓太の乱暴な言葉に警官は怒った。

「警察に乱暴な口をきくとは。君はまともな人間ではないな。警察をからかうとただでは済まないぞ。わかっているかな。」

「交通事故のことをせっかく教えてあげているのに、お前の態度はなんなんだよ。善良な市民を守るのが警察だろう。交通事故が起こったら調べるのが警察だろう。さっさと調べに行けばいいだろうが。」

「台風で忙しいというのに。警察をからかうのはいい加減にしろ。」

「からかってなんかいないよ。わからず屋のへぼ警官め。」

「なに。私を侮辱したな。」

「侮辱はしてねえよ。正直なことを言ったまでだよ。」

啓太と電話の警官とは取り留めのない口論になり、とうとう警官は電話を切ってしまった。

話を信用しない警官に啓太は頭に来た。しかし、啓太は見てきた交通事故について警察に報告したので自分の責任はちゃんと果たしたことになるから、啓太の気持ちはすっきりした。後は警察の責任だ。警察が間道の事故現場に行く行かないは啓太には関係のないことだ。間道の大型トレーラーの回りに居た怪しい連中にも電話の相手をした警官にも腹が立ったが忘れることにしよう。早くドライアイスをコンビニに届けなくちゃ。

啓太が電話を切ってギアを一に入れた時、コツコツと車のウインドーを叩く音がした。驚いて振り向くとスーツを着た四十代の男がウインドー越しに啓太を覗いている。啓太はウインドーを半分開いた。

「済みません、ちょっと聞きたいことがあります。よろしいでしょうか。」

窓から顔を見せた男はウチナー訛りのない共通語を使った。どうやら男はウチナーの人間ではないようだ。丁寧な言葉使いだからヤバイ人間ではないだろうと啓太は直感した。ポマードの髪は強風に煽られ乱れている。啓太はウインドーを一杯に開いた。

「つかぬことをお聞きします。あなたは大型のトレーラーを見ましたよね。トレーラーの荷物を見ましたか。」

スーツにネクタイ。おまけに近眼メガネを掛けている典型的な日本男性で怪しい男には見えないが、ミサイルを積んだトレーラーについて質問するのは普通の人間ではないかも知れない。啓太はウインドーのハンドルに手を掛け、いつでもウインドーを閉める体勢を取りながら、男を凝視した。

啓太が疑いの目で見、なにも言わないのでポマード髪の男は内ポケットから身分証を出して見せた。

「怪しい者ではありません。私は防衛庁の人間です。国家公務員です。」

身分証の上に防衛庁と記され、ポマードの髪の男と似た短い髪のカラー写真が写っていた。名前は青木義雄と書いてあった。啓太には防衛庁イコール自衛隊のイメージしかなかったから、私服で髪にはポマードをつけた男が防衛庁の人間を名乗るのに違和感があった。啓太はポマードの男が身分証を見せても彼が防衛庁の人間であることを疑い返事をしなかった。

「おい、お前も身分証を見せなさい。」

青木の後ろに立っている男は二十代で髪は短く、体の姿勢もよく、自衛隊服が似合いそうな体格をしていた。青木に言われて若い男は身分証を見せた。名前は天童宗孝であった。

「唐突な話ですみません。私達はあることについて捜査をしていまして、それであなたに二、三お聞きしたいのです。手間は取らせません。よろしいですか。」

青木の丁寧な話し方に啓太は青木への疑念は薄らいだ。啓太は頷いた。

「済みませんがあなたの車に入ってよろしいでしょうか。雨風が強いので。」

啓太は迷ったが防衛庁の人間がわざわざ話を聞きたいというのだからなにか重要なことを聞きたいのだろう。啓太は助手席と後部座席のロックを外した。青木が助手席に座り、天童は後部座席に座った。

「お忙しい所を済みません。お聞きしたいのはあなたが見た大型トレーラーについてです。あなたはトレーラーの荷物をみましたか。」

「ああ、見たよ。」

「荷物の中身は何でしたか。」

「ミサイルだった。」

「え、ミサイル。」

「隊長。」

ミサイルと聞いた瞬間に青木と天童は驚いて顔を見合わした。

天童は絶句した。
・・・ミサイルだったのか。信じられない。とんでもないことをする連中だ。奴らはミサイルを盗んでどうする積もりなんだ・・・
自問自答した青木は気を取りなおして啓太への質問を続けた。

「ミサイルはどのくらいの長さでしたか。」

「だいたい九メートルから十メートルくらいあったと思う。」

「そうですか。」

「ミサイルは何基積んでありましたか。」

「五基かな。」

「五基もですか。」

ポマードの男は愕然として言葉を失った。

「隊長。そのミサイルは核爆弾搭載可能のミサイルなのでしょうか。」

青木は唇に指を当てて、天童に黙るように指図した。天童はあわてて口を覆った。
・・・やつらはなんてことをするんだ・・・
青木は心で呟いた。

アメリカ軍のトレーラーにミサイルを五基積載していることがなぜポマードの男を愕然とさせたのか啓太にはその理由が全然わからなかった。そもそも防衛庁とアメリカ軍は味方であるはずだ。防衛庁の人間がなぜアメリカ軍のミサイルについて根掘り葉掘り啓太に質問をするのか、それが啓太には奇妙であった。二人の男は本当に防衛庁の人間なのかと啓太は怪しんだ。

「済みません。あなたはトレーラーの事故の原因を知っていますか。」

「ああ、どうも乗用車と衝突したようだよ。」

啓太は斎藤達の車とトレーラーが衝突した事故であると勘違いをしていた。

「トレーラーと事故を起こした乗用車の車種と車体の色は分かりますか。」

「車種は知らない。色は白だった。」

「車のナンバーを覚えていますか。」

「車のナンバーか。」

啓太は車道に乗り上げて大破していた車を思い出したが、ナンバープレートを見た記憶はなかった。

「車のナンバーは知らない。」

「そうですか。自家用車の運転手の怪我の具合はどうでしたか。」

「それは知らない。車の近くまでは行かなかったから。しかし。」

「しかし、なんですか。」

「二人の人間が車の側に横たわっていた。」

啓太の話を聞いて青木と天童は顔を見合わせた。二人は言葉を失い呆然とした。

「本当に二人だったんですか。」

と青木は啓太に聞いた。

「雨も降っていたしちらっと見ただけだから一人だったか二人だったかはっきりはしない。でも、多分二人だったと思う。」

「そうですか。」

青木は力なく言うと、天童は、

「隊長。最悪の事態を招いたようです。」

と沈痛な声で言った。

「済みませんが、二人で話がありますので。」

と言って青木は天童に外に出るように言い、青木と天童は車の外に出た。

「まさか、こんなことになるなんて。」

青木はつぶやいた。

「私達がやつらを見くびっていたようだ。やつらがこのような強行手段に出てくるのは全然予想していなかった。」

「隊長。彼らはミサイルをどうするつもりでしょうか。ミサイルを海外に運び出すつもりでしょうか。しかし、簡単に運び出すことはできないと思います。」

「そうなんだよ。ミサイルを盗むなんてむちゃくちゃだ。今、考えられないことが起こっている。」

「自分はミサイルが盗まれたなんて信じられません。」

「ああ、私も信じられないよ。しかし、考えられないことが現実に起こったのだ。上に連絡して急いで嘉手納空軍基地の司令官に連絡するように言おう。」

青木と天童は深刻な顔で話し合った。

防衛庁の二人の様子は深刻であり、なにか凄いことになっているようだが啓太とは別の世界の事である。啓太が気になるのはいつ停電するかも知れない自分のコンビニエンスストアのことだった。ここでまごまごしてはいられない。早くドライアイスを店に運ばなくては。

　青木と天童が車の中に入って来た。青木は啓太に質問を続けた。

「あなたはあの現場でどんな人を見ましたか。詳しく教えて下さい。」

「日本人やアメリカ人やインド人などがいたな。」

「あなたは彼らと話をしましたか。」

「したよ。」

「どんな話をしたのですか。」

その時、車の後方を見張っていた天童が、

「隊長。」

と言って旧道の入り口の方を指差した。青木と啓太は天童が指さした旧道入り口の方を見た。二台の車がゆっくりと旧道に入って来る。あの車はミサイルを積んだ大型トレーラーの後ろに停車していた二台の車に違いない。

十六

梅沢の車は第三ゲートの十字路に出た。

「くそ、どうしても捕まえるんだ。逃がすものか。」

梅沢は苛々しながら言った。

「奴らの車は左に曲がったのですかね、それとも右に曲がったのですかね。」

梅津は梅沢に聞いた。

「あの若造は県道が冠水して通れなかったから間道に入ったと言っていた。つまり左折したら冠水している所があるということだ。奴らが右に曲がったのは確実だ。」

梅沢は十字路を右折するとスピードを上げた。苛々している梅沢は、「くそくそ。今日は厄日だ。」と何度も呟いた。

　旧道の側を通り過ぎた時に梅沢の携帯電話が鳴った。電話を掛けてきたのは梅沢の車の後ろを走っているガウリンからだった。

「ウメザワさん。ガウリンです。ウメザワさんが追っている車は今通り過ぎた所に停まっていました。」

「え。」

道路沿いに一台の車も見えなかった。梅沢はガウリンの話したことが理解できなかった。

「どういうことだ。」

「さっき過ぎた所には左に入る道路がありました。その道路の奥の方に車が二台停まっていました。ひとつは赤い車でした。」

「ああ、あの旧道のことか。」

あせっていた梅沢は旧道の方を見逃していた。

「戻るぞ。」

梅沢は車をユーターンさせた。旧道の側を通り過ぎる時に旧道に赤い車が見えた。

「若造の車だ。」

赤い車の後ろに白い車が見えた。

「ようし、奴らの後ろに回るのだ。」

梅沢は県道をユーターンすると旧道にゆっくりと入っていった。

前方に白い車が見え白い車から五メートルほど離れた場所に赤い車が停まっていた。梅沢は車を停めて白い車に人間が乗っているかどうかを確かめようとしたが激しい雨が降っているために車の中が見えなかった。

「梅津。あの車に人間が乗っているかどうか調べてこい。」

「はい。」

梅津は車から下りて、背を屈めて車に近づいた。車の後ろから中を覗いた梅津は横に手を振って中には誰もいないという合図を送りながら帰ってきた。

「車の中には誰もいません。」

「そうか。防衛庁の奴は前の赤い車に乗っているということだ。よし、行くぞ。」

梅沢はゆっくりと車を進ませた。青木の車の後ろに来ると車を停めた。

「下りるぞ。」

梅沢、梅津、ハッサンは車から下りた。梅沢は後ろのガウリンも車から下りるように手で合図した。車を下りた五人の男たちはゆっくりと啓太の車に近づいていった。

青木と天童は旧道に入ってきた二台の車の動きを見ていた。二台の車は青木の車の後ろに停まり、一台目の車からはトレーラーの事故現場で啓太を追い返した日本人と啓太に殴りかかりそうだったインド系の人間と事故車の側から啓太を凝視していた日本人が出てきた。後ろの車からは東南アジア系の男とインド系の男が出てきた。五人の男達はゆっくりと啓太の車に近寄って来る。

「どうしますか、隊長。」

「彼らと話し合ってみるしかないだろう。前の中央の人間は知っている男だ。梅沢という人間で武器密輸に暗躍していると噂のある人間だ。梅沢は私の正体を知っているから誤魔化しはできない。どんな事態になるか知らない。覚悟しておけ。」

「はい。」

青木は啓太に、

「引き止めて済みませんでした。民間人のあなたには関係のないことですから、今直ぐ逃げて下さい。」

と言って、青木と天童は啓太の車から出た。

啓太はゆっくりと車を出した。啓太は防衛庁の人間が、「民間人のあなたには関係のないことですから、今直ぐ逃げて下さい。」と言ったことが気になった。なにやらヤバイことが起きそうな雰囲気である。ヤバイことに巻きこまれるのは御免である。啓太は県道に出て左折すると嘉手納町に向かった。

啓太が逃げたので五人の男たちは慌て出した。梅沢は、

「ガウリン。赤い車を追え。必ず捕まえるんだ。殺してもいい。若造を絶対に逃がすな。」

梅沢はガウリンに啓太を追うように指示した。

「はい。」

シンとガウリンは車に引き返した。梅沢も車に戻った。

「ガウリン、ちょっと待て。」

と言って、トランクを開けると大型の拳銃と受信機を取り出し、使い方を説明してガウリンに渡した。

「ガウリン。絶対に逃がすな。」

ガウリンは車を発進させた。

天童はガウリンの車の前に立ちはだかって車を停めようとしたが車はそのまま走り続け、天童はあやうく轢かれそうになった。天童は轢かれる寸前で横に飛びのき難を逃れた。

「大丈夫か天童。」

「大丈夫です。」

梅沢は青木達に近づいてきた。

「久しぶりです、青木さん。」

梅沢の両側にはハッサンと梅津が身構えて立っていた。

「こんな悪天候の日に青木さんと会ってしまうとは。奇遇ですね。再び青木さんと会えてうれしいです。」

「梅沢。お前はなにを企んでいるんだ。」

青木が話した途端に梅沢は右手を少し上に上げた。するとハッサンと梅津は拳銃を出して構えた。青木にとって梅沢の行動は予想外だった。青木は梅沢が最初は穏やかな腹の探り合いの会話をすると思っていた。ところが梅沢はいきなりハッサンと梅津に拳銃を構えさせたのだ。

「防衛庁の人間に拳銃を向けるとは大した度胸だな梅沢。ミサイルをどうする積もりだ。私の部下になにをした。」

青木は危険な状況の中でも穏やかに話をして梅沢の目的を探り出したかった。そして、梅沢達に隙ができたら梅沢達と闘う気持ちでいた。二対三で人数としては不利であるが青木も天童も肉体を鍛えている。二対三でも青木達をねじふせる自信があった。しかし、梅沢は最初から二人の子分に拳銃を構えさせた。これでは青木はどうすることもできなかった。

梅沢は青木にゆっくりと近づいた。

「青木さん。動かないで下さい。少しでも動けばこいつらが遠慮なく拳銃の引き金を引きますから。」

梅沢の右手には睡眠薬の入った注射器が握られていた。

「青木さん。暫くの間眠ってもらいます。抵抗するのは止めてください。本当に拳銃が火を噴きますから。」

「梅沢。お前はなにをたくらんでいるのだ。」

梅沢は青木の質問を無視して抵抗のできない青木の腕に睡眠薬の注射を打ち、天童にも睡眠薬の注射を打った。

梅沢は青木が今度の梅沢達の仕事についてどの程度知っているか、青木以外にも梅沢達を尾行しているグループがあるかどうかを青木の口から聞き出したかったが、どうせ青木は口を割らないだろうし、梅沢には青木を問い詰める時間の余裕はなかった。大仕事は残り三、四時間あれば終わる。その間は誰にも邪魔されないことが重要であるし邪魔する者があれば片付けるだけだ。だから青木と天童には麻酔薬で眠ってもらった。

「二人を車のトランクに入れろ。」

「二人をどうするんですか。」

梅沢は麻酔薬で眠った青木と天童を車のトランクに入れた。

「わからん。とにかく今はミサイルを運ぶのが第一だ。二人を殺すか殺さないかは仕事が終わってから考える。」

青木と天童は睡眠薬を打ちトランクに入れたから、二人が梅沢達のミサイル窃盗を邪魔する可能性は消えた。残るのは赤い車の若造である。

青木はトレーラーの荷物がミサイルであることを知っていた。赤い車の若造が教えたのだろう。あの若造は青木に防衛庁に連絡するように頼まれたかも知れない。あの若造を逃がすのは危険だ。梅沢はガウリンに電話した。

「ガウリンです。」

「梅沢だ。ガウリン、その男を絶対に逃がすな。殺してもかまわない。いいな。」

「はい、ウメザワさん。」

梅沢は電話を切ると、青木たちの車をその場に放置してミサイルを載せたトレーラーの方に引き返した。

十七

啓太は県道七四号線に出るとスピードを上げた。小雨が大雨に急変した。激しい暴風雨になった。ワイパーの回転を最速にしてもフロントガラスには次々と雨が殴りかかり視界が悪い。嘉手納町の屋良を過ぎ、道路が直線道路になった時、ガウリンの運転する車が啓太の車の横に並んだ。シンが窓から顔を出して車を止めるように手で合図した。

青木が「民間人のあなたには関係のないことですから、今直ぐ逃げて下さい。」と言ったことを啓太は思い出した。こいつらは普通の人間じゃない。ヤバイ連中だ。得体の知れないヤバイ人間に車を止めろと言われて車を止めるバカはいない。啓太は車を止めるどころかガウリンの車より前に出ようとスピードを上げた。

暴風雨の最中に、ミサイルをアメリカ軍基地から外に運び出すというのは考えてみると変である。それにアメリカ軍のミサイルを運んでいるトレーラーであるのに周りには日本人やインド人などがうろついていた。それも妙なことである。そして、防衛庁の人間にミサイルのことを質問され、啓太が答えるたびに防衛庁の人間は驚いたりがっかりしたりしていた。そして、防衛庁の人間と話している間にミサイルを積んでいたトレーラーの所に居た男達がやってきた。すると防衛庁の人間に逃げろと言われた。わけが分からないで逃げると、今度はインド人らしき人間が追って来て車を停めろと指示する。

五基のミサイル、アメリカ兵、得体の知れない日本人、狂気の目をしたインド人、アジア人、防衛庁の人間。・・・・啓太は頭の中が混乱した。

防衛庁の二人は、トレーラーに積んでいたものがミサイルであると言ったら非常に驚いた。そして、ミサイルは盗んだものであると言っていた。啓太が見たトレーラーの五基のミサイルは嘉手納空軍基地から盗んだものであったのだ。すると、トレーラーの回りにいた連中はミサイル泥棒であったということになる。信じられないことであるが、防衛庁の人間が話していたのだから本当なのだろう。

防衛庁の人間に「逃げろ」と言われて旧道を出て県道七四号線を走っていたら一台の車が追ってきた。啓太の車を追ってきたインド系の男もミサイル泥棒の仲間である。そいつの指示通りに車を止めたらヤバイことになることははっきりしている。こいつらに捕まったらなにをされるか分からない。啓太はひたすら逃げるだけだ。

偶然、トレーラーに積まれたミサイルを見てしまったために啓太はヤバイ連中に追われる破目になった。

ガウリンの車がスピードを上げて啓太の車の前に出ようとした。啓太はあわててスピードを上げガウリンの車より前に出た。

前に出た啓太の車は鈍いショックを受けた。啓太の車を追ってきた車が啓太の車に体当たりをしたのだ。内側車線を走っていた啓太の車はゆっくりと回転しながら外側車線に移動し、側溝にぶつかってそのまま内側車線に流れていった。水に濡れた車道で車が滑った時はハンドルやブレーキを無闇に操作しない方がいい。何度も暴風雨の中を運転したことがある啓太はあわてふためくことなく、ハンドル操作ができるタイミングを待った。車の回転が止まると、啓太はアクセルを踏み再び国道五八号線に向かった。啓太の車にぶつかった車も回転しながら雨に濡れた車道を滑り側溝にぶつかって車は反対向きになった。運転技術は啓太の方が上のようだ。なにしろ元暴走族の啓太なのだ。

嘉手納ロータリーから五八号線に出た時、啓太は南の方に逃げるかそれとも北の方に逃げるか迷った。北の方は読谷村、恩納村と続き次第に人家が少なくなる。南の方は水釜、砂辺と続き、美浜という新興タウンに出る。美浜なら暴風雨でも車の往来は多いに違いない。啓太以外の車が走っていれば追跡車も無謀なことを仕掛けてはこないだろう。啓太は南の方に進路を取った。

暴風雨がますます激しくなり、雨混じりの突風がガタガタと車を揺らす。ハンドル捌きを間違うと直ぐにスキーのように車は車道を滑っていきとんでもない方向に流されそうだ。追跡車が接近してぶつかりそうになると啓太は車のスピードを上げたり、方向を変えたりして衝突を防いだ。追跡車の運転手は暴風雨の中の運転には馴れていないようで、側溝にぶつかったり車を回転させたりした。しかし、側溝にぶつかっても、車を回転させても、体勢を立て直すとハイスピードで啓太の車に襲い掛かってきた。

水釜を通過した時、前方に二台の車を発見して啓太はほっとした。前方の二台の車の間に入れば追跡者は二台の車に遠慮して強引に襲ってくることはないだろう。啓太は激しい暴風雨の中をゆっくりと走っている二台の車に追いつき、二つの車の間に潜り込んだ。啓太を追いかけて来た追跡車は啓太の車の横についた。啓太が予想していた通り、追跡車は啓太の車にぶつけることはしなかった。もし、啓太の車にぶつけたら啓太の後続車が啓太の車か追跡者の車と衝突して大事故になる可能性がある。追跡車は二台の車の間に入って走っている啓太の車にぶつけるような無謀なことはやらなかった。

「このまま、美浜あたりまで行けば追跡者に襲われない方法が見つかるだろう。」

啓太はほっとした。そして、前の車にスピードを合わせて走りながら美浜に着いた時の戦術を練った。

しかし、啓太の安堵は直ぐに壊された。突然左のウインドーからガツッという音が聞こえた。何の音だろう。小石がぶつかったのだろうかと啓太は左のウインドーを見た。ウインドーはクモの巣のようなヒビがありその中央には小さな穴が開いているようだ。激しい暴風雨の最中の運転である。左のウインドーをじっくり観察する余裕はない。啓太が一瞬見たクモの巣のようなヒビと小さな穴。一体どうしてできたのだろう。啓太の車のウインドーは暴走族をやっていた頃に取り付けた強化ガラスである。簡単に穴が開くようなウインドーではない。タイヤにはじかれた小石がぶつかったくらいでは穴が開かないはずである。なぜ穴があいたのか。もしかしたら・・・啓太に恐怖が走った。

再びガツッと後ろのウインドーで音がした。ガツッという音は非常に固い物が激しい勢いで車のガラスにぶち当たり穴を開けた音であることに違いない。ガツッという音が連続して聞こえたということは偶然の出来事とは考えられない。啓太は車のガラスに穴が開いたことに恐怖が増していった。強化ガラスに穴を開けた物の正体が何であるか。追跡車から啓太の車にガラスに穴を開けた物の正体を発射したのであればその物の正体はひとつしかない。弾丸だ。信じ難いが、追跡者が啓太の車を目掛けて拳銃を撃ったに違いない。ガツっという音は拳銃から発射された弾丸がウインドーをぶち抜いた音だろう。

恐怖で啓太の血の気が引いた。昼の国道で拳銃をぶっ放すとは考えられない。こいつらは狂っている。啓太の後ろを走っていた車はスピードを落として離れたようでバックミラーの視界から消えていた。後ろを走っていた車の運転手は拳銃を啓太の車に向けて撃っている姿を見て恐くなってスピードを落としたのだろう。

危険を感じた啓太はスピードを上げて前の車を追い抜いた。すると追跡車もスピードを上げて追ってきた。道幅が広い国道五八号線は横に並ばれて銃で襲われやすいので危険だ。国道五八号線より道路幅が狭くカーブが多い二車線の方が襲われにくいだろうと考えた啓太は美浜に行くのを断念した。

啓太は国体道路入り口に来た時、スピードを急にダウンさせた。啓太は左折して国体道路に入って行った。急に啓太の車が左折したので、啓太の車の横に並ぼうしていた追跡車は慌てて急ブレーキを掛けた。車は回転しながら国道五八号線を百メートル以上も滑降していった。滑降が止まるとガウリンが運転している車は国道五八号線を逆走して啓太の車を追って国体道路に入った。

国体道路は嘉手納空軍基地の金網に沿って走っている二車線で沖縄市に通じている道路である。沖縄市はカーブの多い路地が多くあり沖縄市一帯は迷路のようになっている。沖縄市は啓太が生まれ育った街だ。道路はよく知っている。沖縄市の迷路のような路地に逃げ込めば追跡車から逃れることができるだろう。啓太は沖縄市を目指して車を走らせた。

国体道路入り口から数百メートル進むと、国体道路は緩やかな上り坂になっていた。上り坂は激しい雨が降り続けたために赤土が混ざった濁水が激しく流れて川のようになっていた。スピードを出すと濁水がエンジン部分に入り、エンジンがストップしてしまうかも知れない。しかし、追跡者に追いつかれないためにはスピードを落とすわけにはいかない。啓太はエンジンがストップしないことを祈りながら濁流の中を進んだ。

追跡者はエンジンストップなど気にする様子もなくスピードを上げて次第に啓太の車との距離を縮めてくる。

前方に一台の軽自動車が濁流の中で立ち往生しているのが見えた。軽自動車が立ち往生している場所は凹地になっているようだ。運がなければその場所でエンジンストップするかも知れない。啓太はエンジンストップするのを恐れながらもスピードを落とさずに濁流の中を走り続けた。泥水のしぶきがどーっと舞い上がり、フロントガラスを泥水が覆い視界はゼロになった。スピードはがくんと落ちたがエンジンストップは免れた。濁流から出ると啓太は車を止めて車から下りた。激しい暴風雨に飛ばされそうになりがら、身を屈め足を踏ん張って歩き、立ち往生している軽自動車に近づいた。軽自動車の中を覗くと誰も居なかった。運転手は避難したようだ。激しい濁流が啓太の足をすくおうとする。足をすくわれたら一気に濁流に流されてしまう。啓太は軽自動車を掴み、激しい雨に打たれながら追跡車を待った。

豪雨の中から追跡車は現れた。追跡車は勢いよく濁水に突っ込んで来た。車の両サイドから泥水が高く舞いあがって、追跡車のスピードはダウンした。啓太は渾身の力を込めて軽自動車を押した。軽自動車は滑り、追跡車の正面にぶつかって追跡車を止めた。いきなり止められたショックで追跡車のエンジンが止まった。啓太の運がよければ追跡車はそのままエンジントラブルを起こして動かなくなるだろう。そうなれば啓太は追跡されることはない。例えエンジンが再始動したとしてもフロントにぶつかっている軽自動車を取り除くのに時間がかかる。その間にできるだけ遠くまで逃げれば追跡者が啓太の車を見つけることは困難になる。これで追跡車から逃げることができると思い啓太はほっとした。啓太は背を屈めて急いで自分の車に戻り、その場から去った。

なだらかな坂を登り、伊平を通り過ぎ、上勢頭を通り過ぎて山内も過ぎ、上地の十字路を右折して啓太の車は沖縄市の市内道路に入った。市内道路に入る前に後方を見たが追跡車の姿は見えなかった。なだらかな上り坂になっている市内道路は沖縄市の中央通りである国道三三〇号線に出るが、啓太は途中で左折して細い路地に入った。

幾つかの路地を曲がり啓太は沖縄市で一番大きい飲み屋街である仲ノ町に入り、仲ノ町の一角で車を停車した。ここなら追跡車が追ってきたとしても簡単に見つかることはないだろう。啓太はコンビニエンスストアに電話した。電話に出たのはパートの澄江であった。

「もしもし、店長だが、店はまだ停電をしていないか。」

「店長、どこに居るんですかぁ。店のウインドーは今にも割れそうなくらい曲がるし、恐いですよお。」

澄江の声は今にも泣き出しそうである。

「ウインドーが割れるということは絶対ないよ。大丈夫だ。まだ停電はしていないようだな。」

「停電しそうになったです。早く帰って下さい。美紀ちゃんと私では心細いです。一分でも早く帰って下さい。お願いします。」

「分かった。急いで帰る。」

啓太はアパートに戻って、濡れた服を着替えてからコンビニエンスストアに行く積もりだったが、そういうわけにはいかないようだ。啓太はすぐにコンビニエンスストアに行くことにした。しかし、ずぶ濡れの服は着替えなければならない。

啓太は由利恵に着替えをコンビニエンスストアに持ってきてもらおうと考え、由利恵の携帯に電話した。由利恵は幼稚園の先生をしている。

「もしもし、啓太だ。」

「由利恵よ。」

「今どこに居るのか。」

「家に決まっているでしょう。」

「そうだよな。由利恵。台風の風速はどのくらいになっているか。」

「三十メートルを越したわ。」

「そうか、まいったな。」

「どうしたの。」

「由利恵に頼みたいことがあるが、しかし、風速が三十メートルを越したか。どうしようかな。」

「どんな頼みなの。」

「由利恵は外に出れるかな。台風だが。」

「このくらいの風なら大丈夫よ。」

「そうか。すまないが僕のアパートに行って、着替えをコンビニまで持ってきてほしいんだ。頼めるかな。」

由利恵は啓太の恋人でコンビニエンスストアの経営が軌道に乗ったら、結婚をする積もりでいる。啓太がコンビニエンスストアの店長として一人前になろうと懸命に努力しているのは由利恵と結婚する目的があるからである。結婚の約束をしていた由利恵は啓太のアパートのカギを持っていた。

「いいけど。どうしたの。」

「ドライアイスを買いに行ったが、途中でトラブルがあってさ、ずぶ濡れになってしまった。アパートに寄って着替えをしたいが着替えをする時間がないんだ。急いでコンビニに行かなければならないんだ。」

「分かったわ。私がケイの着替えをコンビニに持っていくわ。ケイ。運転に気をつけてよ。」

「由利恵こそ気をつけてくれ。本当は頼みたくないけど、店は美紀ちゃんと澄江ちゃんの女の子二人だけでみているから、女の子二人では心細くてとても恐がっているんだ。僕が一分でも早くコンビニに行って二人は早めに家に帰した方がいいだろうと思って。」

「二人は十八歳だったかな。恐がるのも無理ないわよ。それじゃ今日はケイと私の二人でコンビニの店番をしましょうか。」

「え、それは悪いよ。どうせ客は来ないだろうから僕ひとりで充分やっていけるよ。」

「うふふ、暴風の中の二人だけのコンビニエンス。二人の愛を育むというのもロマンがあっていいんじゃないの。台風十八号が沖縄島を直撃するのは間違いないみたいだから、長い台風の一日になるみたいだし。」

「台風直撃か。店は確実に停電するな。」

「停電したら、ろうそくを灯して二人で過ごしましょう。ロマンティックにね。」

「それはいいな。停電するのを期待しようかな。へへへ。」

由利恵とは時間を忘れてついつい長話になってしまう。啓太は父親の啓四郎にも急いで電話しなければならないことを思い出し由利恵との電話を切った。啓太は啓四郎に電話をした。

「もしもし、親父か。」

「ああ、啓太か。ドライアイスは買ってきたか。」

「うん、買ってきた。親父、ドライアイスを買って帰る途中で大変なことに巻き込まれたよ。」

「え、なにがあったんだ。」

啓太はミサイルを積んだトレーラーと乗用車の交通事故のことから拳銃を撃つ不気味な追跡者などこれまでのことを詳しく啓四郎に話した。啓四郎は半信半疑で聞いていたが、啓太のリアルな話を聞いていく内に啓太の話は本当であると信じて真剣になった。

「親父よ。なぜあいつらは僕をしつこく追いまわしたんだろうか。」

「お前が防衛庁の人間と話していたからだろうな。お前が防衛庁か警察に通報するのを恐れたのだろう。」

「ふうん。僕は防衛庁の電話番号は知らないし、警察には電話したが警察は僕の話を信用しなかった。もう、警察に電話する気はないよ。」

「そうか。啓太の話を警察は信じなかったのか。」

「うん。」

「まあ、そんな荒唐無稽な話を信じないのは仕方のないことではあるな。」

啓四郎は苦笑した。

「親父、あいつらは何者なんだろう。」

「お前の話によるとアメリカ兵は二、三人で日本人も二、三人。そして残りの人間はインド系やアジア系の人間たちなんだろう。」

「うん。軍服を着けていたのはアメリカ人の二人だけだった。」

「ということは彼らがアメリカ軍の兵士でないことは明白だ。だからアメリカ軍によるミサイル移動とは考えられない。」

「そうだよな。」

「啓太が見た連中は暴風雨のどさくさに紛れて嘉手納空軍基地からミサイルを盗んだ泥棒達であることには違いないだろう。」

「防衛庁の人間もそんな風に言っていた。」

「しかし、アメリカの軍事基地からミサイルを盗むとはな。余りにもスケールのでかい泥棒たちだな。恐らく啓太が見た連中は武器の国際的な窃盗団だろうな。信じられない話だよ。」

「武器の窃盗団って本当に居るのかなあ。」

「ミサイル泥棒か。なんかピンと来ないな。しかし、啓太は実際にトレーラーに積んであるミサイルを見たのだろう。」

「うん。見た。」

「世界は広い。ミサイル泥棒が現実に居たということだ。」

「そういうことになるのかなあ。」

「しかし、分からない。」

「なにが分からないんだ、親父。」

「ミサイルをアメリカ軍基地から盗むのに成功してもだ。小さな沖縄島にミサイルを隠す場所なんかあるだろうか。隠してもすぐ見つかるだろう。それにだ。うまく隠したとしてもミサイルを海外に運び出すのはできないと思う。台風でアメリカ軍の警戒が緩んだのを利用してミサイルを盗むのは簡単にできたかもしれないが、盗んだミサイルを島内に隠すことも国外に持ち出すことも不可能だと思う。ミサイル泥棒達は盗んだミサイルをどうする積もりなのだろうか。全然見当がつかない。」

「ミサイルを解体してスクラップにして売りさばくつもりじゃないのか。」

啓太の推理に啓四郎は苦笑した。

「スクラップにして売ったら二束三文にしかならない。ミサイルをスクラップにする目的で盗むということはあり得ないことだ。」

「そうだよな。」

「とにかく奇妙な泥棒の話だ。解き難い方程式だな。しかし、啓太を拳銃で襲ったということは彼らはミサイルを盗むのに本気であるし、かなり恐い連中であることは間違いない。」

「でも、もう大丈夫だよ。追っていた車からは逃げることができたし、ここまで来れば僕を探し出すことはできないよ。」

「そうかも知れないが。まだ油断はできないよ。大通りは避けて裏道を通った方が賢明だ。早く具志川のコンビニに行った方がいい。」

「うん、そうする積もりだ。じゃ電話を切るよ。」

その時、前方に車影が見えた。啓太は悪い予感がした。

「親父、ちょっと待って。」

前方の車はヘッドライトを点け、激しい雨の中をゆっくりと近づいてきた。

「どうした、啓太。」

啓四郎の声に啓太は返事をしないで前方の車をじっと見詰めた。可能性は低いが啓太を追ってきた車かも知れない。車は徐々に近づいてきた。車の姿がはっきりと見えてきた。ああ、やっぱり例の車だ。

「親父。奴らに見つかった。逃げなきゃあ。」

啓太は携帯電話を助手席に放ると車をバックした。ぐんぐんスピードを上げてからサイドブレーキとハンドル捌きで車を反転させると、急発進した。携帯電話からは「啓太、啓太。」と啓太を呼ぶ啓四郎の声がしたが啓太は携帯電話を取る余裕はなかった。啓太の車は十字路を左折して仲ノ町の中央通りを北進した。

た。

「いけねえ。ここは一方通行だっ仲ノ町の中央通りは一方通行になっていて啓太は一方通行を逆走していた。前から車が来れば挟まれてしまい逃げることがでくなる。啓太は次の十字路に来ると迷わず左折した。数百メートル進むと国道三三〇号線に出た。啓太は仲ノ町飲食街から国道三三〇を横切り、沖縄子供の国公園方向に逃げた。」

国道や道幅の大きい道路では追跡車は車を横につけ、拳銃を撃ってくる危険がある。啓太は道幅の狭い裏通りを選んで走った。沖縄市の裏通りを啓太の車は走り続けた。追跡車はガウリンが運転し、シンは車から身を乗り出して拳銃を撃とうとする。しかし、コザシティーの裏通りはカーブが多く、シンは啓太の車に銃の照準を合わせることができなかった。

啓太を捕まえようとあせっているガウリンの運転は乱暴になっていた。カーブを曲がる時にもスピードを落とさないものだからブロック塀にぶつかり、道路に飛び出ている電柱には何度もバンパーをぶつけた。しかし、車が傷だらけになってもガウリンは啓太を追いつづけた。車が二台しか通れない狭い道路のために追跡車は啓太の車に並ぶことも追い越すこともできなかった。啓太は心に余裕ができたので携帯電話を掴んだ。

「親父、駄目だ。あいつらを振り抜くことができない。」

「ガソリンは大丈夫か。」

「大丈夫だ。」

「携帯電話の電池は大丈夫か。」

「大丈夫だ。」

「よし、よく聞けよ。コザ十字路近くの吉原に急坂があるのを知っているか。」

啓太は必死の逃走劇の最中だから父親のいう吉原の急坂が直ぐには思い出せなかった。

「え、吉原、急坂。」

「ああ、寺があるところだ。」

啓四郎と話している内に啓太の車は裏通りから国道三三〇号線に出てしまった。沖縄市は裏通りから裏通りへといつまでも走り抜くことはできない。裏通りはいつかは四車線の国道に出るようになっている。広い道路になると追跡車が横に並ぶことができる。電話をしながら車を運転するのは危険だ。

「親父、電話を切るよ。」

啓太は携帯電話を助手席に置くと、国道三三〇号線を左折してスピードを上げた。

啓太の車は沖縄市の下町から胡屋に向かっているなだらかな長い上り坂を走った。啓太は再び裏通りに入ろうとした。しかし、行き止まりになっている裏通りもある。そのような裏通りに入ったら万事休すである。啓太は沖縄市の道路を思い描きながら、行き止まりになっていない逃走するのに都合のいい裏通りを探した。しかし、土砂降りの暴風雨のために視界が悪い。視界が悪くても追跡車に捕まらないためにはスピードを落とすわけにはいかない。啓太は視界が悪いために何度も裏通りに入るタイミングを逃した。追跡車は啓太の車に追いつき、後ろから衝突した。しかし、幸いにも上り坂だったので追跡車に衝突されても車が突き飛ばされることも、回転させられることもなかった。啓太は裏通りに進入するタイミングを掴めないまま坂の頂上までできた。坂を登りきると胡屋である。胡屋は子供の頃から遊び回った場所だ。胡屋の道路なら啓太は表通りから裏通りまで知り尽くしていた。

　啓太は国道三三〇号線を右折してパークアベニュー通りに入った。パークアベニュー通りの最初の信号を右折し、突き当たりになっている三叉路を左折すると、次の十字路を左折して再びパークアベニュー通りに出た。パークアベニュー通りを右折すると、二番目の十字路を右折して、次の十字路を左折した。啓太は路地裏の道路を右折左折しながら走り続けた。啓太の右折左折走法は効果があった。ゴヤタウンの路地裏の道路に精通していないガウリンの運転はカーブをうまく曲がることができず、啓太の車との距離はどんどん離れていった。啓太は追跡車が視界から消えたのを確かめてからゲート通りを横切り、地元の人でも知っている人が少ない、狭い一方通行の道路に入り仲ノ町の裏通りに出た。啓太は啓四郎に電話した。

「親父、聞こえるか啓太だ。」

「ああ、聞こえる。今はどのような状況だ。」

「なんとか、あいつらを振り切って仲ノ町の裏通りを走っている。親父の言った寺の近くの吉原の急坂は知っている。その急坂で何をするのか。」

「うん、あそこに啓太を追っている車を誘い出して急坂を転げ落とそうという戦術だ。」

「おもしろそうだね。俺もさ、逃げている内にだんだん腹が立ってきた。善良な市民を理由もなく追いかけて殺そうとするんだよ。仕返しをやらなきゃ気がおさまらないよ。」

父親が反撃のアイデアを出したので元暴走族の啓太の血が騒いだ。

「こらこら、俺という言葉は使わない約束だ。俺は店長にはふさわしくない言葉だと注意したことを忘れたのか。善良な市民なら僕とか私とかと言いなさい。コンビニの店長になって、真面目に働くとお母さんと約束しただろう。」

「う、うん。」

啓太は啓四郎に注意されて意気消沈した。

「まあ、元暴走族だった血が騒いだかも知れないな。しかし、一番いいのは逃げ切ることだ。啓太を追ってくる車を完全に振り切ったか。」

啓太は後ろを見た。走って来る車は見当たらなかった。

「振り切ったようだよ。」

「そうか。追跡車から逃げ切れたのなら、早く具志川のコンビニに行った方がいい。お前を追っている奴はお前を探して回って沖縄市一帯を走っているはずだ。沖縄市に居ると見つかる可能性があるからな。早く沖縄市から出ることだ。」

「うん、分かった。これからコンビニに向かうよ。」

「急いで行けよ。」

啓太は電話を切ると具志川市に向かって車を走らせた。

十八

ミサイルを五基もアメリカ軍基地から盗み出す集団があるとは信じ難いことである。敬四郎は啓太がミサイルを積んだトレーラーを本当に見たのかどうか半信半疑であった。アメリカ軍基地からミサイルを盗み出すということは簡単なことではない。もし、啓太が話したことが事実であるなら大きい国際的な武器窃盗団が動いているのは間違いないだろう。一体どんな組織なのだろう。敬四郎にはミサイルを盗むような組織を知る手がかりは全然なかった。そもそも啓太が本当にミサイルを積んだトレーラーを見たことがアクション映画のような話であり嘘のような気がしてならない。しかし、啓太はミサイルを積んだトレーラーを見たためにミサイル窃盗団の一味に追われているのはまぎれのない事実であり啓太の作り話でないことは確かである。

啓四郎はミサイル窃盗団を知っていそうなアメリカ人がいないかどうか思い浮かべた。敬四郎にはアメリカ人の知人が十人近く居るがミサイルや武器窃盗団に詳しいと思われる知人は居なかった。啓四郎の知っているアメリカ人は英語教師であったり、ライブハウスのサックス奏者やゴルフ場のマネージャーやアクセサリーの店主などであり、ミサイルを窃盗するようなぶっそうな連中を知っていそうな人間はいなかった。

唯一ミサイル窃盗団を知っている可能性があるのがバーデスだった。バーデスはアクセサリーや民具を仕入れするためにアジアの至る場所に出掛けている。それにバーデスは元海兵隊でもある。バーデスならミサイルを盗むことができるような武器窃盗団の存在を知っているかもしれない。バーデスが知っている可能性はかなり低いが啓四郎はバーデスにミサイルを窃盗することができるような組織について聞くことにした。


啓四郎はバーデスに電話した。

「もしもし、バーデスか。啓四郎だ。」

「ああ、啓さん。」

「なにをしているか。」

「昨日までの一週間の売り上げの整理をしています。」

「そうか。バーデスに聞きたいことがあるが、いいかな。」

「いいですよ。どんなことですか。」

「実は啓太が変な連中に追われているんだ。」

「変な連中ですか。」

「ああ、そいつらは拳銃を持っていて、啓太に拳銃を撃ってきたらしい。」

「え、拳銃を撃ったのですか。」

バーデスは驚いたようだった。

「ああ。そうなんだ。それで、バーデスに聞きたいのだが、啓太はミサイルを積んだトラックを見たらしいんだ。そのために命を狙われたようだ。バーデスはミサイルを盗むような窃盗団について知らないか。」

「啓太さんはミサイルを積んだトレーラーを本当にみたのですか。」

「ああ、啓太の作り話ではなさそうだ。」

「ミサイルを盗む窃盗団ですか。」

「そうだ。そんな組織があるのかな。」

「そんな組織について聞いたことがありません。啓太くんはトレーラーをどこで見たのですか。」

「バーデスは嘉手納空軍基地の第三ゲートを知っているか。

「知っています。嘉手納空軍基地の北東側にあるゲートです。」

「そう、その第三ゲートから直進する間道を知っているか。」

「はい知っています。」

「その間道で事故を起こして止まっているトレーラーを見たらしい。ミサイルを積んでいるトレーラーをね。」

「そうですか。」

「啓太は第三ゲートからそのトラックが出て行くのも見たというから、そのトレーラーは嘉手納空軍基地に保管していたミサイルを盗んだと思うな。」

「いいえ、嘉手納空軍基地にミサイルは置いていません。そのトレーラーは嘉手納弾薬庫でミサイルを乗せて嘉手納空軍基地を迂回して第三ゲートから出て来たのだと思います。でも、ミサイルを盗んだなんて信じられません。」

「そうだよな。しかし、啓太は見たというし、それどころかその連中に追われたんだ。だから、ミサイルを盗んだ泥棒組織があるのは事実だ。それも国際的なミサイル泥棒の集団だ。バーデスは国際的なミサイル泥棒の集団を知らないか。」

啓四郎はもしかするとバーデスは知っているかも知れないとわずかな希望があった。

「聞いたことはありません。でも啓太さんは見たのですから、ミサイル窃盗団は居るということです。」

「ミサイルを売ることができるのか。」

「国際的な武器商人なら買います。」

「ミサイルをか。」

「はいミサイルをです。国際的な武器商人ならミサイルを買って、どこかの国やテロリストに売ることができます。ミサイル窃盗団の組織が大きければすでに国やテロリストにミサイルを売る約束をしているかもしれません。」

「ふうん。信じられないな。ミサイルを売買する武器商人がいるのか。」

「居ます。ミサイルでも戦闘機でも核爆弾でも武器商人は売買します。」

「バーデスはそんな武器商人を知っているのか。」

「武器商人が居ることは軍隊に居る時に聞いたことがあります。」

「そうか。」

「啓さんの話はとても気になります。啓さん。もっと詳しく話してくれませんか。」

啓四郎は啓太から聞いた話をバーデスに詳しく話した。バーデスは啓四郎の話を途中で止めた。

「啓さん。私は急いで啓さんの所に行きます。」

バーデスは重苦しい声になっていた。

「そうか。俺は啓太が完全に逃げることができたのか気になるので沖縄市に行くつもりだ。」

「それでは私も沖縄市に行きます。」

「沖縄市に着いたら俺に電話をしてくれ。」

「わかりました。」

「それじゃ、沖縄市で待っている。」

啓四郎は電話を切ると部屋を出て、アパートの駐車場に向かった。

十九

啓太は仲ノ町飲食街から出て、国道三三〇号線を横切り胡屋の裏通りを通って県道二十号線に出た。ガソリンスタンドを右折して狭い二車線の安慶田のバイパス通りを走り抜け、国道三二九号線に出ると十字路を直進して宮里新通りに入った。宮里新通りを直進すれば具志川市に入る。風はますます強くなっている。雨は小降りになっていた。

順調に走り続けていた啓太の車だったが宮里から具志川市に入る宮里十字路の手前で止まった。

「くそ、進めない。」

宮里十字路一帯が冠水していた。宮里十字路の一帯は茶色の泥水がまるで池のように一面に広がり、三台の車が水溜りの中で立ち往生していた。冠水して池のようになった宮里十字路を通り抜けるのは無理のようだ。宮里十字路を過ぎれば具志川市である。啓太は宮里十字路を通って具志川市に入りたかったが、冠水している宮里十字路を通ってエンジンがトラブってはまずい。啓太はあせる気持ちを押さえた。遠回りになるがUターンして県道七五号線に出て具志川市に向かうのが安全である。

啓太はハンドルを一杯に切り、ゆっくりとバックしながらUターンした。ギアをバックから一にして車の前方に目を移した瞬間、啓太は信じられない物を見て唖然とした。なんと振り切った筈の追跡車がこちらに向かってくるではないか。バンパーは折れ曲がり、ドアは凹み、ボンネットも曲がって口を開いている。廃車同然の車が猛スピードで啓太の方に接近して来た。

　宮里十字路は沖縄市のはずれであり胡屋からは遥かに離れた場所である。ここまで逃げれば絶対に見つかるはずはないと啓太は確信していた。ところが追跡車は啓太を目指して走って来る。啓太は執念深いゾンビに追われているような恐怖に襲われた。逃げ切れた筈なのにどうしてあいつらは僕の車に追いつくことができるのだ。あいつらは墓場からやって来た執念深いゾンビなのか、それとも啓太がどこに逃げても啓太の居所を確実に探し出せる超能力者なのか。

　啓太はあわてて再びUターンした。目の前は通り抜けることができそうにはない大きな水溜りだ。宮里十字路には三台の車がすでに立ち往生をしている。水溜りに飛び込んでしまうとエンジンストップをする可能性が高い。しかし、ゾンビのような追跡者から逃げるにはなにがなんでも池のような水溜りを通り抜けるしかない。思い切って池のような水溜りに飛び込み、もしもエンジンがストップしたら走って逃げることにするか。路地に逃げ込めば逃げ切ることができるかも知れない。しかし、車を棄てると車に積んでいるドライアイスを捨ててしまう。「どうする啓太。」と啓太は自問自答しながら辺りを見回した。

　啓太に機転が閃いた。啓太は車の進路を宮里十字路の水溜りの中央ではなく歩道の方に向けた。歩道も泥水が浸食していて見えなくなっていた。歩道は車道より二十センチ程高い。だから車道より水深は二十センチ浅いはずである。歩道なら車が浸水しないかも知れない。そう考えた啓太は車を歩道に乗り上げた。啓太が予想していた通り歩道の水深は車道よりは浅く、エンジンまで水が浸入する恐れはなかった。啓太は車幅ぎりぎりの歩道を水しぶきを上げながら宮里十字路の左側の道路まで走り抜けた。冠水していない所まで車を進めて、車を歩道から車道に下ろした。なんとか啓太の車はエンジンストップすることなく十字路の水溜りを通り抜けることができた。啓太は二車線の細い道路に出ると車を走らせながら父親に電話した。

「親父。あいつらに見つかってしまった。」

「え、本当か。」

「うん。」

「信じられない。」

「僕の居る場所を知っているみたいだ。僕を追っている奴はまるでゾンビか超能力者だよ。気味が悪い。どこまで逃げても追ってくるようだ。」

「まいったな。車をぺしゃんこにしない限り啓太を追い続けるかもしれないな。俺が考えた作戦を実行するしかない。啓太、よく聞け。手短かに話すぞ。吉原の急坂がある場所は知っていると言ったよな。」

「知っている。お寺がある所だろう。」

「そうだ。啓太は吉原の急坂がある所に行くんだ。そして坂が急になっている手前の左側に二階建の建物がある。その建物を過ぎたら左折する道路がある。啓太はその道路に入るんだ。道路の入り口は狭いから運転に気をつけろ。俺は待ち伏せをする。そして、啓太を追っている車に体当たりして坂を転がしてやる。十五分後だ。十五分以内に俺は確実に吉原に行ける。だから、啓太は十五分を過ぎたらいつでも吉原の坂に来い。いいな啓太。」

「分かった。でも失敗したらどうしよう。左折したら行き止まりなんだろう。」

「いや、行き止まりにはなっていない。裏の方に通り抜けることができる。でも、それは関係がない。俺が追跡車に衝突して急坂に叩き落す。それで車はぺしゃんこに潰れる。とにかく、片をつけてしまおう。お前を追っている車を叩き潰してやる。失敗はしない。失敗はさせない。成功する。大丈夫だ。」

「分かった。親父を信じるよ。」

啓太は裏通りから裏通りへと車を走らせながら沖縄市の吉原に向かった。

啓四郎は吉原に向かいながらバーデスに電話をした。

「もしもし、バーデスか。」

「はい。啓さん、なにかあったのですか。」

「ああ、そうだ。啓太が追跡者に見つかったらしい。啓太は逃げている最中だ。見つかるはずがないのに見つかった。不思議だ。バーデス。バーデスと会うのは延期する。後で連絡する。」

「分かりました。」

啓四郎は電話を切ると車のスピードを上げた。

啓太の車は吉原の裏側に到着した。

「親父、吉原に着いたよ。」

「お前を追っている車はついて来ているか。」

「ああ。ついて来ている。」

「そうか。俺は準備オーケーだ。」

「それじゃ行くよ。」

「ああ、待っている。」

啓太は電話を切った。

啓太の車は吉原の裏通りから中央通りに出て、中央通りから車が一台しか通れない狭い路地に入り、狭い路地を抜けて急坂の入り口に来た。啓太の心臓は高鳴り、緊張で手の平は汗でびっしょり濡れた。四台の自動販売機が風雨にさらされて角に並んでいる。角を曲がって啓太は急坂のある通りに入った。黄色い軽自動車が暴風雨を避けるように建物の壁に密着して駐車している。右側に寺が見え、啓四郎が言った建物が左側に見えた。寺の前の道路の左側に白い乗用車が停車していた。啓四郎の車が停車している場所は緩やかな下りになっていて、七、八メートル先からは急坂になっていた。急坂はまるで崖を道路にしたようで恐ろしい程の急勾配だ。急坂の手前には建物に隠れるようにして車一台が入れる狭い道路があった。その道路に入るには啓四郎の白い乗用車の右側を回わらなくてはならない。急坂は豪雨を集めて滝のようになっている。啓太は不安になった。果たして親父は追跡車をうまい具合に急坂に突き落とすことができるだろうか。しかし、迷っても仕方がないことだ。もう、迷うことはできない、実行するしかない。親父が大丈夫と言ったから大丈夫だ。計画は成功する。

啓太はスピードを落とした。後ろを見て追跡車が角を曲がって入ってくるのを待った。追跡者が入ってきた。啓太は啓四郎の白い乗用車の右側を回ってから左側にハンドルを切り、急坂をすべり落ちそうになる車を巧みなハンドル捌きで建物を過ぎた途端に左折して路地に入った。啓太を追ってきたガウリンの車も停車している啓四郎の自動車の右側を回ってから左にハンドルを切り啓四郎の自動車の前に出た。次の瞬間、停車していた啓四郎の白い乗用車が突然走り出し、ガウリンの車の後部にぶつかった。啓四郎の車にぶつけられたガウリンの車は急坂を茶色の飛沫を上げながら猛スピードで滑り落ちていった。三二九号線に激しい勢いで飛び出すとガウリンの車は大きく空中回転をして車道を滑って反対側の電柱にぶつかってくの字に曲がった。啓四郎の車は追跡車にぶつかった後に左折して路地に入り、啓太の車の後ろに停まった。啓四郎は急いで車から出ると坂の下を覗いた。啓太も啓四郎の後ろに続いた。

「啓太、大丈夫か。」

「ああ、大丈夫だ。僕を追ってきた車はどうなった。」

「見事に坂を転げ落ちて、見事に大破した。ほら、電柱にぶつかって真っ二つに折れ曲がっているよ。」

「さすが親父。元学生運動家だ。」

「元学生運動家の父に元暴走族の息子か。自慢にならないな。」

啓四郎は苦笑した。

「啓太を追跡してきた車は大破した。もうあの車が啓太を追うことはない。啓太は早く店に行った方がいい。そろそろコンビニは停電するかも知れない。」

啓太は大破した車を見ながら車に乗っている人間のことが心配になった。

「車に乗っている人間は大丈夫だろうか。」

「車が真っ二つに折れ曲がっているからなあ。大怪我をしているだろう。」

「親父、もしかして死んではいないだろうか。」

「さあな。その可能性もあるな。」

啓四郎と啓太は折れ曲がって潰れている車を見つめた。車からは誰も出てこなかった。啓四郎は車をじっと見ている啓太の肩を叩いた。

「啓太の命が危なかったんだ。ああ、するしかなかった。やってしまったものをあれこれ心配しても仕方がないことだ。啓太はあの車のことはもう考えるな。それより早くコンビニに戻れ。」

「うん分かった。親父はどうするのか。」

「バーデスにお前のことを電話で話したんだ。するとバーデスは俺から詳しく話を聞きたいといった。それでバーデスと沖縄市で落ち合うことにした。バーデスは啓太のことを気にしているはずだ。俺はバーデスに電話して追跡車が大破したことを話す。バーデスを安心させなければな。お前は早くコンビニに戻れ。」

「うん、そうするよ。」

啓太は具志川市にあるコンビニエンスストアに向かった。

啓四郎は啓太の車を見送った後にバーデスに電話した。

「もしもし、啓四郎だ。」

「バーデスです。啓太さんは大丈夫ですか。」

「ああ、大丈夫だ。啓太を追っている車にまた見つかってしまったがその車は坂を転げ落ちて大破した。もう、啓太を追跡する車はなくなった。」

「啓太さんを追っていた車は大破したのですか。」

「ああ、大破した。もう、あの車は動かない。」

「そうですか。それはよかったです。」

「バーデス、沖縄市に着いたら電話してくれ。」

「分かりました。」

啓四郎は電話を切ると国道三二九号線に下った。

大破した追跡車に乗っている人間は生きているだろうか、それとも死んでいるだろうか。啓四郎は気になった。追跡車の中を覗いて車に乗っている人間の生存を確かめたかったが、追跡車に乗っている人間は拳銃を持っていると啓太は言っていた。車を覗いた時に拳銃で撃たれるかも知れないという恐さがあった。それに、もし車に乗っている人間が死んでいるのなら死体を見てしまう。死体を見るのはなんとなく怖いし、車の中に死体があったらそれは自分が人間を殺したという事実に直面することにもなる。そういういくつかの理由があって啓四郎は大破した車の中を覗く勇気がなかった。

啓四郎は大破した車の側をゆっくりと通り過ぎながら大破した車を見たが、大破した車の中を見ることはできなかった。啓四郎は大破した車から離れると、数百メートルほど進んだ所でユーターンして反対車線に移動して停車した。そして、その場所から大破した車の様子を見た。

梅沢の携帯電話が鳴った。吉原の急坂を転げ落ちて大破した直後のガウリンからの電話だった。ガウリンの声は弱々しかった。

「もしもし。」

「もしもし、ガウリンか。梅沢だ。若造は始末したか。」

「いいえ。」

「ガウリン。声が小さい。よく聞こえないぞ。」

「梅沢さん、やられた。」

「なに、やられたって。どういう意味だ。」

「シンは気を失っている。血だらけだ。」

「え、なんだって。」

「私もお腹を車に挟まれて動けない。胸をひどくやられた。」

梅沢は予想していなかったガウリンの電話にショックを受けた。

「シンは気を失っているのか。」

「はい。呼んでも返事をしません。もしかすると死んでいるかもしれません。」

「え、シンが死んでいるって。」

「私は動けないので確かめることができません。」

「ガウリンは動けないのか。どうした。なにがあった。追っかけていた奴にやられたのか。」

「なにがなんだか分かりません。例の赤い車を追っていたら急に車が追突されて崖のような坂を滑り落ちました。電柱にぶつかった車はメチャメチャになりました。私の意識もなくなりそう・・・・。」

「おい、ガウリン。しっかりしろ。」

「私は動けません。助けに来てください。」

「動けないのか。」

「はい。」

「場所はどこだ。」

「沖縄市のどこかです。来たことがあるような・・・・。五、六十メートル下の方に十字路があります。十字路は四車線の十字路でした。」

「わかった。大城に聞いてみる。場所が分かり次第お前の所に誰かを行かすから。」

「わかりました。早く来てください。気が遠く・・・・・」

「ガウリン。聞こえるか。ガウリン。」

ガウリンは梅沢の呼びかけに返事しなくなった。ガウリンの携帯電話からは車に激しくぶつかる雨の音だけが聞こえた。梅沢は暫くの間ガウリンの名を呼び、ガウリンの声を待ったが、ガウリンの声は聞こえてこなかった。ガウリンは気を失ったようだ。ガウリンは死ぬかもしれない。

「くそ。今日は厄日だ。」

梅沢は携帯電話を閉じてポケットに入れた。

　シンは死んだ。ガウリンも重傷であり死ぬのは確実だろう。二人とも使い物にならない。強い暴風雨の中でシンやガウリンの救出に行く方が新たなトラブルを発生させる確率が高い。二人を助けに行くことはリスクだけが大きくメリットはゼロだ。

梅沢はガウリンには救出しに行くことを約束したが、ガウリン達を助けに行く気はさらさらなかった。重症のガウリンと死んだシンは使い物にならない。使えない者にはさっさと見切りをつける。それが危険な仕事を成功させる鉄則だ。強い暴風雨の中、シンとガウリンが警察に見つかるには時間が掛かる。見つかったとしても梅沢たちに捜索の目が行くことはあり得ない。ガウリンとシンの死体を放っておいても梅沢のミサイル窃盗の仕事に悪い影響はない。

トレーラーに積んだミサイルを見た若造を逃がしたことは気になる。若造が警察や防衛庁に連絡すると梅沢達はやばいことになる。しかし、この暴風雨だ。警察や防衛庁の動きは鈍いだろうし。事故現場から遠く離れている目的地に着いてしまえば警察や防衛庁に発見されるのに時間がかかる。発見される前にさっさと仕事を終わればいい。あと四、五時間の勝負だ。もう、若造はほっとけばいい。運を天に任せるしかない。とにかく今はミサイルを目的地に運ぶことが大事だ。

梅沢はシンとガウリンを救助する気はなかった。ガウリンの所に誰も行かせないことをガウリンとの電話を切った時にはすでに決めていた。だから、梅沢は沖縄市に詳しい大城には電話しないで携帯電話をポケットに戻した。携帯電話をポケットに入れて両手でハンドルを握った瞬間からガウリンとシンのことは梅沢の頭から消えていた。

ところがシンとガウリンを切り捨てる梅沢の思惑はうまくいかなかった。梅沢の側にはシンの兄であるハッサンが座っていた。梅沢とガウリンの会話は日本語だったのでハッサンには話の内容は分からなかった。しかし、梅沢は、ガウリンの名を呼んだので電話の相手はガウリンであるとハッサンは知った。ガウリンの車には弟のシンが乗っている。ハッサンは梅沢の電話に耳を傾けていた。

梅沢の表情はただならぬことが起こった様子であったし、梅沢の口からシンの名前も出た、そして最後に梅沢は声を張り上げてガウリンの名を繰り返し呼んだ。ところがガウリンからの返事はないのか、梅沢は暫く黙ったまま電話を握っていた。ガウリンからの返事をあきらめた様子の梅沢は携帯電話を閉じてポケットに入れた。梅沢の様子を見てハッサンはガウリンと弟シンに深刻なアクシデントが起きたのではないかと不安になった。

「梅沢さん。シンとガウリンになにかあったのですか。」

ハッサンにシンとガウリンのことを聞かれて梅沢はドキっとしたが、

「ううん、車が事故ったらしいが大したことはないそうだ。」

と、梅沢はごまかした。しかし、梅沢とガウリンの電話をしている時の梅沢の表情をみていたハッサンは梅沢が軽い事故だと言ったことを信用することができなかった。

「それでシンは無事ですか。」

「ああ、無事だと思う。」

シンはすでに死んでいることを知っている梅沢は、「シンは無事だ。」と言えずに一瞬躊躇したあとに「無事だと思う。」と言った。ハッサンは梅沢の態度に戸惑いがあるのを感じ、不安が増した。

「もしかして、大きい事故だったのじゃないですか。」とハッサンは聞いた。ハッサンは真剣な顔であった。ハッサンの真剣さに梅沢は返事に戸惑いが生じた。

「いや、そうではないようだ。」

「大きい事故ではなかったのですか。」

「そのようだ。」

「車は動くのですか。」

「ううん、そこの所がはっきりしない。」

「車は動かないのですか。」

「今は動かないようだ。ちょっと故障したようだ。」

梅沢はそう言いながら無意識にハッサンから目を反らした。ハッサンは梅沢の言葉を鵜呑みにはできなかった。梅沢の中途半端な態度にハッサンの不安は強くなった。ハッサンはシンの無事を確かめたくなった。

「梅沢さん。もう一度ガウリンに電話してください。」

「ガウリンとの話は済んだ。電話する必要はない。」

梅沢はガウリンに電話するのを避けたが、

「お願いします。ガウリンに電話してください。シンの無事を確かめたいです。」

「ガウリンもシンも大丈夫だ。心配する必要はない。」

と梅沢は言ったが、ハッサンはしつこく梅沢にガウリンに電話するように要求した。梅沢はしつこいハッサンの要求に根負けしてガウリンに電話した。しかし、ガウリンは電話に出なかった。呼び出し音が何度も繰り返すだけであった。ガウリンはすでに死んだのかも知れないと梅沢は思った。

「おかしいな。ガウリンは出ないな。電波の届かない場所にいるはずはないし、どうしたのだろう。」

と梅沢は言った。そして、

「外に出て車の修理をしているかも知れないな。後で電話することにしよう。」

と言って、梅沢は携帯電話を閉じた。

ハッサンはガウリンが電話を取らなかったことに不安が高まった。本当にガウリンとシンは車の修理のために外に出ているのだろうか。車から出ているにしても電話にはすぐに出れるようにしているはずだとハッサンは考えていたから、梅沢の説明を信じることができなかった。

「梅沢さん。もう一度電話をしてください。」

ハッサンは梅沢にガウリンに電話するように要求した。

「電話をしてもガウリンは出ない。恐らく外に出ているのだろう。後で電話する。」

と梅沢は言ったがハッサンは聞き入れなかった。ハッサンは何度もガウリンに電話するように梅沢に要求した。ハッサンのしつこい要求に梅沢は根負けして仕方なく携帯電話を取り出して開いた。・・・ガウリンはすでに死んだにちがいない、ガウリンはもう電話に出ないだろう・・・と思いながら梅沢はガウリンに電話をした。予想通りガウリンは電話に出なかった。

「変だな。車の修理が長引いているようだ。」

梅沢は携帯電話を閉じた。

「修理が終われば電話をしてくるだろう。」

梅沢は独り言を言った。ガウリンが電話を取らなかったのでハッサンの不安はますます強くなった。

「梅沢さん。私をシンが乗っている車に連れて行って下さい。」

「二人は大丈夫だ。心配するなハッサン。」

と梅沢は言ったがシンのことが心配であるハッサンは、

「お願いです。連れて行ってください。」

と梅沢に要求した。

「それは無理だ。」

「どうしてですか。私はシンのことが心配です。」

「私達はミサイルを目的地に運ぶ仕事がある。車が直ればシンも私達と合流するだろう。心配するなハッサン。」

と梅沢は言ったが、ハッサンは梅沢の説得を聞き入れなかった。

「私をシンの所に連れて行ってください。」

ハッサンは弟のシンの所に連れて行くことを梅沢に要求し続けた。ハッサンの要求を梅沢が聞き入れないのでハッサンの顔は次第に険しくなってきた。

ハッサンが異様な雰囲気になってきた。シンへの心配が強くなったハッサンは梅沢の説得を全然聞かなくなった。このままだとハッサンは暴れだすかもしれないと感じた梅沢はハッサンをシンのところに連れて行くことにした。

「分かった。お前をシンの所に連れて行ってもらおう。」

「お願いします。」

梅沢は大城に電話した。

「大城。梅沢だ。」

「梅沢さん。なにか。」

「大城は沖縄市で四車線と四車線が十字路になっている場所を知っているか。」

「四車線の十字路は国道三二九号線と国道三三〇号線が交錯しているコザ十字路だけだ。なにかあったのか。」

「うん、ガウリンの車が事故ったようだ。」

「え、どうしてだ。」

「はっきりは分からないがコザ十字路の近くで車が事故ったらしいのだ。ハッサンを連れてコザ十字路まで行ってくれ。」

「え、それは止した方がいいぜ。暴風雨はもっと強くなる。下手をすりゃ俺達が遭難する。」

「私も止した方がいいと思う。しかし、そうもいかないのだ。ハッサンが承知しない。もし連れて行かなかったらハッサンはヒステリーを起こして暴れるかもしれない。シンは弟だから。」

「ハッサンか。こいつらは家族や親族の結束力が強い連中たからな。しかし、こいつらの兄弟愛は俺には関係ない話だ。俺は行きたくない。」

「ハッサンがヒステリーを起こしたら仕事に支障が出る。ハッサンはクレーンの操作ができるからな。」

「ハッソンなんか車から放り出せと言いたいが、そうもいかないか。くそ、仕方がないな。わかった。俺が連れて行ってやる。梅沢さん。車を止めるから、ハッサンをこっちの車に移動させてくれ。」

「大城。その前に言っておかなければならないことがある。」と梅沢は声をひそめて言った。

「なにをだ。」

梅沢は少しの間黙ってから言った。

「どうやらシンは死んだようだ。」

「え、まさか。」

梅沢の意外な話に大城は驚いた。

「どうして、シンが死んだのか。考えられない。」

「ガウリンが言うには急坂で誰かに追突されて、車が大破したらしい。電話の途中でガウリンの声は聞こえなくなった。もしかするとガウリンも死んだかも知れない。」

「ガウリンも死んだのか。」

「多分な。」

「それじゃあ、ハッサンを現場に連れて行かないほうがいい。」

「そうしたいのだが、ハッサンにシンは無事だと言ったが納得しない。ハッサンは私とガウリンの話を聞いて異常事態に感づいたと思う。ハッサンは私に拳銃を突きつけてでも現場に行くという顔をしている。ハッサンを事故現場に連れて行くしかない。」

「ちぇ、面倒なことになったな。」

「面倒なことになった。今日は私の厄日かもしれないな。」

大城は梅沢の自虐的な言葉に苦笑した。

「事情はわかった。俺がハッサンをコザ十字路まで連れて行ってやる。しかし、ハッサンにシンを見せた後はどうするか。シンが死んでいることを知ったらハッサンがなにをするか分からないぜ。」

「ううん。まいったな。しかし、じっくりと対策を考える余裕はない。とにかく、ハッサンを現場に連れて行ってくれ。シンを見せた後はハッサンを説得して私たちの所に戻ってきてくれ。」

「戻るかなあ。」

「分からない。もし、うまくいかなかったら電話をくれ。私がどうにかする。」

「分かった。」

大城は車を止めた。大城の車の後ろに梅沢の車は止まった。

ミルコとゼノヒッチは大城の車から梅沢の車に移り、ハッサンは梅沢の車を下りて大城の車に移った。ハッサンを乗せた大城の車はユーターンしてコザ十字路に向かった。

二十

啓四郎の携帯電話が鳴った。バーデスからの電話だった。

「啓さんですか。バーデスです。」

「バーデスか。今はどこに居るのか。」

「私は胡屋の方に着きました。啓さんは何処にいますか。」

「コザ十字路の北側にある吉原入り口の上の方にいる。」

「吉原入り口というのはどこにありますか。」

「コザ十字路から北に数百メートルくらい離れた場所だ。」

「ああ、コザ十字路から北に数百メートルですか。これから啓さんの所に行きます。」

と言ってバーデスは電話を切った。


五分を過ぎた頃にバーデスはやって来た。啓四郎の車の後ろにバーデスの車は止まり、バーデスは車を下りて啓四郎の車の助手席に移った。

「大破した車に変化はありましたか。」

バーデスは車の様子を身ながら啓四郎に聞いた。

「いや、なんの変化もない。車からは誰も出てこなかった。車に乗っていた人間は重傷を負ったか、ひょっとすると死んでいるかも知れない。」

「車に近寄って調べてみましょうか。」

「ああ、俺も調べようと思ったのだが、啓太の話ではあいつらは拳銃を持っているらしい。いきなり拳銃で撃たれるかも知れないという恐さがあって近づけないんだ。」

「大丈夫です。彼らが私たちを見つける前に、私たちが先に彼らを見つければいいんです。行きましょう啓さん。」

バーデスは事もなげにそう言うと啓四郎の膝を軽く叩いてから車の外に出て、身を低くしながら車道を横断した。啓四郎はバーデスの後ろに付いて行った。ハーデスは身を屈めて車に近づいた。激しい雨に邪魔されて大破した車の中の様子が見え憎いので、バーデスは角度を何度も代えて車の中の様子を窺った。車の中の人間の姿を捉えたバーデスは車に接近して行った。車の中を覗いたバーデスは中の様子を見ていたが、啓四郎の方を向くと手招きした。

啓四郎はバーデスの方に行った。

「二人とも死んでいます。二人とも外国人ですね。一人はインド系でもう一人は東南アジア系の人間です。啓さん、警察に連絡しますか。」

警察と聞いて啓四郎は身震いした。

「いや、それはまずい。警察に連絡すると私と啓太は殺人容疑で逮捕されるに違いない。それに二人を殺したのは俺と啓太であると新聞報道されればこの二人の仲間であるミサイル窃盗団に俺たちは命を狙われるかも知れない。こいつらの組織はきっと国際的な大きい組織だろうし、組織に知られたら私と啓太の命は風前の灯火だよ。警察にもこの二人の仲間にも私と啓太の存在は知られたくない。だんだん恐くなってきた。早くここから去ろう。」

「分かりました。」

啓四郎とバーデスは啓四郎の車に戻った。

「これからどうしますか啓さん。」

「喫茶店が開いていれば喫茶店に行くのだが、台風ではどこの喫茶店も開いていないだろう。とりあえず俺のアパートにでも行こう。」

バーデスは車から下りずになにごとか考えて暫く黙っていたが、啓四郎に、

「啓さん。啓太さんが見たというミサイルを積んだトレーラーの事故現場に行ってみませんか。」

と言った。これ以上事件に関わりたくなかった啓四郎はバーデスの言葉に戸惑った。

「事故現場には誰もいないと思うよ。」

事故現場に行きたくない啓四郎はそう言った。

「そうかも知れません。私は彼らが何者なのか気になります。それに本当にミサイルが盗まれたのかどうかも気になります。」

啓太を追っていた車が大破したし、追跡者二人も死んだ。啓太が安全な状態になったから啓四郎としてはこれ以上ミサイル窃盗団に首を突っ込みたくなかった。アパートに帰ってシャワーを浴び、のんびりと熱いコーヒーを飲みたい。それが今の啓四郎の心境だ。ミサイルを積んだトレーラーの事故現場に行けば警察が現場検証をしているかもしれない。今の啓四郎は警察に合うのは気分的にいやである。啓四郎はバーデスと一緒ミサイルを積んだトレーラーが事故った場所にいきたくなかった。しかし、バーデスの真剣な顔を見ればバーデスの要求を断るわけにはいかなかった。啓四郎はバーデスに電話したことを後悔した。

「そうか、わかった。それじゃ行こう。しかし、二台の車でいくより一台の方がいいだろう。俺の車をアパートに置いてからバーデスの車で行くことにしよう。」

啓四郎とバーデスはそれぞれの車を運転して啓四郎のアパートに向かった。啓四郎のアパートに着くと、啓四郎は車を駐車場に入れて、バーデスの車に乗り移った。バーデスの車は嘉手納空軍基地第三ゲートから国道三二九号線に通じている間道に向かった。

二十一

大城の車はユーターンして国道三二九号線を南進してコザ十字路に向かった。知花十字路を過ぎるとコザ十字路まで直線コースになっている。

「胸騒ぎがする。大城さん急いで下さい。」

弟シンのことが心配であるハッサンは大城を急きたてた。しかし、ハッサンに急かされても強い暴風雨の中、車をフルスピードで走らせることはできない。横殴りの風雨が車体を揺るがし、ハンドル捌きも難しい。大城は慎重に運転をした。

激しい暴風雨の中を進んでいる大城の車は松本の長いゆるやかな坂を下っていった。

松本のなだらかな坂を下りきった場所は冠水していて車の進路を阻んでいた。水溜りは広くかなり深そうである。大城は前進することを諦めて車をバックした。車がバックしたのでハッサンは気になり、

「どうしました大城さん。」

と言った。大城は冠水している場所を指して、かなり水深が深いので回り道することを手振りを交えた英語で説明した。ハッサンは頭を抱えて嘆いた。

「ああ、シンよ。無事でいてくれ。大城さん急いで下さい。弟の命が危ないかも知れないです。早く早く。」

弟の命を案じるハッサンの気持ちは分かるが、シンはすでに死んでいる。ハッサンがシンの無事を祈ってもそれは無駄な祈りだ。無駄な祈りを見ていると、「ハッサン。シンは死んだよ。祈っても無駄だよ。」と大城は言ってやりたくなる。しかし、言えばハッサンは暴れだすだろう。死んだシンの無事を祈っているハッサンを見るとかわいそうな気がするが、シンはすでに死んでいるのだ。死んだものはどうしようもない。シンの死んだ姿を見たハッサンを想像すると大城は気が重くなった。ハッサンは気が動転し泣き喚くだろう。そんなハッサンをどうすればいいか。ハッサンが泣き喚いている姿を想像すると気が滅入る。気が重い大城はハッサンに急かされても急ぐ気にはならなかった。

大城は三百メートルほどバックしてから右折した。大城の車は住宅街に入っていった。住宅街の細道は二台の車がぎりぎりに擦れ違うほどの狭い道路だった。木が倒れていたり、壁が崩れていたりしていたら先に進むことができない恐れがある。大城はスピードを落とし、曲りくねった細道をゆっくり進んだ。幸い通行を遮断するような倒れた木や壁の倒壊はなかった。

車は住宅街を通り抜けて間道に出た。間道を右に曲がり二百メートルほど直進して十字路に来ると十字路を右に曲がった。しばらく進むと三二九号線に大城の車は出た。

大城は左折すると再びコザ十字路に向かって車を走らせた。なだらかな坂を上っていくと右側に交番所があり、交番所を過ぎて越来小学校入り口に来た。越来小学校入り口を過ぎるとなだらかな上り坂はなだらかな下り坂になる。下り坂は五百メートルくらいあり、坂を下りきった場所が三二九号線と三三〇号線が交錯しているコザ十字路である。大城はコザ十字路に近づいたことをハッサンに教え、スピードを落として

シンの乗った車を探した。雨と風は激しく、十メートル先も見えなかった。

突然、ハッサンが大城の肩を強く揺さぶった。ハッサンは恐怖の顔で引きつり反対車線の路肩の方を指した。路肩には無残な姿の車があった。鉄屑のようにうずくまっている車。あの中にシンやガウリンが乗っていたとしたら、彼らの肉体はぐしゃぐしゃになっているだろう。ハッサンは車を見た瞬間に顔は青ざめ大城の知らない言葉で祈るようにぶつぶつ言った。

大城は中央分離帯を越えて反対車線に入り、大破した車の近くに車を止めた。ハッサンは車を飛びだして大破した車に走って行った。シンとガウリンがすでに死んでいることを知っている大城はこれから起こるであろうハッサンの嘆きに付き合わなければならないことを想像して心は重かった。大城は車からゆっくりと下りて事故車に近付いていった。

「シン、シン、シン、シン。」

ハッサンは大破した車の中の血だらけのシンを見つけ、シンの体を激しく揺さぶった。シンはハッサンに揺さぶられるだけで反応はしなかった。シンはすでに息が切れていた。

「ああ、なんてことだ。」

ハッサンはシンの頭を抱いて嘆き悲しんだ。大城はシンとガウリンが死んでいるのを確かめると車に戻り梅沢に電話した。

「梅沢さん。やっぱりシンとガウリンはもう駄目だ。死んでいる。」

「そうか。」

「もの凄いスピードで電柱にぶつかったようで、車はぐしゃぐしゃだ。」

「そうか。」

梅沢はため息をついた。

「ハッサンはどんな行動をするかな。シンの死体を運ぶように言うのかなあ。」

「ううん、まいったな。シンとガウリンの死体を回収しないといけないのかな。」

「それは無理ですぜ。二人とも車に挟まってしまって引きずり出すのが難しそうだ。」

「そうか、ハッサンはどうしている。」

「まだ、向こうの車に居ます。」

「ハッサンの様子を見て来い。ハッサンを説得してそこから引き上げろ。」

「無理だと思うぜ。」

「とにかくやってみてくれ。」

「仕方がない。やってみる。」

大城は大破した車に戻った。

「ハッサン。戻るぞ。梅沢さんの命令だ。」

嘆き悲しんでいるハッサンには大城の声は聞こえなかった。

大城は大声で、

「ハッサン、戻るぞ。」

と言った。ハッサンは大城の声に反応しなかった。大城はハッサンの肩を揺さぶった。

「ハッサン。戻るぞ。」

涙が溢れて止まらないハッサンは、

「シンはどうするのか。」

と大城に聞いた。

「そのままにしておくしかないだろう。」

「シンをそのままここに残していくというのは人間のすることじゃない。大城さん、シンは私の弟です。弟を右も左も分からない異郷の地に残すことは出来ません。弟の魂が眠れる場所を探してその場所に弟を葬ります。そして何年先になるか分かりませんが私は再び沖縄島に戻ってきて弟の骨を私の村に持って帰ります。」

ハッサンは涙で顔をくしゃぐしゃにしながら、

「大城さん。シンを埋める場所を教えてください。」

と言った。

「はあ。」

大城はハッサンにとんでもないことを要求されて驚いた。

「そんな場所なんか俺は知らないよ。ハッサン。お前の気持ちは分かるがシンの体は車に挟まれて引き出せないぜ。車体を切る道具がなけりゃシンを外に出すのは無理だ。シンはそのままにしておくしかない。」

ハッサンは大城の言うことを聞かずにシンの体を車から無理矢理引っ張り出そうした。しかし、大城の言う通りシンは車に挟まれて動かせなかった。それでもハッサンはシンを車外に出す作業を止めなかった。

大城は車に戻り梅沢に電話した。

「梅沢さん。ハッサンの野郎はシンを車から引きずり出そうとやっきになってこっちの言うことを聞く気は全然ありませんぜ。こんな大通りに長居するのは危険だ。暴風雨と言ってもパトカーは巡回するはずだ。」。

「まいったなシンとガウリンが死んで作業に支障が出るというのに。お前とハッサンが来なかったらお手上げだよ。なんとか接得して連れて来い。」

「無理だよ。俺は英語が堪能ではないし説得できないよ。それに俺の勘ですがね。ハッサンは弟のシンが殺されてかなり血が頭に昇っていて誰の説得も聞かないと思う。俺ならハッサンを連れて帰るのはあきらめるな。」

「ううん、まいったな。私が説得してみよう。ハッサンと代わってくれないか。」

「それじゃ、ハッサンの所に行くよ。」

大城が車から出ようとした時、ハッサンが車の助手席に入って来た。そして、大城に小型受信機を翳した。

「この男を殺す。」

ハッサンは小型受信機の画面で点滅している赤い点を指しな

がら言った。

ハッサンは車の中にあった小型受信機を見つけた。小型受信機は啓太の車に打ち込んである発信弾から送られてくる電波を受信する受信機である。この受信機があれば啓太がどこに逃げても啓太を見つけることができる。

小型受信機を見つけたハッサンはシンを車から出すことをあきらめ、弟シンを殺した人間への復讐をやる決心をしていた。

「この光が点滅している場所に俺を連れて行ってくれ。この男を殺す。」

ハッサンの涙の目は怒りで血走っていた。

「梅沢さん。ハッサンはシン達が追っていた男の追跡をやれと言っている。どうするか。」

「どこの馬の骨とも分からない男を捜し出すのは不可能だと言ってやれ。」

「いえ、ガウリン達が持っていた受信機をハッサンが見つけたようだ。」

「受信機は壊れていないのか。」

「ああ、残念ながら壊れていないようだ。梅沢さん、どうするか。追跡をやるのか。」

「まいったな。」

梅沢はため息をついた。

大城はますます激しさを増していく暴風雨の中での危険な追跡劇をやる気にはなれなかった。大城にとって外国人で面識もないシンは他人であり、ガウリンとは面識はあったがガウリンの死もまた大城にとっては他人事であり、シンとガウリンの死に対しては平静でいられた。ハッサンが殺そうとしている相手が沖縄島の人間であり、同郷の沖縄の人間を殺すことに加勢する方が大城にとっては嫌だった。

「俺は気が進まねえなあ。」

「ハッサンと電話を交代してくれ。」

「分かった。」

大城はハッサンに携帯電話を渡した。

「ハッサン。あと数時間で沖縄島が台風十八号の目に入る。台風十八号の目に入れば待ったなしの大仕事をしなければならない。今度の仕事は一生に一度あるかないかの大仕事だ。弟が殺されたことには同情するが復讐する気なんか起こさないで大城と一緒にこっちに来い。」

「梅沢さん。弟のシンが殺されたのです。目には目、歯には歯です。弟を殺した奴は自らの死で償わさなければならないのです。」

ハッサンは紛争の絶えないパキスタンとインドの国境沿いにある貧しい村の出身者だった。ハッサンは貧しい家族の生活を支えるために出稼ぎに出た。ハッサンはアジアの各地を転々としながら色々な仕事をした。道路工事、湾岸工事、高層ビル建築工事は無論のこと金になるなら違法な仕事もやった。ハッサンにとっては法を犯す仕事もそうでない仕事も区別はなかった。家族の幸せのために金を稼ぐ仕事をする。それだけのことだ。

ハッサンは母親に頼まれて一年前から弟のシンを連れて出稼ぎに出ていた。ハッサンとシンは一緒にアジアを流れながら兄弟の絆は深まっていった。ハッサンにとってシンは一番愛しい弟である。そのシンが殺されたのだ。ハッサンの頭の中はシンを殺した人間への復讐心でいっぱいだった。

「ハッサン。落ち着け。冷静になれ。シンが追っていた男がシンを殺したとは限らない。ガウリンがハンドル操作を誤って事故ったかも知れないだろう。」

と梅沢はハッサンを説得した。ハッサンは返事をしないで黙った。
・・・シンは赤い車の男に殺された。・・・というハッサンの確信は強固なものでありどんな説得もハッサンは聞き入れなかった。復讐の鬼になったハッサンは梅沢がどんな説得をしても効果はなかった。
「七千ドルの報酬をもらわなくてもいいのかハッサン。」

ハッサンは黙っていた。

「よし、シンの報酬の三千ドルもハッサンに回そう。合計一万ドルだ。それだけあれば村に立派な家を建てることができるし、贅沢な生活が送れる。そうだろうハッサン。」

「梅沢さん。シンの仇を討たないと俺は母さんに会わせる顔がない。シンを殺した男を殺す。」

ハッサンの金よりも復讐が先である考えは頑として変わらなかった。

「それじゃあ、ハッサンの報酬を二万ドルにしよう。二万ドルだぞ。それだけあればハッサンの母さんだって大喜びするだろう。ハッサン。よく考えろ。シンは死んだ。仇を取ってもシンは生き返らない。仇討ちをするよりは二万ドルの方が価値があるんだぞ。そうだろうハッサン。冷静に考えろ。」

梅沢は報酬を二万ドルに上げてシンの仇討ちを諦めるように説得した。ハッサンは黙っていた。

ハッサンはクレーン操作ができる。クレーン操作ができるのはハッサン以外にもミルコが居たがシンとガウリンがアクシデントで死んだようにミルコにもアクシデントが起こるかもしれない。梅沢としてはクレーン操作のできるハッサンは確保しておきたかった。

梅沢は困った。報酬をつり上げてもハッサンの復讐心を押さえ込むことはできそうにもない。大城の言った通り復讐の鬼と化したハッサンは誰の説得にも応じないだろう。梅沢はハッサンを説得することをあきらめた。

「ハッサンの要求は分かった。赤い車の男がどこにいるか調べるから大城に代われ。」

ハッサンは大城に電話を代わった。

「大城だ。」

「ハッサンが持っている受信機のモニターを見てくれ。」

「え、追跡をやるのか。止めた方がいい。」

「ハッサンを説得するのは無理だ。仕方がないが赤い車の若造を追うことにする。大城。その男は今どこに居る。」

大城はハッサンから受信機を取って画面を見た。

「ええと、ちょっと待ってくれ。」

大城は受信機の方向を変えながら点滅している啓太の居る場所を調べた。

「このあたりだと具志川市だな。」

「具志川市か。近いな。」

「ああ、遠くに逃げてはいない。」

梅沢は暫く考えてから、

「大城。ハッサンと代わってくれ。」

大城は携帯電話をハッサンに渡した。

「ハッサン。シンを殺した男の追跡を許そう。しかし、沖縄島が台風の目に入るまでだ。それがタイムリミットだ。いいなハッサン。」

時間限定にされたことにハッサンは納得できなかった。ハッサンは黙っていた。

「これ以上ごねるなら、ハッサンは必要ない。車から放り出す。それでもいいか。」

しびれを切らした梅沢はハッサンに見切りをつけることを言った。梅沢の脅しにハッサンは妥協した。

「分かった。梅沢の言う通りにする。」

「本当だろうな。もし、約束を破ったら放り出すからな。」

「分かった。」

「それじゃあ大城に話すから大城と代わってくれ。」

ハッサンは電話を大城に渡した。

「大城。ハッサンと一緒にその男を捕まえてくれ。」

「ええ、マジでかい。やりたくねえなあ。」

大城は嫌がった。

「私もお前と同じ考えだ。もし、ハッサンでなかったらお前に始末するように指示したかも知れない。しかし、ハッサンはクレーンの運転ができる。始末するわけにはいかない。今のハッサンはシンの復讐しか頭にない。仕方がないから、ハッサンのやりたいようにさせるしかない。しかし、それは沖縄島が台風の目に入るまでだ。」

「台風の目に入るまでだな。」

「そうだ、台風の目に入るまでだ。それがタイムリミットだ。」

「沖縄島が台風の目に入ったら一世一代の大仕事が待っているからな。」

「そうだ。それまでは我慢してハッサンと付き合ってくれ。」

「わかった。」

「具志川市か。具志川市はここから近いな。よし、私も行くことにしよう。」

「え、梅沢さんが来るのか。」

「そうだ。一台で捕まえようとするとシン、ガウリンの二の舞に成りかねないからな。二台で挟み撃ちにすれば捕まえやすい。ハッサンに仕事させるためには赤い車の若造を始末しなければならない。なんとしても台風の目がやって来るまでに赤い車の若造を始末するのだ。知花十字路を左折すれば赤道という所に行けて、赤道は具志川市だったよな。平良川とか安慶名とかも具志川市だったな。それじゃ具志川市で合流することにしよう。具志川市に到着したら連絡を頼む。くそ、今日は厄日だ。」

「梅沢さんが居なくなるとミサイルを積んだトレーラーは昆布の浜にちゃんと行けるかどうか心配だ。」

「ここまで来れば大丈夫だ。後は木村と梅津に任せることにする。木村と梅津に目的地の場所を教える。面倒臭いことになるとは思わなかった。くそイライラする。それじゃ電話を切るよ。」

梅沢は電話を切ると今度は木村と梅津に電話した。木村と梅津にトレーラーの目的場所を教えてトレーラーの先導をするように命じた。

梅沢は車をUターンして具志川市に向かった。

二十二

啓太はコンビニエンスの裏にある店員専用の駐車場に車を駐車した。吹き荒れている駐車場をドライアイスの入った二つのビニール袋を両手に持ちながら裏口のドアに向かって走り、ドアの前に来るとビニール袋を地面に置いてドアを開いた。

裏口のドアを開けた瞬間に事務所に風と雨が吹き込んだ。机の上にあった紙が舞い、壁の張り紙が引き千切れそうになった。激しいつむじ風がバンとドアを開いた。そして、すぐにドアは閉まろうとして、地面に置いてあるドライアイスの入ったビニール袋を事務所の中に入れている啓太にぶつかった。啓太は尻でドアを撥ね退けて二つのビニール袋を事務所に入れるとドアを閉めた。

事務所には由利恵が居た。由利恵は微笑みながら啓太を迎えた。

「遅かったわね。」

「ごめん、あれから色々あってね。」

「色々あったの。」

「うん。」

「どんな色々だったの。」

「それはね。」

と啓太が言おうとしたら、

「ケイ、びしょ濡れよ。着替えはここにあるわ。早く着替えたほうがいいわ。」

と由利恵は言った。

「いや、ドライアイスを冷凍庫に入れてからにするよ。」

と言って、ずぶ濡れの啓太はドライアイスを持って事務所の隣りの在庫室に行き冷凍庫にドライアイスを入れた。啓太がドライアイスを冷凍庫に入れていると美紀がお菓子を補充するために在庫室に入ってきた。

「あ、店長。」

美紀は啓太が居たので驚いた。

「店長、遅いですよー。」

美紀が泣き声で言った。

「ごめんごめん。冠水した場所が多くてさ、国道五八号線から国体道路を通って遠回りしなければならなかったし、それ以外にも色々あったし。それで遅くなった。停電はしなかったか。」

「停電はしなかったけど、フロントガラスは割れるのじゃないかなと思うくらい曲がるしとても恐かった。」

「そうか。しかし、もう大丈夫だよ。」

「店長が帰って来てよかった。」

美紀は啓太が帰ってきたのでほっとしたようだ。お菓子の袋を数個取ると在庫室から出て行った。啓太はドライアイスを冷凍庫に入れると事務所に戻り、由利恵が持ってきた服に着替えた。

「暴風雨が激しくなったわ。美紀ちゃんと澄江ちゃんはどうするの。家に帰した方がいいんじゃないの。」

「ああ、その積もりだ。」

啓太はパートの美紀と澄江は家に帰すことにした。啓太はレジカウンターに行き美紀と澄江に、

「台風はもっとひどくなる。美紀さんと澄江さんは帰っていいよ。」

と言った。すると美紀と澄江は困った顔をした。

「店長。私は軽自動車で来ました。軽自動車で家に帰るのは恐いです。」

「軽自動車か。軽自動車で家に帰るのは無理だろうなあ。」

「無理ですよー。」

美紀は泣きそうな顔をして、

「どうしよう、店長。」

と言った。

「店長。」

「澄江さんも軽自動車で着たのか。」

「私は五十ＣＣバイクです。」

「え、澄江さんは五十ＣＣバイクで来たのか。台風なのに。」

「だって、私は五十ＣＣバイクしか持っていないもの。」

「五十ＣＣバイクで家に帰るのは無理だろうな。」

「絶対無理ですー。」

「ううん、美紀さんは軽自動車で澄江さんは五十ＣＣバイクか。軽自動車と五十ＣＣバイクで家に帰るのは無理だ。よし、僕が連れていくことにしよう。」

「店長、お願いします。」

美紀と澄江は啓太が送って行くと言ったのでほっとした。啓太は事務所に行き、由利恵にコンビニエンスの留守番を頼んだ。

「由利恵。ぼくは美紀さんと澄江さんを家に送るから店の留守番を頼みたいが、いいかな。」

「いいわよ。」

由利恵は啓太のお願いを快く引き受けた。啓太は由利恵に留守番を頼んで、美紀と澄江を家まで送ることになった。

「由利恵。僕達が出たら内鍵を掛けてくれ。」

「いいわ。」

「それじゃ美紀さん、澄江さん、外に出るよ。」

「ケイ。ちょっと待って。」

外に出て行こうとした三人を由利恵は引き止めた。

「このまま出て行けば三人ともずぶ濡れになるわ。レインコートを着けた方がいい。店でレインコートを売っているでしょう。」

「由利恵の言う通りだ。レインコートを着けよう。」

啓太は店内に戻り雨傘と一緒に吊り下がっているレインコートの入ったビニール袋を三個取り、レジで清算をして事務所に戻った。

「美紀さん、澄江さん、レインコートを着けて。」

「はい。」

啓太と美紀と澄江の三人はレインコートを着けた。

「それじゃ、出るよ。」

美紀と澄江は不安そうに頷いた。啓太はノブを回してドアを開けようとした。しかし、外からの強い風圧でドアは開かなかった。

「あれ。」

「どうしたの。」

と由利恵が聞いた。

「ドアが開かない。」

啓太は体でドアを強く押した。その瞬間にドアの外が真空状態になったように勢いよくドアが開いた。啓太はドアに引っ張られるように外に飛び出し転びそうになった。背後で、「きゃあー。」「店長。」と叫ぶ声が聞こえた。体勢を立て直して事務所に入ろうとするとドアがバタンと大きな音を立てて閉まった。啓太はノブを回して強引にドアを開けた。

「美紀さん、澄江さん、外に出て。」

「店長、大丈夫ですかあ。」

「大丈夫だ。」

「僕がドアを掴んでいるから、早く外に出て。」

美紀と澄江は風雨が荒れ狂っている外に出た。電線はゴーゴーとゴジラが叫んでいるような不気味な音を発していた。電線は今にも切れてしまいそうだ。駐車場は葉っぱや塵が渦を巻きながら激しく右往左往している。

「恐ーい。」

美紀は悲鳴をあげた。風雨の激しさに美紀は泣きそうになった。暴風雨はますます激しくなっている。

突然、駐車場を「バン。」と突風が襲った。美紀と澄江は飛ばされそうになった。

「きゃー。」

澄江は倒れ、美紀は啓太にしがみついた。

「店長、恐ーい。」

啓太は美紀の腕を抱えながら澄江に寄り澄江の脇を抱えた。

「澄江さん。しっかり。」

澄江は激しい風雨によろよろしながら立ち上がり啓太にしがみついた。

「店長。こわーい。」

「しっかりしろ。美紀さん、澄江さん急いで。」

美紀は啓太に体をくっつけ、澄江は美紀に体をくっつけ、啓太は二人の肩を抱えて、三人はひとつの塊になって進んだ。

美紀と澄江は激しい暴風雨が電線や建物の隙間にぶつかって発する怪獣の叫びのような轟音に恐怖し、「きゃー。」「こわーい」と叫びながら歩いた。啓太は車のドアを開け美紀と澄江を後部座席に乗せた。バンとドアが閉まった。啓太は運転席のドアを開けて入った。

「店長、恐い。店長の車は暴風に飛ばされないですか。」

「大丈夫だ、多分ね。」

啓太はジョークのつもりで「多分ね。」と言ったが泣きべそをかいている美紀には啓太のジョークは通じなかった。

「店長、多分ねとはどういうことですかー。車が飛ばされることもあるということですかー。」

美紀は泣き声で言った。

「冗談だよ。大丈夫大丈夫。この車はスポーツカータイプだからな。この位の暴風雨で飛ばされるなんてことはないよ。僕はもっと激しい暴風雨の中を走ったことがあるが車は飛ばされなかった。美紀さん、安心して。」

「本当に飛ばされることはないですよね。」

「ないない。絶対にない。」

啓太の話に美紀の心は落ち着いた。啓太は車のエンジンをかけた。

「澄江さんの家は髙江洲だったよな。」

「はい。」

「ええと、美紀さんの家は栄野比だったよな。澄江さんと美紀さんのどちらを先に送ろうか。」

「澄江さんを先にして下さい。」

澄江の家は髙江洲にあり、美紀の家は栄野比にあった。二人の家はコンビニからは同じくらいの距離にあったが髙江洲はコンビニの南側に位置し、エノビは西北側に位置していた。

「それじゃあ、最初は澄江さんの家に行くよ。」

啓太の車は駐車場を出て髙江洲に向かった。

啓太の車は平良川十字路を左折し、二百メートルほど進んで居酒屋とコンビニが並んでいる十字路を右折して具志川芸術劇場通りに出た。

「ひゃー、店長の車は窓に穴が空いているー。」

美紀が泣きそうな声で叫んだ。啓太の車は後ろのウインドガラスと後部座席のフロントガラスに銃弾による小さな穴が空きその穴はビュウと音を出し風雨が侵入していた。美紀と澄江は恐怖で身を縮めた。

「この穴はどうしてできたのですか。小石が飛んできて空いたのですか。」

啓太は返事に困った。トレーラーにミサイルを積んでいるのを見たせいで見知らぬ外国人に襲われ、銃撃された銃弾によって空いた穴だと言ったら美紀と澄江にますます恐怖を与えるだけである。

「まあ、そんなところだ。」

啓太は苦笑しながら答えた。

「ウソー。石が飛んで来て穴を空けるの。コワーイ。」

美紀と澄江はソファーに抱き合うように身を屈めた。突風は頻繁に車に当たり、その度に車は揺れ、車が揺れる度に美紀と澄江は悲鳴を上げた。

具志川市民芸術劇場通りを過ぎ、喜屋武に出て具志川高校通りに入った時、啓太は車を停めた。

具志川高校通りは高台にあり、海風が直接吹き寄せる通りである。具志川高校通りは暴風雨が格段に強い場所だった。猛烈な風雨が左側の崖から踊り狂ったように舞い上がって、舞い上がった風雨を海からやってきた暴風が横殴りに叩きつけている。雨は道路と平行に走り、建物や壁を激しく叩いていた。

海から直接襲ってくる横殴りの暴風はものすごい勢いである。車体の低いスポーツカータイプの啓太の車でもひっくり返されるかもしれない。啓太は目の前の猛烈な横殴りの暴風雨を見ると具志川高校通りを無事に通り抜けることができるかどうか不安になった。この通りは危険だ。具志川高校通りを過ぎれば髙江洲なのだが、啓太はこの道路を通るのは止めることにした。

啓太は具志川市の中央通りから髙江洲に行くことを決め車をユーターンした。

「どうしたんですかどうしたんですか。」

敏感になっている美紀と澄江は車を方向転換したことが不安になって起き上がると車の外を見ながら啓太に聞いた。

「なんでもない。」

「本当に、なんでもないですか。」

「本当になんでもない。具志川高校通りは風が強いから、安全を考えて中央通りから髙江洲に行くことにした。」

「そうですか。」

美紀と澄江は啓太の説明に安心して、再び身を屈めた。啓太は喜屋武に戻り具志川市の中央通りに出て西進した。

車は具志川市の中央通りのなだらかな坂を上った。交差点を過ぎて暫く進んでから中央通りを左折して志林川の住宅街に入った。

「澄江さん、道案内してくれないか。この住宅街の道路は初めて通るから分からない。」

曲がりくねった迷路のような住宅街の道路に入ると啓太は澄江に道案内を頼んだ。澄江は起き上がり回りを見た。澄江は、

「そこを右へ。」

と言った。啓太は十字路を右折した。暫く進むと、

「そこから左に曲がってください。」

と澄江は言った。

啓太の車は澄江の誘導で髙江洲にある澄江の家に向かって進んだ。

「そこで停めてください。」

啓太は車を停めた。澄江は、

「店長ありがとうございました。美紀さん明日ね。」

と言うと車から下りて頭を押さえながら玄関に向かって走って行き玄関を叩いた。暫くすると玄関が開いた。澄江は啓太たちに手を振り玄関の中に入り玄関を閉めた。

「それじゃあ、栄野比に行くか。」

「お願いします。」

啓太の車は澄江の家から離れると、髙江洲から志林川に出て、志林川から県道七五号線を横切って路地に入り、裏通りの二車線に入ると右折して、美紀の家がある栄野比に向かった。

二十三

梅沢の携帯電話が鳴った。大城からの電話だった。

「もしもし、梅沢だ。」

「梅沢さん。目的の車は俺の車から四、五百メートルまで接近しているぜ。追い駆けようか。」

「いや、待て。一台で追ったらシンやガウリンの二の舞になるかも知れない。お前の車はどこを走っているのだ。」

「もう少しで赤道十字路に着く。」

「私は知花十字路を曲がって赤道十字路に向かっているところだ。私は具志川市の道は不案内だ。具志川市の間道は全然分からない。赤道十字路で落ち合おう。」

「分かった。赤道十字路で待っている。」

大城はそう言うと電話を切った。

啓太の車は高原住宅地を過ぎて平良川のはずれに来た。二車線の両側は剪定されていない伸び放題の街路樹の枝葉がまるで前衛舞踏家の踊りのように激しく揺れていた。ボキっと折れて車を襲ってきそうである。

「美紀さん、この十字路を左に曲がればよかったかな。それともう一つの十字路だったかな。」

車を走らせている間道には新しい十字路が増えていて、激しい雨のせいで見通しが悪く栄野比に通じている十字路がどの十字路であるか啓太は分からなかった。

美紀は恐る恐る顔を上げて車の外を見た。

「この十字路は池原に出る新しい十字路です。池原回りだと遠回りになります。次の十字路が川崎に出る十字路です。川崎回りの方が栄野比に近いです。川崎に行くには次の十字路を左に曲がって下さい。」

と言って美紀は再びうずくまった。一人になった美紀は恐くて恐くて声は震え目から涙が流れていた。

「ああ、この十字路は池原に通じている十字路なのか。」

「そうです。次の十字路が栄野比への近道です。」

うずくまったまま美紀は言った。

「次の十字路だな。分かった。」

啓太は十字路を通り越し、次の十字路に向かった。


大城の携帯電話が鳴った。梅沢からだった。

「梅沢だ。赤道十字路に来た。大城はどこに居るのだ。」

「梅沢さん。左折してくれ。俺の車は赤道十字路から三十メートルくらいの場所に停めてある。」

「分かった。」

梅沢の車は赤道十字路を左に曲がり、大城の車の後ろに止まった。大城は梅沢の車に走って来た。


「例の車を見失ってはいないだろうな。」

「大丈夫だ。この場所からは北東の方向に居る。少しずつ遠ざかっているから急いで追いかけた方がいい。」

「そうか。早く追いつこう。追いついたら挟み撃ちにして、一気にやっつけてしまおう。」

「分かった。」

大城は車に戻り、受信機の画面を見て啓太の車の位置を確認すると、啓太の車の方向を目指して車を発進した。


十字路に来て啓太は迷った。十字路を左折すると川崎に入る。川崎の道路は栄野比への直進道路であり栄野比への近道である。しかし、川崎は高台にある。高台にある川崎の道路は暴風雨が強烈だろう。車が飛ばされないか不安がある。

十字路を左折しないで真っ直ぐ坂を下ると県道八号線に出る。県道八号線を通った方が遠回りにはなるが暴風雨の影響は少ないだろう。しかし、雨が多い暴風雨だから下の県道八号線は冠水して車が通れない箇所がある可能性がある。

啓太は迷った。十字路で停車して暫くの間考えていたが、冠水の場所がある可能性が高い下の県道八号線は避けた方がいいと考え、啓太は十字路を左折して川崎の高台の方を行くことにした。

啓太の車は左折して川崎の道路を走った。高台にある川崎の道路は啓太の予想通り非常に風が強くなっていた。強烈な

風雨が車を激しく叩いた。突風は車を振るわせただけでなく横滑りさせた。車が揺れるたびに、

「きゃあ。」

と美紀は悲鳴をあげた。啓太は激しい暴風雨が襲っている高台の道路をスピードを落としてゆっくりと進んだ。激しく車を叩く雨の音が車内に充満し、繰り返し襲ってくる突風に車は振るえた。銃弾が空けた穴からはビュービュービューと音を立てて雨と風が入り込み車内は水浸しになった。美紀はソファーにうずくまって震えていた。

川崎の高台の道路は啓太の想像以上に風雨が激しく荒れ狂っていた。一メートル先も見えない程の豪雨が襲ってきたり、ふっと雨の量が減って風も弱くなったかと思えば、突然車を横滑りさせる程の突風が吹いたりした。啓太は今まで体験したことのない激しい暴風雨に車が飛ばされないように必死になって運転した。台風十八号の暴風雨は本格的になったようだ。

啓太の運転する車は亀のようにゆっくりと進み、やっとのことでキャンプマクアストリを過ぎてなだらかな坂を下り県道八号線に出た。県道八号線に出ると暴風雨はかなり穏やかになった。啓太の車は栄野比に入った。

「美紀さん。栄野比に来たよ。美紀さんの家はどこか教えてくれないか。」

啓太の声に美紀は体を起こした。美紀は恐る恐る外を見た。

「店長、もっと先に行ってください。」

「分かった。」

啓太は県道八号線を進んだ。

「そこの路地に入ってください。」

啓太の車は県道八号線から路地に入った。数十メートル進むと、

「その十字路を右に曲がってください。」

と美紀は言い、暫く進むと、

「ここで停まって下さい。」

と言った。啓太は車を停めた。

「店長、ありがとうございました。」

と言って、車から下りると、美紀は背を屈めて玄関に向かって一目散に走って行った。玄関を激しく叩いていると玄関が開いて母親が出て来た。美紀は啓太に手を振ってから玄関に入った。

啓太は県道八号線に戻りながら由利恵に電話した。

「啓太だ。今栄野比に居る。美紀さんを下ろしたので今から店に帰る。」

「そう。待っているわ。」

「停電はしていないか。」

「していないわ。」

「それじゃ電話を切るよ。」

啓太は電話を切ると由利恵が待つコンビニエンスに向かった。

コンビニエンスに帰るには三通りあった。通って来た川崎の道をひき返すか、それとも県道八号線を真っ直ぐ行くか、もうひとつは国道三二九号線に出て大きく迂回して行くかの三通りである。高台の川崎の道路はますます風雨が強くなっているだろう。川崎は危険であり通るのは避けたほうがいい。啓太は暴風雨の激しい川崎の道路をもう一度通る気にはならなかった。県道八号線は真っ直ぐ進めば安慶名十字路に出る。安慶名十字路から啓太のコンビニエンスは近い。県道八号線を行くのが一番の近道ではあるが県道八号線は低地の道路なので冠水している箇所がある可能性が高い。国道三二九号線のコースは冠水している箇所は少ないだろう。もし冠水している場所があれば別の道路を探しやすい。しかしかなり遠回りにはなる。

啓太は冠水場所があっても横道に入って農道を迂回して冠水場所を越えることができるかもしれないと考えて、コンビニエンスに一番近道である県道八号線を行くことにした。

啓太は県道八号線に出ると左折して安慶名十字路に向かって車を走らせた。

大城は梅沢に電話した。

「梅沢さん。追いついたぜ。前方を走っている車が目的の車だ。」

「そうか。やっと見つけたか。大城。あせるなよ。相手に気づかれないように接近するんだ。大城。この道を知っているか。」

「知っている。二、三度通ったことがある。確か安慶名十字路に抜ける一本道だったはずだ。」

「一本道か。」

「ああ。右側はアメリカ軍基地の金網が続き、左側は家並みが道路沿いにずっと続いているはずだ。」

「一本道なら挟み撃ちするのに都合がいい。」

梅沢は一本道だと聞いて、すぐに啓太の車を挟み撃ちにすることにした。

「大城。あの車の前に出ろ。そして、あの車が前進するのを邪魔しながらスピードを落とせ。私は後ろに逃げられないようにする。車が停まったらハッサンに銃撃させるんだ。私の方からはジェノビッチを出す。ハッサンとジェノビッチが襲えば直ぐに済む。」

「了解。それじゃ仕掛けるぜ。」

「気をつけろ。」

「任せとけ。」

大城は車のスピードを上げて啓太の車に近づいていった。

啓太は冠水した場所がないか前方に注意しながら県道八号線を進んだ。途中で冠水した場所が確実にあると啓太は思っていた。深い冠水か浅い冠水か、それが問題である。深い冠水なら回り道をしなければならない。啓太は深い冠水がないことを祈りながら進んでいると、啓太の車を一台の車が抜いていった。車が一台も通っていないと思っていた啓太だったから啓太の車の横をスピードを上げて通り過ぎる車があったのには驚いた。啓太を追い越した車はそのままのスピードで走り去ると思っていたら、啓太の車の前にぴったりとついた。その瞬間に啓太は嫌な予感がした。激しい暴風雨の中で無理に追い越す車なんてある筈がない。それに追い越した後にぴったりと啓太の車の進行を塞ぐように啓太の車の前についたのだ。なにか変だ。嘉手納空軍基地から沖縄市までしつこく追いかけて啓太を襲った車のことが頭をよぎった。・・・ミサイル泥棒の仲間かも知れない・・・君子危うきに近寄らず。啓太はスピードを落として前の車から離れようとした。その瞬間にドンと激しい衝撃があり啓太の車は前に流れた。啓太の車の後ろにも見知らぬ車があったのだ。

「挟み撃ちにされようとしている。」

啓太は直感じた。啓太は素早くギアを切り換えてハンドルを右に切り、対抗車線に入りながら車をユーターンさせ、栄野比方向に進もうとした。しかし、啓太の車にぶつかった車が猛スピードでバックして道路中央に入り、啓太の車の進路を塞いだ。そして、前を走っていた車が啓太の車に向かってバックしてきた。啓太に考える余裕はない。襲ってくる敵から逃げるだけだ。啓太は直ぐにハンドルを切りバックしてくる車との衝突を交わして左側車線に入った。その時、目の前に車一台が入れそうな小さな路地が見えた。その路地が行き止まりになっているかどうか推測する余裕は啓太にはない。後ろから襲ってきた車が啓太の車に衝突する寸前に啓太は小さな路地に突っ込んで行った。

路地は幸いにも行き止まりになっていなかった。数件の家を通り過ぎると畑が広がり、畑沿いの道路を右折して進むとアスファルトで整備された農道に出た。啓太を追っている連中は拳銃を持っているだろう。あんなぶっそうな連中と張り合うわけにはいかない。啓太はひたすら逃げるだけである。

二車線の農道なら行き止まりにはなっていないという確信が啓太にはあった。しかし、ハンドルを間違えれば畑に落ちてしまうだろう。畑に落ちるからといって畑に落ちないようにゆっくり走らせればたちまち啓太の命を狙っている連中に追いつかれてしまう。啓太は見通しの悪い農道を畑に落ちないように神経を集中させて車を走らせた。父親の啓四郎に電話を掛けたかったが、電話を掛ける余裕はなかった。

暫く進むと畑は途切れ、うっそうとススキが茂っている場所に出た。草木が生い茂る前方に岩山が農道を阻むように現れた。啓太は農道が行き止まりかと絶望したが、啓太は前進するしかない。啓太は岩に向かって進んだ。幸いなことに農道は岩の前で行き止まりになってはいなかった。草木が生い茂る農道は岩に沿って直角に近いL字型の急カーブになっていて急カーブを曲がり切ると視界が広がり再び道路の左右は畑になった。啓太は農道をどんどん進んだ。暴風雨で視界が悪い。農道がどこに出るか啓太には見当がつかなかった。視界が広ければ走っている場所のおおよその見当はつくが暴風雨で視界が悪いので迷路を走っているようなものである。とにかく啓太は拳銃を持った恐ろしい連中からひたすら逃げ続けるしかなかった。

農道はやがて直線のゆるやかな上り坂になった。上り坂を走って行くとアメリカ軍基地の金網に沿っている二車線道路に出た。迷路のような農道を通ってきた啓太は自分の車がどこに出て来たのか東がどの方向か北がどの方向か分からなかった。右に逃げた方がいいのかそれとも左に逃げた方がいいのか。啓太には右に曲がるか左に曲がるか迷う余裕はない。啓太は一瞬の判断で左に曲がることを選んだ。激しい風雨が遠慮なく啓太の車を叩く。啓太は金網沿いの道路を走り続けた。後ろの正体不明の追跡者に捕まったら殺される。啓太は死の恐怖と闘いながらハンドルを握った。

「ここは昆布か。」

暫くすると啓太は走っている場所が分かってきた。右側に続いている金網はかなり長かった。具志川市の周辺でこれほど長い金網に囲まれている米軍基地はキャンプキントニー以外にはない。キャンプキントニーは具志川市の北側にあり石川市と隣接している。啓太が走っている道路は安慶名十字路と石川市を繋ぐ県道七五号線であった。農道から出た時、右にカーブすれば啓太は安慶名十字路に出ていた。安慶名十字路は具志川市の中心地であり啓太のコンビニエンスに近い。安慶名十字路から西側一帯は住宅やビルが多く逃げるには都合がよかったし自分のコンビニエンスに逃げ込むという方法もあった。農道から出た時に右の方に曲がった方が逃げるのにはよかったかもしれない。啓太は右に曲がらなかったことを後悔した。しかし、後悔しても仕方がない。啓太はただひたすら逃げるだけだ。右側に延々と続いている金網が途切れると昆布の集落があり、集落を進むと県道七五号線は昆布の浜に下る長い急坂になっていた。啓太の車は急坂を下った。急坂を下る時に追突されたら一巻の終わりだ。ゆっくり下るわけにはいかない。啓太は奈落の底へ落ちていく気持ちになりながらスピードを落とさずに昆布の急坂を下っていった。

二十四

「大城、急げ急げ。」

「大城、早く早く。」

「大城、運転が下手くそ。」

「ああ、遅い遅い。」

弟を殺されたハッサンは弟の仇を討つことしか頭になかった。ハッサンは車を運転している大城をまるでどじな手下のようにどやし続けた。そんなハッサンの態度に大城は頭にきていた。

　追跡している車が昆布の坂を下り始めた時、

「大城、車をぶつけろ、早く早く。」

と叫んだ。ハッサンは追跡している車に自分たちの車をぶつけて、追跡している車を坂から転げ落としたかった。そうすれば弟のシンを殺した憎い男が運転している車は猛スピードで坂を転げ落ちて道路からはみ出し大破するに違いない。大破しなくても追跡している車は道路からはみ出して停止するだろう。車が停止してしまえば銃で撃ち殺してしまえばいい。ハッサンは、

「大城、ぶつけろぶつけろ。」

と繰り返し叫んだ。

　急坂で車をぶつければ自分の車も運転操作ができなくなり坂を転げ落ちてしまう可能性がある。大城は身の危険を犯してまで車をぶつける気にはなれなかった。ハッサンは大城と心が通い合っている仲間ではない。今度の仕事をやるために一緒に行動をしている今日限りの仲間でしかない。だから、ハッサンの弟のシンが殺されたことに対してシンの死を悲しむ情は大城にはなかったし、シンを殺した人間を憎む気持ちも大城にはなかった。梅沢の命令だから大城は仕方なく赤い車を追っている。身の危険をおかしてまでシンの敵討ちをする気は大城にはなかった。

　ハッサンが、「大城、ぶつけろぶつけろ。」と叫んでも大城は追跡している車と距離を取りながら急坂を下った。ハッサンの弟の仇討ちは仕事ではないし報酬があるわけでもない。自分の命の危険を犯してまでやるようなものではない。喚き続けるハッサンに対して大城は、「うるせえ、黙りやがれ。」と心の中で言いながら運転をしていた。

　急坂を下りると右側は昆布の浜である。昆布の海は荒れ、波は狂い踊りながら海岸を襲っていた。猛烈な雨と波しぶきは容赦なく啓太の車を叩きつけた。車を押し返す程の猛烈な勢いだ。視界はほとんどゼロに近い。啓太は以前にこの場所を通ったことが何度かある。啓太は記憶と直感に頼って道路からはずれないように車を運転した。

　豪雨と波しぶきのために視界がゼロ状態の道路を進んでいる車の前方に突然二つの目のような丸い灯りが現れた。車にぶつかる暴風雨の音に混ざってブオーブオーという衝突を避けるための警笛音が聞こえてきた。見る見るうちに二つのだいだい色の目が眼前に接近したかと思うと大型トレーラーが現れた。啓太は左にハンドルを切り車は歩道にはみ出した。大型トレーラーは啓太の車と接触しそうになって通りすぎた。大型トレーラーは嘉手納空軍基地近くの間道で見た、ミサイルを積んでいる例の大型トレーラーだった。突然のミサイル

を積んだ大型トレーラーの出現に啓太は驚き、一瞬大型トレーラーが啓太の車に襲いかかるのではないかという恐怖に襲われたが、大型トレーラーは啓太の車を襲うことはしないですれ違っただけだった。ミサイルを積んだ大型トレーラーとすれ違った啓太の恐怖は増し、車のスピードを上げてその場から去った。

「もしもし梅津、聞こえるか。」

「はい梅沢さん。どうしたんですか。」

「私達が追いかけている車は今すれ違った車なんだ。あの男にトレーラーを見られたのはまずい。警察にこの場所でトレーラーとすれ違ったことを通報されたらミサイルを盗む仕事は一巻の終わりだ。お前も私達と合流してくれ。なんとしてもあの車を掴まえなくてはならなくなった。」

「分かりました。」

「木村。」

「はい、梅沢さん。」

「今すれ違った車が私達が追いかけている車だ。この場所でトレーラーを見られたのは不味い。」

「やっぱりそうですか。梅沢さんの車とすれ違いましたからそうではないかと思っていました。」

「うむ。あの車はどうしても始末しなければならなくなった。それで追跡に梅津も加えることにした。お前はトレーラーを昆布の浜に止めて待機してくれ。シーモーラーやクレーンもそろそろ到着する頃だ。シーモーラーとクレーンの配置は台風が弱まった頃に運んできた連中がやることになっている。シーモーラーとクレーンの配置でトラブルが起こったら私に連絡をしてくれ。」

「わかりました。」

「かなりきつい状況での作業だから気をつけろ。」

「はい。暴風でトレーラーが倒れるということはないでしょうか。」

「そんなことはない。しかし、乗用車は危ないかもしれない。お前の車は海から離れた所に止めた方がいい。」

「そうします。」

「あの車を始末したら急いで戻ってくる。」

「分かりました。」

梅沢は木村との電話を済ますと大城に電話した。

「大城。ミサイルを積んだトレーラーを昆布の浜で見られたのは非常に不味い。警察に通報される前にあの車を始末しなくてはならなくなった。」

「そうだな。」

「できるだけ接近して、電話を掛ける余裕を与えるな。そして、チャンスがあればあの車の前に出るんだ。挟み撃ちにするんだ。いいな。」

「わかった。」

大城は車のスピードを上げた。ミサイルを積んだトレーラーの目的地は昆布の浜である。始末しようと追っている人間に昆布の浜でトレーラーを見られたのは非情にまずいことであった。彼が昆布の浜でトレーラーを見たと警察に通報して警察が昆布の浜に来たらミサイルを盗む計画は頓挫してしまう。赤い車の若造を始末する理由がハッサンの弟シンの仇討ちから若造がトレーラーを昆布の浜で見たことを警察に通報させてはならないというのっぴきならない理由に変わった。大城は啓太を始末するのに本気モードになった。

二十五

啓太の車は県道七五号線から国道三二九号線に出た。右折すれば石川市に向かう。石川市から喜屋武市、宜野座村と次第に人家が少なくなり山が多くなる。左折すれば具志川市に向かう。具志川市を過ぎれば沖縄市となり、次第に店舗や人家やオフィスビルが多くなる。啓太は人家の多い具志川方向に車のハンドルを切った。

左折した三二九号線は通称栄野比大坂と呼ばれている道幅の広いなだらかな直線の坂になっていた。栄野比大坂の距離は五百メートルくらいある。啓太にとっては道幅が広い直線道路は危険である。しかも、なだらかな下り坂だ。追跡車は強引に追突してくるだろう。追突されればハンドル操作ができなくなって車は回転し側溝にぶつかり歩道に乗り上げてしまう。栄野比大坂は山の中腹に作った道路で左側は山の急な斜面になっていて右側は崖になっていた。車が止まってしまったら逃げ場がなく絶体絶命だ。しかし、激しい暴風雨では追突を避けるためにハイスピードで逃げれば事故るかも知れない。啓太は事故を起こさないぎりぎりのスピードで栄野比大坂を下って行った。

啓太は前方が見えない状態で運転しなければならないが、追跡車は啓太の赤い車を目指して運転すればいい。だから追跡車は全速力で走れる。啓太のあせりと迷いを見透かしたように追跡車はぐんぐんとスピードを上げて啓太の車に接近してきた。

啓太の車に追いついた追跡者は右側から啓太の車に追突を仕掛けてきた、啓太は追突を避けて左にハンドルを切ると追跡車は啓太の車の横に並んだ。開いている助手席の窓からハッサンが銃を構えて啓太を狙った。啓太は絶体絶命のピンチだ。元暴走族の啓太は絶体絶命の窮地に陥って暴走族時代の魂が蘇ってきた。

「殺れるものなら殺ってみろ。俺だって殺ってやる。」

とめらめらと啓太のやけっぱちの血が燃えてきた。

啓太は右にハンドルを切り追跡車に車をぶつけた。ハッサンは銃を連射した。銃弾がどこに跳んだか啓太には分からない。幸いにも啓太はどこにも痛みを感じなかった。啓太の車に追突された追跡車は右方向に回転して反対車線に入っていった。啓太の車は緩やかに回転しながら直滑降した。啓太は適度にタイヤを回転させながら路面の水上を流れていく車のハンドルを慎重に操作した。ゆっくりと回転しながら坂道を下っている啓太の車に二台目の追跡車が接近してきた。

二台目の追跡車は啓太の車の左側に並ぶと銃を乱射した。車の自由が利かない状態では啓太はどうすることもできない。啓太は運を天に任せて車の回転が止まるのを待った。暴風雨はますます激しくなった。激しい暴風雨は啓太に味方した。激しい暴風雨と啓太の車がはじく泥水の飛沫は銃を撃っているジェノビッチの視界を邪魔して銃の命中度を落とした。

啓太の車は一回半回転して回転は止まった。回転が止まると啓太は追跡車とは逆方向に車を走らせ坂道を上った。追跡車は急ブレーキをかけたが停止することができないで坂道を滑って行った。危機を脱出したので啓太はほっとした。坂道をどんどん上れば逃げることができるかもしれない。啓太は車のスピードをぐんぐん上げた。車は泥水を跳ね上げながら進んだ。

啓太が予期していなかった三台目の追跡車が正面からやってきた。啓太は右にハンドルを切り反対車線に入った。三台目の追跡車も啓太の車に合わせて反対車線に入った。路面が川のように濁流となっている状態では急加速することもできないし急カーブを切ることもできない。追突寸前に左にハンドルを切り急加速して追跡車を回りこんで坂の上に逃げたいが、激しい暴風雨で路面が川のようになっていて、思い通りのスピードが出せないから急加速で回りこむのは無理だ。このままだと三台目の追跡車との衝突は避けられそうにない。衝突すれば坂の下の方にある啓太の車は弾き飛ばされてしまうだろう。ユーターンして下の方に逃げると他の追跡者の餌食になってしまう。下の方に逃げるのは危険だ。

啓太は絶体絶命に追い込まれてしまった。

啓太はどうすればいいか分からないまま車の速度を落として坂を斜めに上った。すると、左側の崖の方に道路の入り口がかすかに見えた。どうやらその場所は崖ではなく道路になっているようだ。その道路がどこに通じているか啓太は知らない。もしかすると行き止まりになっている道路かも知れない。しかし、啓太に迷う余裕はなかった。啓太は左にハンドルを切り小さな道路に入った。

道路は舗装されていなかったが車二台が通れる二車線道路であり、行き止まりではなかった。啓太はでこぼこの道路を泥水をはじきながら進んだ。三百メートルほど進むと新しい国道に出た。啓太は新しい道路があることに驚くと同時にほっとした。

道路は一年前に開通した新国道三二九号線であった。左折すれば具志川市方向に進み右折すれば石川市か恩納村に行くだろう。啓太は迷わずに左にハンドルを切ってスピードを上げた。新国道三二九号線を一キロくらい進むと後原に入り、後原は従来の国道三二九号線と合流する地点であった。

　従来の国道三二九号線に入る時に左側を見て啓太は驚いた。まるで啓太の車の進路を知っていたように啓太の車に向かって走って来る大城の車が見えたのだ。思わぬ所からの追跡者の出現に啓太は恐怖した。ゾンビに追われているような恐怖に襲われたが、啓太はひたすら逃げるだけだ。

　啓太は右折して沖縄市方向に走った。啓太の車の後ろから大城の車は追いかけてくる。啓太の車はスポーツカータイプであるから天気がよければ猛スピードで走り、逃げるのは簡単であるのだが台風十八号の激しい暴風雨では見通しが悪く猛スピードで走ることができなかった。

　道幅の大きい国道三二九号線を走るのは危険だ。道幅の狭い間道に逃げなければ横に並ばれて銃撃されてしまう。啓太は間道に逃げようと国道三二九号線を進みながら進入できる間道を探した。


　啓太の後ろを大城の車が走っていた。

「大城。走れ走れ。もっとスピードを上げろ。」

ハッサンは大城を叱咤した。大城はハッサンにうんざりしていた。大城は梅沢に電話した。

「梅沢さん。赤い車は国道三二九号線を南進している。」

「そうか。梅津と私の車がもうすぐお前の車に追いつく。」

「ハッサンが前の車に追いつけとうるさいよ。

「車の前に出ることができるか。」

「どうかな。あの赤い車はスピードが出るからむつかしいと思う。」

「しかし、挟み撃ちにしないとやっつけることができないぞ。」

「そうだな。それじゃあ、前に出てみる。」

「頼む。」

スピードを上げた大城の車が啓太の車にぐんぐん近づいてきた。


池原に来た時に啓太は池原から兼箇段(かねかだん)を通って上平良川に抜ける間道があることを思い出した。兼箇段の間道に入る場所は池原の古い商店が並んでいる通りにある。

　啓太は池原に来ると国道三二九号線沿いにある酒卸店のある所でハンドルを左に切って池原の通りに入った。通りを百メートルほど走り、左に急カーブをきって兼箇段への間道に入った。間道は歩道のない狭い二車線だった。間道では追跡車に横に並ばれて拳銃を撃たれる危険がない。間道に入って啓太は余裕ができたので、助手席に転がっている　携帯電話を取って啓四郎に電話した。

二十六

　啓四郎とバーデスは嘉手納空軍基地第三ゲートと国道三二九号線を結ぶ間道の事故現場に来た。間道の事故現場の車はそのまま放置されていた。まだ誰も警察に通報していないようで警察は事故現場に来ていなかった。歩道に乗り上げてやしの木にぶつかっている車の窓ガラスは割れ、車体のあちらこちらに小さな穴が空いていた。

「拳銃で襲われたようです。」

啓四郎は車の穴を見ながら言った。

「バーデス。これは本当に銃弾の穴なのか。」

「間違いありません。」

啓四郎はアクション映画の撮影現場にいるような気がした。しかし、目の前の惨状はアクション映画のシーンではない。現実である。車内には赤い斑点が座席や床にこびりついているが、それは絵の具ではなく人間の体から出た生々しい赤い血である。車の側には血のかたまりが雨に打たれて序々に小さくなっていた。

「車に乗っていた人間は殺されたのかな。」

「かなりの血の量です。重傷か死んだかです。」

「そうか。」

啓四郎は知りたくないことを知ってしまったようで気が重くなった。啓四郎はこれ以上はこの事件に関わりたくないし一秒でも早くこの場から立ち去りたかった。

事件には首を突っ込まないで警察に任せた方がいいというのが啓四郎だ。本来なら啓四郎が警察に電話をかけてもいいのだが、啓四郎はコザ十字路で啓太を追っていたミサイル窃盗団の車を大破させて二人の人間を死なせてしまった。そのことが警察にばれるのを恐れている啓四郎は警察に電話をする勇気がなかった。
・・・台風が過ぎればこの間道を通る人間が事故車を発見して警察に通報するだろう。通報があれば警察が動いてくれる。事件は警察が解決してくれる。警察にまかせればいい。・・・と啓四郎はバーデスに言いたかった。
啓四郎は自分のことは警察にも知られたくないし拳銃を平気でぶっ放すミサイル窃盗団の連中にも近づきたくなかった。バーデスの動きを眺めながら、「君子危うきに近寄らずだ。」という考えが啓四郎の心の中で反芻していた。

バーデスは事故車を隅々まで調べたが車の持ち主を知る手がかりになるものはひとつも残されていなかった。事故車を調べたり、車道に散らばっている破片などを調べたがバーデスはなにも知ることはできなかった。

バーデスの動きを見守っている啓四郎はパトカーがやって来ないかとひやひやしていた。

バーデスはなんの手がかりも掴めないのでため息をついた。啓四朗はミサイル窃盗団に興味がなかったからミサイル窃盗団に関する証拠が見つからなかったことを残念とは思わなかった。啓四郎はパトカーがやって来るのを恐れながらバーデスが調査を止めるのを今か今かと待っていた。

バーデスは事故現場を調べ終わると啓四郎に、

「啓さん。啓太さんが防衛庁の人間と話したという場所を知っていますか。」

と言った。バーデスがそう言うのは覚悟していた。啓四郎は行きたくないがバーデスに知らないと嘘を言うわけにはいかない。

「知っているよ。」

と啓四郎が言えば、

「その場所に案内してくれませんか。」

とバーデスが言うと予想していたから、啓四郎は
「分かった。」

と言い、啓四郎とバーデスは嘉手納空軍基地沿いの旧道に向かった。


間道から嘉手納空軍基地第三ゲートを右折して数百メートル進むと左側に旧道が見えてきた。

「あれが旧道だ。バーデス。あの道路に入ってくれ。」

バーデスの車は旧道に入った。旧道には車が一台停まっていた。回りに人間の姿はなかった。バーデスは車の中を見たが誰も乗っていなかった。

「この車が防衛庁の人間の車だろうな。」

「そうだと思います。」

バーデスは車のダッシュボードや席の下を調べた。しかし、書類の類はひとつもなく、車の主の正体を知る手がかりはなかった。

「書類は一枚も残っていません。ミサイル窃盗団が全部持っていったのでしょう。」

「そうだろうな。」

「啓さん。」

バーデスは思いつめた顔をしていた。

「ミサイルを積んだトレーラーはどこに行ったと思いますか。」

啓四郎は悪い予感がした。バーデスはミサイルを積んだトレーラーを追いかける積もりだろう。そんな危険なことは啓四郎はやりたくない。やりたくないがトレーラーがどこにいったかの推理は正直に話すしかない。

「そうだなあ。トレーラーは間道から国道三二九号線に出たのは間違いない。とするとトレーラーが国道三二九号線を北上した以外には考えられない。盗んだミサイルを隠すのは山の中しかないのじゃないか。とすると北部のヤンバルしかない。ヤンバルは山だらけだからな。トレーラーはヤンバルに向かったとしか考えられない。」

「大きい倉庫に隠すこともできます。」

「大きい倉庫か。それもあるな。とにかく、トレーラーは国道三二九号線を北上しているのは確実だ。」

と言いながら、啓四郎はバーデスが何を言うか予想できた。それは啓四郎が聞きたくない言葉である。

「啓さん。トレーラーを追いかけたいのですが。」

やっぱりな。予想した通り、バーデスはミサイルを積んだトレーラーを追いかける話を切り出したなと啓四郎は心の中でため息をついた。

啓四郎はできるならそんな話はしないでくれと心でバーデスにお願いをしていたが、当然ではあるがバーデスには届かなかった。啓四郎は困った。しかし、バーデスにミサイルを積んだトレーラーを追いかけようと言われれば追いかける以外にはない。それにミサイルを積んだトレーラーがどこにミサイルを隠すのか見てみたいという野次馬な気持ちが啓四郎にないわけではない。啓四郎は、

「ううん。」

と迷ったような声を出したが、すぐに、

「それじゃあ、ヤンバルにドライブでもするかあ。」

とミサイルを積んだトラックをバーデスと一緒に追いかけることにした。

啓四郎とバーデスが車に乗ってヤンバルに向かって走り出した時に啓太から電話がかかってきた。

「親父、聞こえるか。」

「ああ聞こえるよ。啓太。どうした。」

「また追われている。」

啓四郎は啓太が追われていると聞いて驚いた。

「え、本当か。」

「ミサイル窃盗団の仲間だと思うけど、今度は三台の車で追って来るよ。」

「なに、三台だって。」

三台に追われているとなると啓太はかなりやばい状態だ。

「僕の車をなぜ見つけることができるのだろう。不思議だ。ゾンビに追われているようで恐ろしいよ。」

「落ち着け啓太。今はどこを走っているんだ。」

「兼箇段の間道を走っている。」

「兼箇段の間道は知らないな。兼箇段団地は知っているが。」

「その兼箇段団地裏の十字路からひとつ超えた十字路に出る道路だけど。」

「ああ、かなり新しい十字路だな。」

「うん、その十字路に出る間道だよ。」

「その十字路なら知っている。それじゃ、俺達はそこに行くよ。」

「親父は今どこにいるのだ。」

「お前と防衛庁の人間が話したという嘉手納空軍基地近くの旧道に居る。」

「だったら十字路には僕が先に着いてしまう。僕は十字路に出たら赤道方面に逃げようと思っている。」

「そうか、それじゃ、俺達も赤道の方に向かうよ。」

「分かった。」

啓四郎は電話を切った。

「バーデス。啓太がミサイル窃盗団の一味に追われている。それも三台の車で啓太を追っているらしい。」

「三台もですか。それは大変です。早く啓太さんを助けましょう。」

「啓太は具志川市の兼箇段に向かっているらしい。赤道あたりで啓太と会うことになった。」

「そうですか。急いで行きましょう。」

「ああ。」

「私は具志川市の道路に詳しくありません。敬さんが運転をしてください。」

「その方がいいな。それじゃ、運転を代わろう。」

啓四郎はバーデスと代わって運転席に座わり、エンジンを掛けて車をスタートさせた。啓四郎の運転する車は県道に出るとぐんぐんスピードを上げて赤道に向かった。

　バーデスはダッシュボードを開けて中からコルト45オートマティック拳銃を二丁出した。啓四郎は拳銃を見てどきっとした。

「啓さんは拳銃を撃ったことはありますか。」

「撃ったことなんてないよ。拳銃には触れたこともない。」

「そうですか。日本人ですから当然ですね。啓さん、私の拳銃を使いますか。拳銃の扱い方は私が教えますけど。」

「え、拳銃を俺が撃つのか。」

「そうです。」

「拳銃なんか撃ったことがない。怖いな。」

「しかし、啓太くんを追っている連中は拳銃を持っています。こっちも拳銃を持たなければ彼らと対抗することはできないです。」

「そうだな、啓太を追っている連中は拳銃を持っているよな。俺も拳銃を使うしかないな。しかし、初心者の俺が拳銃を扱えるかな。」

「拳銃を撃つのは簡単です。標的に命中させるのは難しいけど。特に動いている者に命中させるのは難しいです。でも、撃てば威嚇になりますから。それだけでも効果は大きいです。」

「そうだな。なんとしても啓太を助けなければ。」

啓四郎は拳銃を扱うことになり、恐怖と緊張感で脂汗が出て来た。拳銃を撃つのは怖いし嫌である。しかし、ミサイル窃盗団は拳銃を持っている。拳銃もなしで啓太を助けることはとても困難だ。啓太を救うには拳銃はとても心強い味方である。啓四郎は拳銃を使う覚悟をした。

　具志川市の赤道に向かっている車の中で、バーデスは拳銃の握り方や撃つ時の要領を啓四郎に教えた。

　バーデスは拳銃を持ってきてミサイル窃盗団から啓太を助けようとしている。拳銃を持っていない啓四郎が啓太をミサイル窃盗団から救うのは無理だっただろう。啓四郎はバーデスから拳銃の撃ち方を習いながらバーデスに感謝した。

二十七

兼箇段の間道を走っている啓太の車の行く手を阻むように冠水している水溜りが現れた。道路一杯に赤い泥水が溜まっていて池のようになっている。水溜りの水面を激しい雨が叩き、跳ね返った水滴は激しい風に右往左往していて無数の小人たちが水面で踊っているように見える。

辺りに人家はなく、さとうきび畑だけが一面に広がっていた。啓太は冠水した道路を突き進む以外にはない。水深が深くてエンジンがストップしたらさとうきび畑に入って逃げようと考え、啓太は「なむさん。」と叫んで冠水に突入した。車はガクンとスピードが落ちた。車は泥水を大きく扇状に跳ね上げながら進んだ。幸いなことにエンジンはストップしなかった。

「うわー、命拾いしたー。」

啓太は水溜りから出るとスピードを上げた。

「大城。急げ急げ。」

ハッサンは拳銃を振り回しながら大城を叱咤した。車のウインドーを開け、啓太の車に近づいたらウインドーから身を乗り出して拳銃を撃った。弟を殺されたハッサンは復讐の鬼と化し、啓太の車しか目に入らない。激しい風も叩きつける雨もハッサンの狂った殺意を萎えさせることはできなかった。

「大城。もっと飛ばせ。」

復讐の鬼ハッサンは目を血走らせ叫び続けた。しかし、ハッサンの激しい復讐の情念は大城の運転に災いした。ハッサンが車から身を乗り出して激しく動く度に車は揺れてバランスが悪くなり、開いた車のウインドーからは激しい風雨が入り込んだ。大城に雨の飛沫が降りかかり、フロントガラスの内側も雨で濡れて視界を悪くした。何度も目に泥水が入り、大城は苛々しながら車の運転を続けた。

啓太の車に続いて冠水した道路に入った時は啓太の車に弾かれた泥水がハッサンに降りかかっただけではなく、泥水は運転している大城にも襲いかかり、大城も泥水を被った。大城はハッサンに対して「この野郎はいつか殺してやる。」と不愉快な思いを抱いたまま運転を続けた。

復讐の鬼と化したハッサンの殺気は暴風雨を撥ね退ける力がみなぎってはいてもハッサンは鬼神になったのでもなければ超人になれたわげもない。所詮はハッサンは人間である。激しい暴風雨に打ち付けられるのでウインドーから身を乗り出して拳銃を撃っても体はバランスを失い拳銃を持つ手は上下左右に揺れて、銃弾を啓太に命中させることはできなかった。

具志川市で一年近くコンビニエンスの店長をしている啓太は具志川市一帯の道路と地形を熟知している。啓太は間道の出口である十字路に来ると右に大きくカーブして二車線の県道に出た。県道を暫く走って左折し、二百メートルほど過ぎると右折して裏道に入った。裏道は歩道のない二車線だから横に並ばれる危険はない。裏道から歩道のある県道に出て、県道から裏道に入るという走りを繰り返しながら啓太は追跡車を振り抜く作戦に出た。啓太の思惑通り追跡車は次第に離されていって啓太の視界から消えた。

啓太は追跡車が見えなくなったので啓四郎に電話した。

「もしもし親父、啓太だ。聞こえるか。」

「ああ、啓太か。心配していたぞ。お前を追っている車はどうだ。」

「具志川市に入ってどんどん突き放した。今は見えなくなった。」

「そうか。それはよかった。今はどこを走っているのだ。」

「赤道に向かって裏通りを走っている。もう少しで赤道の中部病院辺りに出る。中部病院辺りに出たら中部病院の裏に回って逃げようと思っているんだ。」

「そうか、それじゃ俺達も中部病院に向かうよ。中部病院の近くに来たら電話をしろ。こっちにはバーデスという強い味方がいるから。お前を追っている奴らを蹴散らしてやる。」

「うん、それじゃ中部病院で。」

啓太は携帯電話を置くと後ろを見た。風雨が弱まり見通しがよくなっていたが追跡車は見えなかった。しかし、安心はできない。なにしろゾンビのような連中だ。逃げても逃げても見つかってしまう。啓太は裏道から裏道へジグザグに車を走らせた。

二十八

梅沢は大城に電話した。

「前の車に追いついたか。」

「いや、残念ながら逃げられた。」

「大城。このままじゃあ何時までも同じことを繰り返すだけだ。このままだとあの車を捕まえて若造を始末することはできないぞ。」

「済まない。ハッサンをどうにかできないかなあ。こいつが騒ぎ過ぎて運転がしづらいよ。」

啓太を捕まえることができないので、梅沢の苛立ちは頂点に達していた。

「馬鹿野郎。弁解するな。」

「あ、ああ。」

梅沢が苛立っていることを知り、大城はおとなしくなった。苛立ち怒った梅沢には逆らわないほうがいい。

「車を止めろ。作戦のやり直しだ。アホみたいに三台の車が並んで追いかけても仕様がねえ。」

三台の車は止まり。大城とハッサンに梅津は梅沢の乗っている車に集まった。車を止めたことにハッサンは怒った。

「梅沢さん。なぜ車を停めるのか。あいつは逃げてしまう。シンの仇が討てない。」

ハッサンは梅沢に車をすぐ発車するように詰め寄った。だがハッサンの怒りより梅沢の苛立ちの方が勝っていた。

「うるせえ。黙っていろ。」

梅沢の激しい罵声にハッサンはたじろいだ。

「お前の弟のシンがドジを踏んでこういうことになったのだ。それにお前は車の中で暴れて大城の運転の邪魔をしたらしいな。ハッサンよく聞け。お前の弟のシンが殺されようがこっちはおかまいなしだ。シンが死んだのは自業自得だ。よく聞けハッサン。私達はな、ビジネスをやっているんだ。ヒジネスを成功させる為にあの車を運転している奴を消そうとしているんだ。シンはドジを踏んだ。シンのドジを帳消しにするために私達は動いているんだ。シンの仇討ちをやっているんじゃねえ。わかったなハッサン。お前が感情的になりすぎるからうまくいくのもうまくいかねえ。おとなしく俺の命令に従え。命令に従わなかったら殺すぞ。」

「殺すぞ。」という言葉は脅しではない。梅沢なら本当に殺すだろう。ハッサンは梅沢の怒りの声に圧倒されて口をつぐんだ。

「大城。あの車はどこを進んでいるのか。場所と方向を見定めて三台の車で挟み撃ちしよう。いつまでも鬼ごっこしているわけにはいかねえ。」

大城は受信機の画面で点滅している啓太の車の位置を見ながら、アンテナを伸ばした受信機を啓太の車が走っているあたりに翳した。受信機は音が大きくなったり小さくなったりした。大城は受信機の音と画面を手がかりに啓太の車の位置を予想した。

「そいつの車はあの方向を走っているようだ。スピードが落ちているから多分赤道の狭い裏道を走っているのだろう。」

大城は梅沢と梅津に先回りするように指示した。

「挟み撃ちにできそうか。」

「できる。まかしてくれ。」

三台の車は大城の指示に従い、三方面に分かれて発進した。

啓太は追跡車の姿が見えなくなっても安心はできなかった。なにしろゾンビのような連中だ。いつどこから現れるか知れない。啓太は啓四郎に電話した。

「親父、追跡者を巻いたようだ。」

「そうか、しかし、油断はできないよ。」

「うん。なにしろゾンビみたいな連中だからね。」

「中部病院の駐車場で落ち合うことにしよう。」

「わかった。」

啓太は電話を切ると曲がりくねった裏道を選んで中部病院に向かった。

しかし、裏道を進んだことが裏目に出てしまった。細い道路を右折左折を繰り返すということは進む距離は長くなり遅いスピードで走るということになる。中部病院に向かって裏道を走っていた啓太の車は大城の車に追いつかれてしまった。

「梅津、車を見つけた。」

「そうか。」

「赤道十字路に着いたか。」

「ああ、着いた。」

「よし、それじゃあ、赤道十字路を左折してすぐの路地に入れ。そして、裏の通りに出ると右折しろ。」

「わかった。」

大城は裏通りに入った梅津に啓太の車の位置を伝え、啓太の車を挟み撃ちできるように梅津に指示をした。

啓太の車は赤道の裏通りを走っていたが、その通りは右側は住宅が連っているために右折のできない裏通りであった。

バックミラーに大城の車が見えた。裏通りで発見されると思っていなかった啓太はショックを受けた。啓太はスピードを上げて裏通りを走った。しかし、前方に別の追跡車が現われた。啓太の車は大城の車と梅津の車に挟まれてしまった。右折はできないし左折できる三叉路にはすでに梅津の車があった。啓太の車は逃げ場がなくなった。啓太は車で逃げることをあきらめて車を下りて建物と建物の間の狭い路地に入った。啓太が車から下りたのを見るとハッサンは車から下りて啓太を追いかけた。大城、梅津と梅津の車に乗っていたミルコがハッサンに続いた。大城は走りながら梅沢に電話した。

「梅沢さん。奴は車を捨てて逃げた。奴は必ず赤道十字路近くの国道に出る。梅沢さんは赤道十字路の方に回ってくれ。」

「よし、絶対逃がすなよ。」

梅沢は車を赤道十字路から平良川方向に十メートル程進んだ場所に止めた。すると目の前を若い男が左側の建物の影から出て来て梅沢の前を横切った。若い男は国道を渡り路地に消えた。すると若い男が出た場所からハッサンが現れ、若い男を追って道路を横切った。梅沢は車から降り、ゼノビッチにハッサンの後を追うように指示し、車の前に立って大城が現れるのを待った。直ぐに大城と梅津とミルコの三人はハッサンが出てきた路地をひとつ隔てた路地から姿を現した。

「おうい。ここだ。」

三人は梅沢に気づき走ってきた。

「例の奴はあの路地に入っていった。ハッサンとゼノビッチが後を追っている。」

「そうか。それじゃ梅沢さんは引き返して十字路を左折してくれ。あいつが向こうの国道を渡ってしまうかどうか見張っててくれ。梅津は向こうの路地から入ってくれ。俺はこっちから行く。」

大城、梅津、ミルコは啓太を追って車道を渡った。

梅沢は車に乗りユーターンして、赤道十字路を左折してゆっくりと車を進めた。雨は少なくなり見通しはよくなっている。梅沢はなだらかな坂を登り、見通しのよい場所で車を止めた。道路は南の方に向かっていたので、梅沢が車を止めた場所から南の空が見えた。南の空はうっすらと明るくなり青空が見えた。梅沢は「しまった。」とつぶやき、あわてて携帯電話を取り、大城に電話した。

「大城、聞こえるか。もう、追跡は終わりだ。みんなを集めろ。」

梅沢は大城の返事を聞かずに電話を切り、梅津に電話した。

「梅津、追跡は終わりだ。皆んなを集めろ。」

「え、どうしてですか。」

「どうやら、台風の目に入りそうだ。まごまごしてはいられない。急いで昆布の浜に戻らなくては。」

「わかりやした。」

大城から電話がかかってきた。

「梅沢さん。追跡を止めるとはどういうことだ。」

「雨風が弱くなってきたことに気づかないか。」

「あ、そう言えば雨は小降りだし、風も強くない。」

「つまり、台風の目に入りつつあるということだ。」

「ああ、うっかりしていたあ。急いで昆布の浜に行かなくては。」

「そういうことだ。みんなに追跡を止めさせるんだ。」

「どこに集合しようか。」

「とにかく、早くみんなを集めるのだ。集めたら電話をしろ。」

「わかった。」

梅沢は大城と梅津からの電話を待った。


啓太は県道を横切り路地に入った。隠れる場所を探して隠れたい気持ちはあったが、追跡者は拳銃を持っている。もし隠れているのが見つかってしまったら拳銃で撃たれてしまうだろう。隠れる場所を探して隠れる勇気は啓太にはなかった。一目散に路地から路地を通って逃げるしかない。啓太は懸命に走った。後ろから鬼の形相をしたハッサンが追ってくる。啓太にとってまずいことは雨が小降りになり見通しがよくなったことだった。百メートル以上離れていても相手の姿が見えた。激しい雨であれば数十メートル先が見えないから逃げるのに都合がよかったのに、小雨では逃げ切ることが難しい。

啓太は路地から二車線道路に出た。その道路は一本道になっていて左側は中部病院の金網が続き、右側は住宅が密集していて路地がひとつもなかった。啓太は中部病院の金網を越えて、中部病院の中に逃げることを思いついた。人間の多い病院の中なら拳銃を撃ったり無理矢理拉致することはしないだろう。病院内が大騒ぎになれば警察も直ぐ駆けつけてくれるに違いない。

啓太は金網をよじ昇った。啓太が金網を越えようとしている時、五十メートル後方からハッサンは啓太に拳銃を撃った。啓太が金網を上り金網を越え中部病院の敷地に足を下ろすまでハッサンは啓太に近付きながら拳銃を何度も射った。啓太は金網を越えると坂を下りて中部病院に向かって走った。


梅津から電話が掛かってきた。

「梅沢さん。どこに集合しますか。」

「ちょっと待て、大城に電話する。」

梅沢は大城に電話した。

「大城か。梅沢だ。」

「梅沢さん。ハッサンが例の男を追っているが、大声で呼んでもハッサンは振り返らない。どうしよう。」

「くそ、ハッサンの野郎。」

「今、俺達は中部病院の方に向かっている。ハッサンが金網を越えて中部病院の敷地に入った。梅沢さん、直進したら信号がある。信号を左折した道路をそのまま進めば中部病院に着く。梅沢さん。中部病院の方に来てくれないか。」

「分かった。私も中部病院に行こう。大城。梅津に電話して中部病院の場所を教えろ。梅津に中部病院に集まるように連絡するんだ。」

「分かった。」

「時間的余裕はもうない。」

「ああ。早く昆布の浜に行かなければヤバイぜ。」

梅沢は電話を切ると、

「くそ、ハッサンのやろうめ。」

と呟きながら中部病院に向かった。


啓太は中部病院にやってきた。建物の角を左に曲がって中部病院の玄関に向かって走った。後ろを振り返るとハッサンの姿はまだ見えなかった。病院の正面には来客用の広い駐車場があり駐車場は車が満杯状態になっていた。啓太は病院の中に逃げ込むかそれとも駐車場の中に逃げ込むか迷った。病院の中に逃げ込めば追跡者は拳銃を撃たないだろうと思っていたが、啓太を追っているインド人は病院の中でも平気で拳銃を撃つような人間かもしれない。啓太が病院に逃げ込めば病院の人間に犠牲者が出るかもしれない。啓太は病院の中に逃げ込むことを止めて中部病院の広い駐車場の中に逃げた。

啓太は車に隠れながら移動した。

ハッサンが駐車場にやってきた。ハッサンは駐車場を見渡して啓太の姿を探した。

啓太は車に隠れながらハッサンから離れていった。

駐車場の側で啓太を探しているハッサンに大城達は追いついた。梅津達もやってきた。大城は大声で
「ハッサン、戻るぞ。」

と言った。

　大城の声にハッサンは反応する様子がなく、駐車場に入り啓太を探している。

「ハッサン、戻るぞ。」

大城はハッサンに近づいて大声で言った。ハッサンは大城の方を向いたが戻る気配は見せず再び中部病院の駐車場に隠れている啓太を捜し始めた。梅沢が到着し車から下りた。大城は梅沢の所に駆け寄った。

「ハッサンの野郎は戻ろうとしませんぜ。」

梅沢は、

「ハッサンのやろうめ。」

と言って舌打ちをした。梅沢は梅津を呼び大城と梅津に話した。

「もし、ハッサンが言うことを聞かなかったら消せ。早く仕事に取りかからないと間に合わない。もうタイムリミットだ。今度の仕事は何億というでかい仕事だ。ハッサンの仇討ちに付き合う余裕はない。」

「しかし、ハッサンはクレーンの運転手だからまずいではありませんか。」

と梅津が言った。

「クレーンの運転はジェノビッチもできる。ハッサンよりは下手だけどな。とにかくこれ以上まごまごしている余裕はない。」

「梅沢さん、ハッサンは俺が殺りますぜ。あの野郎には頭に来ているんだ。」

大城は自分を子分扱いしたハッサンに怒っていた。

「でも梅沢さん。ハッサンを消したらミルコ達外人連中が動揺しませんかね。」

梅津が心配そうに言った。

「大丈夫だ。ガウリンが数回ハッサンと仕事をしただけで他の連中はハッサンとは面識がない。私が説明すればあいつらは納得するだろう。あいつらも金のために集まった連中であって、ハッサンの弟の仇討ちに興味はない筈だ。」

梅沢はそう言うと、駐車場に居るハッサンを大声で呼んだ。

「ハッサン。戻れ。」

しかし、ハッサンは梅沢が呼んでも戻ろうとしなかった。梅沢は梅津と大城を連れて駐車場に入り啓太を探しているハッサンに近寄って行った。

「ハッサン。追跡はタイムリミットだ。昆布の浜に行くぞ。」

と梅沢は言った。しかし、弟シンを殺された怒りと悲しみのハッサンは梅沢の言葉を無視した。

「ハッサン。戻るぞ。」

梅沢は怒鳴った。ハッサンは振り返って梅沢を見た。ハッサンの目からは涙が溢れていた。

「梅沢さん。拳銃を貸してくれ。俺の拳銃は弾が少なくなった。」

「ハッサン。弟シンの仇討ちは中止だ。昆布の浜に行くぞ。」

梅沢の命令にハッサンは不満な顔をした。

「梅沢さん。シンを殺した男は駐車場に隠れている。拳銃を貸してくれ。直ぐに始末してみせます。」

「駄目だ。直ぐに仕事を始めなければならない。シンの仇討ちは諦めろ。」

梅沢は強い口調で言った。しかし、ハッサンは、

「弟の仇討ちができなかったら俺は村に帰れない。お父さんお母さんに申し訳が立たない。兄弟にも申し訳が立たない。村の笑い者にされる。」

と言って、梅沢の命令を聞き入れなかった。

「申し訳が立とうが立たまいが、村の笑い者になろうがなるまいが私には関係ない。他の連中にも関係ない。お前も他の連中も高い報酬の仕事をするために集まっているんだ。そうだろうハッサン。お前の弟のシンが殺されたのはシンのドジだ。シンのドジの性で大金が入る仕事を犠牲にすることは許されないことだ。それを理解しろハッサン。弟の仇討ちは中止だ。」

ハッサンの涙はとめどもなく頬を流れ続けていた。

「梅沢さん。シンは家族思いのやさしい弟だった。家族が幸せになるためにシンは俺と一緒に危険な仕事をやってきた。弟はまだ十九歳だったんだ。俺は弟を殺した奴を許せない。梅沢さん。後生だ。俺に弟の仇討ちをやらせてくれ。拳銃を貸してくれ。」

「お前の弟は仕事をどじった。それだけのことだ。仕事には仇討ちなんて関係ない。」

「梅沢さん、あなたはなんて冷たい人だ。分かった。俺一人で弟の仇討ちをやる。俺のことはほっといてくれ。」

ハッサンが梅沢に背を向けて駐車場に潜む啓太を探そうとした瞬間に梅沢は右手を上げた。梅沢の傍に立っていた大城は拳銃をハッサンの背中に向けて、立て続けに三発撃った。大城に続いて梅津も二発撃った。ハッサンは前に吹っ飛んでうつ伏せに倒れぴくりとも動かなくなった。

「大城、梅津、急いで引き上げるぞ。」

三人はハッサンの死を確認もしないで急いで梅沢の車に戻った。

「逃げた男が警察に連絡するかしないかは時の運だ。警察が襲ってくるかもしれない。そうなったら命がけの戦争になる。覚悟しておけ。」

大城は、

「へえ。」

と言ってにやっと笑い、梅津は緊張した顔で頷いた。

「車を乗り捨てた場所に戻るぞ。全員車に乗れ。」

梅沢の車は中部病院の駐車場から猛スピードで離れていった。

二十九

啓四郎の運転する車が赤道十字路を過ぎて中部病院の駐車場に着いた時、駐車場でなにかを探しているインド人が見えた。インド人の後ろには六、七人の男たちがインド人を見ていた。啓四郎とバーデスはインド人や後ろの人間達は啓太を追っている連中であると直感した。バーデスはコルト４５を掴み安全装置を外した。ゆっくりと啓四郎は車を駐車場に入れた。

バーデスと啓四郎は車から下りて駐車している車に隠れながら梅沢達の様子を見ていた。ハッサンが駐車場を向いた時に二人の日本人が拳銃を抜きハッサンを射殺した。するとハッサンが口論しているのが見えた。ハッサンが駐車場を向いた時に二人の日本人が拳銃を抜きハッサンを射殺した。啓四郎とバーデスはハッサンが射殺される瞬間を見ていた。なぜハッサンが日本人に殺されなければならなかったのかは啓四郎とバーデスには理解できなかった。ミサイル窃盗団はハッサンを射殺すると中部病院の駐車場から引き揚げていった。それは彼らに追われていた啓太の危機が去ったことを意味していた。啓四郎は啓太に電話をした。

パンパンパンと銃声が聞こえた。啓太は自分の居る場所がばれたのかと恐怖した。背を低くして車に隠れながら移動していると携帯電話が突然鳴った。飛び上がるほどに啓太は驚いた。追っている連中に場所を知られたら大変なので啓太はあわてて携帯電話の受信キーを押した。電話は啓四郎からだった。

「啓太。お前を追っていた連中は去ったぞ。」

「え、今銃声が聞こえたけど。」

「ああ、仲間を撃ち殺した銃声だ。インド系の男が日本人に殺された。仲間割れでもしたのかな。分けの分からない連中だ。啓太。駐車場の南側の出入り口の方に急いで来い。待っているから。」

啓太は自分を追っていた連中が去って行ったと聞いてほっとした。啓太は恐る恐る車の屋根から顔を出して駐車場を見回した。啓四郎が言った通り駐車場には啓太を追っていた連中の姿は見えなかった。ほっとした啓太は駐車場の南側の出入り口に移動した。

「啓太、こっちだ。」

啓四郎が手を振って啓太を呼んだ。

「どこも怪我はしていないか。」

「うん。大丈夫だ。」

「よかった。」

「こんにちは啓太さん。」

「こんにちはバーデスさん。」

「お前の車はどこにあるんだ。」

「向こうの裏通りにある。」

「それじゃ、お前の車がある所に行こう。」

三人はバーデスの車に乗って啓太が乗り捨てた車の場所に向

かった。

「なぜ仲間を殺したのかな。理解できないよ。バーデスはどのように推測するか。」

啓四郎はバーデスに訊いた。

「仲間を殺した理由は見当がつきません。」

「そうだよな。仲間をあんな所で殺すなんて考えられないよ。」

「多分、三人の日本人の真ん中の男があのグループのリーダーですね。それにサイドの二人とリーダーは親密な関係だと思われます。啓太さんを追っていた男を殺した時は三人の日本人が一緒に行動していて他の外国人は離れて見ているだけでした。多分、外国人たちはミサイル窃盗のために日本人のリーダーが掻き集めた連中だと思います。啓太さんを追っていたインド人を殺した理由は分かりませんが、彼を殺しても他の外国人に動揺はありませんでした。殺した後も騒がずに日本人リーダーに素直に従っていました。」

「なるほど。ミサイルを盗むためには仲間も平気で殺すということか。ミサイルにはそれだけの値打ちがあるんだろうな。」

「啓さん。私は啓太さんが見たというミサイルのことが気になるのです。啓太さん。ミサイルの頭の部分の色を覚えていますか。」

「紫色だった。」

「紫色ですか。そうですか。」

バーデスはため息をついた。

「紫色がどうかしたのか。」

「弾頭が紫色のミサイルは核爆弾が搭載できるきわめて命中度の高い弾道ミサイルです。ミサイルの機体に書かれている文字は覚えていませんか。」

「文字かあ。はっきりとは覚えていないけど。機体にはＡＮなんとかと書かれていたよ。五文字にあとは数字が書かれていた。」

「ＡＮＮ－Ｘ２ですね。細くて軽量の超高性能弾道ミサイルです。一基五百万ドル近くするミサイルです。五基で二千五百万ドル近い値段になります。」

「五百万ドルだって。日本円にするといくらだ、ええと・・・五百万ドルは五億円だ。するとミサイル五基で二十五億円になる。すごい値段だ。仲間を平気で殺すのも二十五億円のせいだな。なるほど。」

「金を目的に集まった集団ですからね。日本円で二十五億円近くの仕事の前ではハッサンの命も軽いということでしょう。」

「そうだろうな。しかし、一基五億円もするミサイルか。ミサイルが一基五億円もするなんて俺にはピンと来ないな。啓太が見たというミサイルは核爆弾が搭載できるミサイルだとバーデスは言ったが、そういうミサイルだから一基五億円もするのか。」

「そうです。」

ミサイルを積んだ大型トレーラーはヤンバルの森林地帯に向かっていると思い込んでいた啓四郎は啓太が昆布の浜で見たと言ったので驚いた。

「それじゃあ、ミサイルを積んだトレーラーはヤンバルの山に向かってはいなかったのか。信じられない。ますます謎だ。ミサイル窃盗団は一体どこにミサイルを隠すつもりなのだろう。ヤンバルの山の中なら広い森林地帯だから隠す場所があるかも知れないし、大きな倉庫だって作れる。しかし、昆布の浜に隠せるはずはない。とすると安慶名十字路から勝連半島に行こうとしたのか。しかし、第三ゲートから勝連半島に行くなら知花、赤道を通った方が近道であるし道路も広い。それに勝連半島の面積はヤンバルに比べて非常に小さい。勝連半島にミサイルを隠す場所なんかないはずだ。変だ。わからん。おかしい。啓太、他のトレーラーと間違えたのじゃないのか。」

「そんなはずはないよ。あのトレーラーはミサイルを積んでいるトレーラーだった。あのトレーラーとすれ違った後に僕を追いかける車が二台から三台に増えたんだ。」

啓太の話を聞いて啓四郎の頭は混乱した。

「ううむ。分からん。」

啓四郎は考え込んだ。

「啓太さんがトレーラーを見た場所に行ってみませんか。」

とバーデスは啓太に言った。

「ミサイルが盗まれたことを知ったアメリカ軍は血眼になって沖縄島の隅々まで探しまわるだろうな。窃盗団はミサイルをどこに隠す積もりだろう。こんな小さい島に適当な隠し場所はないと思うが。」

「ミサイルの長さは九八〇センチメートル、直系が八七センチメートル、重さは約九百キロあります。」

「予想していたより小さいな。でも爆弾などに比べるとずっと大きい。そんな大きいミサイル五基をアメリカ軍から盗み出したとは大した連中だ。しかし、ミサイルを盗み出すことはできても五基のミサイルを隠すとなると材木倉庫のような大きな倉庫が必要だ。沖縄島にミサイルを隠してもばれないような倉庫があるだろうか。暴風雨のどさくさに紛れてミサイルを盗み出すことはできただろうが、暴風雨の最中に一体どこにミサイルを隠すことができるのか。五基のミサイルを隠しても怪しまれないほどの大きい倉庫が沖縄島の北側にあるとは思えない。不思議なミサイル窃盗団だ。もしかしたらヤンバルにミサイルを隠すための倉庫を作ってあるのかな。それにうまくミサイルを隠したとしても海外にどのようにして運びだすことができるのだ。謎の多いミサイル泥棒だ。」

啓四郎は腕組みをして考えた。

「親父。僕はミサイルを積んだトレーラーを昆布の浜で見たよ。」

「え、なんだって。昆布の浜だと。」

「え、それは駄目だよ。あの連中は拳銃を持っていて平気で人殺しをやるんだよ。あいつらには近寄らない方がいい。あいつらに見つかったら、また追いかけられる。殺されるよ。それに僕はコンビニの仕事があるし、急いでコンビニに戻らなくてはならないんだ。」

啓太は昆布の浜に行くことにしり込みした。

盗まれたミサイルがアメリカと敵対している国やテロ集団に渡るかもしれない。バーデスはミサイルが盗まれたことがとても気になっていた。最新式の核爆弾搭載可能の弾道ミサイルをアメリカと敵対する国家やテロ集団に絶対に渡してはならないという思いがバーデスにはあった。ミサイル窃盗団はミサイルをどこに隠すのか。それを確認してアメリカ軍に報告するのがバーデスは使命だと思っていた。

「分かりました。済みませんがミサイルを積んだトレーラーを見た場所を教えてください。その場所には私一人でいきます。啓さんも啓太さんと一緒にコンビニエンスに行って下さい。」

啓四郎はバーデスの声が聞こえていない振りをして独り言を言った。

「昆布の浜からキャンプキントニー、キャンプキントニーから川崎、川崎から安慶名十字路、狭い安慶名十字路を大型トレーラーが左折するのは困難だし、安慶名十字路は具志川市の繁華街だ。ミサイルを積んだトレーラーが安慶名十字路を通れば確実に人の目につくだろう。

勝連半島のホワイトビーチ辺りに行くとしてだ。しかし、ホワイトビーチ辺りに行くのが目的なら昆布の浜を通るのは遠回りであるし道は狭いからトレーラーなら、知花、赤道、平良川三叉路を右折して大田三叉路に出て勝連半島に行った方がいい。昆布の浜を通る道順で勝連半島にいくのは絶対におかしい。」

ホワイトビーチというのは勝連半島の先端にある原子力潜水艦が寄港するアメリカ海軍の港である。

「となるとキャンプキントニーが目的地なのか。しかし、キャンプキントニーにミサイルを運び込むということは考えられない。あの基地は物資の集積基地であってミサイルとは無縁なキャンプだからな。そもそもキャンプキントニーにミサイルを隠せる場所なんかない。というよりアメリカ軍の嘉手納弾薬庫から盗んだミサイルをアメリカ軍基地であるキャンプキントニーに隠すということはあり得ないだろう。それなのに、なぜキャンプキントニーの近くにミサイルを積んだトレーラーは行ったのだ。謎だ。不思議だ。具志川市や勝連半島にミサイルを隠せる場所なんてないぞ。啓太。お前がトレーラーを見たという昆布の浜に行くぞ。」

啓四郎が昆布の浜に行くといったので啓太は膨れっ面になった。

「嫌だよ。親父は命が惜しくないのか。あの連中に見つかったら命を狙われるよ。危ない連中と関わりあうのは僕は嫌だよ。」

「奴らがミサイルをどこに隠すのかを見届けるだけだ。」

「だったらバーデスだけが行けばいい。」

「バーデスは沖縄島の道路や地形をあまり知らない。トレーラーがまだあそこにあるかどうかは分からない。トレーラーを探すには俺たちが必要だ。」

「僕はいかない。親父もバーデスも行かない方がいいよ。」

「トレーラーを探すのにはお前も必要だ。つべこべ言うな。行くぞ。」

「嫌だよ。」

「バーデスはお前を助けるために来てくれたんだぞ。この恩知らずが。」

「僕を助けにきてくれたバーデスには感謝している。しかし、昆布の浜に行かなければならない理由にはならない。僕には仕事がある。親父、僕をコンビニに帰してくれよ。コンビニには由利恵しか居ない。雨風が弱くなったらお客が押し寄せるだろうし、由利恵ひとりじゃ捌けないよ。」

啓太はコンビニに帰らなければならない理由を揚げて抵抗をしたが、

「パートの誰かを呼べばいいだろう。」

と言って、啓四郎は啓太の抵抗を一掃した。

「しかし・・・。」

啓太はバートを呼ぶのを渋った。

「さっさとパートを呼べ。頼りない店長でもパート一人くらいは呼べるだろう。」

「でも・・・。」

「呼べ。」

啓四郎の高圧な態度に息子の啓太は弱かった。これ以上渋っていると「俺の息子のくせにそのぐらいもできないのか。」という嫌みのセリフが啓四郎の口から出る。それが啓四郎の決まり文句だ。ファザーコンプレックスの啓太は啓四郎の決まり文句に弱かった。啓太は啓四郎の決まり文句を聞きたくなかったから近くの団地に住んでいる高校生の文ちゃんに電話した。電話に出たのは母親だった。

「もしもし、コンビエンスの店長ですが。文ちゃん居ますか。」

「もしもし、文ちゃんですか。ちょっと待ってください。文ちゃーん。電話よう。」

すると、「はーい。」という声が聞こえた。

「コンビニエンスの店長からよ。」

と母親の声が聞こえ、

「はいはい、私は文ちゃんよ。」

と文ちゃんの声が聞こえた。

「店長だが、臨時に今直ぐパートに出てくれないか。」

「ええ、嘘でしょう。」

文ちゃんは暴風雨の最中なのにとコンビニエンスに出るのを渋ったが、今は台風の目に入って天気は穏やかだからコンビニエンスに行けるし、帰りは啓太が車で連れて行くからと説得して文ちゃんがコンビニに出ることを承知させた。啓太はコンビニエンスでひとりで店番をしている由梨恵に電話しようとしたが携帯電話のキーを打つ手が止まった。啓太は携帯電話を啓四郎に差し出した。

「由利恵には親父が電話して、コンビニに帰れないことを説明してくれよ。」

「馬鹿野郎。お前の彼女だろうが。お前が説明しろ。」

啓太は顔をゆがめた。

「店に帰れないことをどのように説明すればいいのか分からないよ。なあ、親父が由利恵に説明してくれよ。」

「ああ、だらしない。俺の息子の癖にそのぐらいもできないのか。由利恵さんに話す内容は昆布の浜に行きながらお前が考えろ。自分の尻は自分で拭け。」

啓四郎の有無を言わせぬ高圧的な言葉に啓太は何も言えず携帯電話を引っ込めた。

「バーデス、嘉手納空軍基地にミサイルが盗まれたことを連絡した方がいいのではないのか。」

「勿論連絡します。しかし、信用してくれるかどうか心配です。」

「親父、バーデスの言う通りだよ。僕もミサイルを積んだトレーラーのことを警察に電話したが、警察は全然信じなかった。いたずら電話としか思ってくれなかったよ。」

「そうか。しかし、そう思われても仕方ないな。まあ、連絡は後でもできる。今は窃盗団がミサイルをどこに隠すかを見届けるのが大事だ。ミサイルが盗まれたことに気づけばアメリカ軍もバーデスの言うことを信じるだろう。」

三人の乗る車は啓太が乗り捨てた車のある場所に着いた。啓太を追っていた二台の車はすでになかった。バーデスは啓太の車の銃弾の穴を調べ始めた。銃弾の穴はフロントガラスやウインドー以外にトランクにも二ヶ所あった。二つのトランクの銃弾の穴のひとつは他の穴より大きかった。バーデスはトランクを開き、トランクの中を調べた。

「啓太さん。ペンチを持っていますか。」

「トランクの道具箱に入っているよ。」

啓太はバーデスの横に立ち道具箱からペンチを取り出しバーデスに渡した。バーデスはトランクの底に突き刺さっている一個の銃弾をペンチで取り出した。

「これはサムンという特殊放射性合金の発信機です。高性能の受信機であれば半径五十キロメートル以内のサムンを軽く受信できます。啓太さんがどんなにうまく逃げてもサムンが車にある間は必ず見つかります。」

「こいつが僕の車に突き刺さっていた性で僕がどこに逃げて

も見つかったのか。ゾンビにでも追いかけられているようで気味が悪かったよ。」

啓太は自分を追っている連中がゾンビや超能力者でなかったことを知りほっとした。バーデスは特殊放射性金属サムンを下水道に捨てた。

「さあ、行くぞ。」

と言って啓四郎はバーテスの車に乗った。

「ちょっと待って。親父、やっぱり行くのは止めようよ。危険だよ。」

「啓太はまだ渋るのか。それじゃあ、啓太は行かなくていい。俺とバーデスが行く。」

「それは駄目だよ。親父が行くなら僕も行くよ。」

啓太の車を先頭に三人はミサイルを積んでいるトレーラーを見つけるために昆布の浜に向かった。

三十

「台風の混乱に乗じてミサイルを盗み出すというのはいいアイデアだと思うが、盗んだミサイルをどこに隠すか、それが難問だな。全長百八十キロ足らずの小さな沖縄島でミサイルを隠すのは難しいだろう。ヤンバルなら隠す所があるかもしれないが、具志川市か勝連半島にミサイルを積んだトレーラーが向かっているのには納得できない。具志川市や勝連半島には隠す場所なんかないと思う。ミサイル窃盗団はなにを考えているのだろう。不思議な連中だ。」

啓四郎は具志川市や勝連半島にはミサイルを隠す場所がないのにミサイルを盗んだミサイル窃盗団が昆布の浜に来ていたというのはどうしても納得できなかった。

「ヤンバルの森林地帯に隠してもアメリカ軍は直ぐに見つけます。ミサイルを探知する機械を装置したヘリコプターなら森林に隠したミサイルを確実に発見します。」

「そうだろうな。ところがそのヤンバルでさえミサイルが隠せないというのに、ミサイルを乗せたトレーラーが昆布の浜の方を通ったというのは奇々怪々だ。ミサイルをどこに隠そうとしているのか予想できない。それにだよバーデス。もし万が一ミサイルを隠すことに成功したとしてもミサイルを国外に運び出すのは不可能である筈だ。ミサイルを一般の貨物として輸出することはできないだろう。アメリカ軍や自衛隊の厳しい監視網をくぐり抜けてミサイルを国外に運び出すのも不可能だと思うな。ミサイル窃盗団は盗み出したミサイルをどうする積もりだろう。隠すことも国外に運び出すこともできないというのにミサイルを盗んだのだ。不可思議なミサイル泥棒だ。頭の構造がずれた連中としか思えない。」

「しかし、彼らが嘉手納弾薬庫からミサイルを盗み出したことは事実です。そして、中部病院の駐車場では仲間を殺しました。彼らには私達が予想できない方法でミサイルを隠し、隠したミサイルを国外に運び出す方法があるのです。そうでなければ彼らはミサイルを盗み出さないと思います。」

「それはそうだな。常識を超えた取っておきのミサイル隠しと国外運び出しの方法があるのだろうな。とにかくミサイルを積んだトレーラーを見つけて、ミサイルを隠す場所を見届けてから警察と嘉手納空軍基地にミサイルの隠し場所を教えてあげればいいわけだ。嘉手納空軍基地もミサイルが紛失していることを知れば俺達の言うことを信用するだろう。」

「そうですね。」

啓四郎の携帯電話が鳴った。

「親父、分かったよ。ミサイルを盗んだ奴らはさ。ミサイルを船に乗せて台風の目と一緒に移動する積もりじゃないかな。台風の目は風がないし波も静かだろう。」

啓四郎は啓太の単純な発想にあきれた。

「台風は本土に上陸するかも知れないのだぞ。台風の目と一緒に本土に上陸するのか。ひょっとしたら台風は中国に上陸するかも知れない。台風の目と一緒に移動したら確実に捕まってしまう。そんなつまらないことを考えないでさっさと由利恵さんに電話をしろ。由利恵さんに電話をしたのか。」

啓太の声は小さくなった。

「パートの文ちゃんが店についたら僕に電話することになっている。その時に話すよ。」

「ああ、なんてか弱い男だ。そんな男が俺の息子だと思うと俺は情けないよ。」

啓四郎の痛烈な言葉に啓太は何も言わず電話を切った。

いつの間にかすっかり風雨は止んでいた。空は薄い白雲で覆われ、雲の間からは陽光が漏れている。沖縄島はすっぽりと台風の目に入っていた。

啓太の車を先頭にして二つの車は昆布の浜に向かった。県道七五号線に出て赤道から平良川に進み、啓太のコンビニエンスに近い安慶名十字路を真っ直ぐ進み、天願橋を渡った。曲がりくねった坂を上るとキャンプキントニーに出た。キャンプキントニーの金網に沿って進み、三人は昆布の浜に下りる坂に来た。

前を走っている啓太の車が停まった。

「どうしたんだろう。」

啓四郎はなぜ啓太が車を止めたか気になった。啓太から電話がかかってきた。

「どうした啓太。」

「通行止めになっている。」

「え、通行止めだって。」

「うん。」

昆布の浜が目前に迫った坂道の途中で通行止めのバリケードが立てられていた。バリケードの側には一人のアメリカ兵が自動小銃を肩に担いで歩哨に立っていた。

「でも、変なんだ。歩哨に立っているアメリカ兵はミサイルを積んだトレーラーのミサイルのカバーを直していた人間なんだ。」

「本当か。」

啓四郎は啓太の話に驚いた。

「バリケードの歩哨に立っているアメリカ兵はミサイル窃盗団の仲間だ。ということはミサイル窃盗団の目的地は昆布の浜だったのだ。小さな昆布の浜にミサイルを隠すなんてできないはずだ。しかし、ミサイル窃盗団の仲間がバリケードをしているということはどのような方法か分からないがミサイル窃盗団はバリケードの向こうの昆布の浜でミサイルを隠そうとしているわけだ。どうする、バーデス。」

バーデスはバリケードを突破するかどうか迷った。バリケードの向こうでなにをしているのだろう。それを知るにはバリケードを突破しなければならない。しかし、それはミサイル窃盗団の反撃に会うだろう。危険な行為だ。バリケードを突破する前に昆布の浜の様子を調べる必要がある。

「昆布の浜にミサイルを下ろしているのだろうか。しかし、昆布の浜にミサイルを隠す場所なんかないはずだ。」

「啓さん。ここに長居すると歩哨に怪しまれます。」

「そうだな。とりあえず引き返した方がいい。」

三人は引き返して歩哨に立っているアメリカ兵の目が届かない場所で車を止めた。

「ミサイル窃盗団の目的地が昆布の浜だったとは以外だ。啓太の言う通り、船にミサイルを積んで台風の目と一緒に移動する積もりなのかな。」

啓四郎は冗談とも本気とも取れない口調で言った。バーデスはミサイル窃盗団が昆布の浜でなにをしているのか知りたかった。

「啓さん。昆布の浜が見える場所がないでしょうか。」

「昆布の浜をか。」

「あの道路から昆布の浜を見下ろせる場所に行けませんか。」

バーデスが指摘した道路は県道から左に曲がり昆布村に入る道路だった。

「俺は行ったことがないけど、ひょっとすると昆布の浜を見下ろせる場所に行けるかもな。行ってみよう。」

二台の車は昆布の浜を見下ろせる場所を探すために昆布村の道路に入った。道路はゆるやかな上り坂になっていて左側の道路沿いには家が並んでいたが右側の道路沿いには家はまばらだった。暫く進むと右側に小さな広場があった。三人は車から下り、広場の端に行って昆布の浜を探した。

広場の眼下に広大な青い海が広がっていた。船もサバニもウインドーサーフィンの姿もない青い海だった。いつも船が浮かんでいる海になにも浮かんでいないのは妙な感じだ。三人の立っている高台からは広い海は一望できたが崖下は深い森林が邪魔をして昆布の浜は見えなかった。

「親父、なんだあれは。」

昆布の浜を覆っている木々の上から沖に突き出ているものがほんの少し見えた。

「なんだろう。」

その正体は啓四郎も知らなかった。

「あれは桟橋の先端です。」

とバーデスが言った。

「え、桟橋だって。こんな所に桟橋があったとは知らなかった。待てよ、思い出した。あの桟橋は天願桟橋ではないのかな。昔、ええと確か一九六六年だったと思う。あの時昆布土地闘争というのがあった。ベトナム戦争の最中にアメリカ軍が南ベトナムに軍需物資を運ぶために天願桟橋を拡張しようとしたんだ。そのために昆布の土地を接収しようとした。しかし、昆布の人たちは体を張ってアメリカ軍の土地接収に反対した。それを昆布土地闘争と言って新聞にもでかでかと載っていた。昆布土地闘争は日本でも有名になったくらい壮絶な闘争だったみたいだよ。ああ、あれが昆布土地闘争で有名な天願桟橋なのか。始めて見るよ。ベトナム戦争の時はあの天願桟橋から多くの弾薬や悪名高い枯葉剤を運び出したらしい。」

「たまに昆布の浜を通るけど昆布の浜にあんなに大きい桟橋があったなんて気づかなかった。道路からは全然目立たないし、入り口は金網で囲われてはいるけど歩哨は立っていないし、金網の中はがらーんとしてなにもないよ。あそこが桟橋の入り口なんて誰も思わないよ。」

「俺も昆布の浜を通ったことはあるが天願桟橋には気づかなかった。ベトナム戦争が激しくなった時、大量の軍需物資をベトナムに運び出すために天願桟橋は必要だったが、ベトナム戦争が終わった後は不要の長物になったんだろう。」

その時、昆布の浜を覆っている木々の上に一本の細長い棒のようなものが現われた。

「啓さん。あれを見て。」

「なんだあれは。」

黒い棒は横に移動して見えなくなった。

「あれはクレーンのアームじゃないか。ここから見えるということはあのクレーンのアームはかなり長いだろうな。」

「それじゃ、クレーンでミサイルをトレーラーから船に移しているのじゃないかな。それとも海に沈めているのかも。」

啓太は大真面目な顔で言った。啓太の単純な思考に啓四郎は呆れた。しかし、クレーンが動いていると言うことはトレーラーからミサイルを移動させていることは間違いない。天願桟橋でミサイルをトレーラーから下ろすということは啓太のいう通り船に乗せるか海に沈めるかしか思い浮かばない。しかし、船にミサイルを乗せて台風の目と一緒に移動することはありえないし、アメリカ軍が使っている桟橋の海に沈めるということも考えられない。それなのに昆布の浜でクレーンが動いている。ミサイル窃盗団がミサイルをどうしようとしているか啓四郎もバーデスも予想ができなかった。

「ミサイルをトレーラーから船に移しているとは考えられないし、海に沈めたら引き上げるのも大変だろうしアメリカ軍に見つかってしまう可能性も高い。しかし、クレーンが動いているということはミサイル窃盗団には確実にミサイルを隠して日本国外に運びだす方法があり、それを実行しているということになる。どんな方法でミサイルを隠したり運び出したりするのだろう。全然分からない。」

バーデスはじっと天願桟橋を見ていた。

「あそこに桟橋があるということは、やっぱり、ミサイルを船に積んでいるんだよ。」

「台風の目と一緒に国外に逃げるというのか。そんな馬鹿げたことはしないよ。」

「しかし、それ以外には考えられないよ。それ以外にどんな方法があるのか、親父。」

「ううん。」

「啓さん。もっと上の方に行きましょう。」

天願桟橋を鎮痛な面持ちで見ていたバーデスは言った。

「そうだな。ミサイル窃盗団が昆布の浜でミサイルをどうしているかを見る必要があるな。」

三人は車に戻り道路を移動して見晴らしのいい場所を探すことにした。しかし、昆布の高台と昆布の浜の間の崖はうっそうとした木々が生い茂っていて昆布の浜を見下ろすことができる場所はなかなか見つからなかった。それどころか道路は崖の方から次第に離れていった。見晴らしの悪い場所が続き、道路が崖から離れて行くのでバーデスは次第にあせってきた。

　急坂の途中でバーデスは急に車を止めて車から下りた。

「どうした、ハーデス。」

「この畑の上に行ってみます。」

バーデスは段々畑を登って行った。啓四郎もバーデスの後から付いて行った。段々畑は生い茂った木々に囲まれ、昆布の浜どころか海さえも見えなかった。バーデスのあせりは増し、畑から海が見えないと知ると走って細道を下り、バーデスの後について来た啓四郎が車に乗るや否や車を急発進させた。

　天願桟橋と巨大クレーンの存在はミサイルがなんらかの方法で国外に運び出される可能性の高いことを暗示している。巨大クレーンが動いているということはミサイルを国外に運び出す作業が着々と進行しているのだろう。バーデスはあせった。ミサイルを運び出す作業を早く止めなければならないが、どのような作業をしているのか見当がつかない。一刻も早く作業の様子を見なければどのようにバーデスは行動すればいいか判断することができない。バーデスは車のスピードを上げた。

「バーデス、車を止めろ。」

啓四郎は平坦な道路になった場所でバーデスに車を停めさせた。バーデスが車を停めると啓四郎は車を下りて家と家の間に挟まれた目立たない道路を覗いた。その道はやっと車一台が通れる赤土の小さな坂道だったが車が何度も通った形跡があった。車が通っているということは遠くまで道が続いている可能性が高い。この道は昆布の浜が見下ろせる場所まで行けそうだと啓四郎は直感した。

「バーデス。この道に入ってみよう。」

二つの車は村道から家と家の間にある小さな道に入った。

道は小さな坂になっていて坂を上りきるとさつま芋の畑が見えた。ピーマンやなすびなどの野菜が植わっている畑や雑草に覆われている畑が一面に広がっていた。畑道は緩やかな下り坂になっていた。畑道を暫く進んでいると雑草で覆われた畑が増えていき、車が通った形跡のない雑草が生い茂っている畑道になってきた。啓四郎は車を止めさせた。

「この先は多分行き止まりだろう。ユーターンができないと困るから車はここに止めて歩いて行ってみよう。」

三人は車を下りて雑草に覆われた道を進んだ。道を覆っているすすきを跳ね除けて進むと目の前に金網が見えた。金網の下の方にはアメリカ軍の貯油施設が横たわっていた。金網の中の貯油施設の回りは木が生えていないので見晴らしがよく、アメリカ軍貯油施設の彼方に昆布の浜から出ている天願桟橋とクレーンのアームが見えた。しかし、アメリカ軍貯油施設の下に生い茂っている木々が邪魔をして昆布の浜に停まっている筈のトレーラーの姿は見えないし、クレーンの操作室も見えなかった。

クーブ浜から突き出た桟橋の先端から百メートル近く離れた場所に黒く細長い箱のようなものが見えた。黒く細長い箱から五十メートル程離れた場所にも同じ黒い箱があった。黒い箱はワイヤーロープのようなもので繋がれていた。

「親父。あの黒い箱はなんだろう。」

「なんだろう。」

三人の目は黒い箱に注目した。

牽引車に引かれて三台目の黒い箱が木々の陰から出てきた。

「親父。黒い箱が出て来たよ。」

「ああ。」

牽引車は二台目の黒い箱から五十メートル離れた場所に新たな黒い箱は停まった。二人の男が二台目から延びているロープを運ばれてきた黒い箱に繋ぐ作業を始めた。

クレーンのアームが移動しているのが見えた。あのクレーンにはミサイルが吊り下げられているに違いない。三台の黒い箱が桟橋に並んでいることから推察するとクレーンに吊り下げられているミサイルはやがて四台目の黒い箱に収められるのだろう。

「親父、あの黒い箱はなんだろう。ミサイルをあの黒い箱に詰めて桟橋の海に沈めるのかな。」

啓太の言葉に「そんなことはあり得ないだろうバカ。」と言いたかったが、ミサイルが天願桟橋で黒い箱に詰められて並んでいるのは深刻な状況にあるということになる。啓四郎は啓太を軽口で叱る気にはなれなかった。

　桟橋の突端辺りはかなり深そうだ。単純な啓太が桟橋の深い海にミサイルを沈めると考えるのは無理もない。しかし、海に沈めるだけでミサイルを隠すことができるだろうか。そして国外に運び出すことはできるのだろうか。そんな単純な方法でうまくいくとは考えられない。ミサイルを格納してある細長く黒い箱には国外搬出を可能にしてくれる特別な能力があるというのか。

「バーデス。ミサイルを収めている黒い箱はなんだろう。」

「軍事関係の本で見たことがあるような気がしますが思い出せません。」

「ミサイルをあの箱に詰めてどうするのだろう。」

「分かりません。」

バーデスは桟橋を凝視し続けた。

「啓太の言うように海に沈めるのだろうか。」

バーデスは黙って桟橋を見ていた。

「天願橋はアメリカ軍の桟橋だ。その桟橋の下に盗んだミサイルを沈めるというのはおかしい。あいつらはなにをしようとしているのだろう。」

啓太が、

「親父、クジラだ。クジラが来た。」

と叫んだ。啓太が叫んだ時には啓四郎とバーデスも気づいていた。天願桟橋から数百メートル離れた海中に大きな黒い物体が見えた。黒い物体はクジラのような姿をしていた。啓太がクジラと叫んだのも当然である。黒い物体はゆっくりと浮上しながら桟橋に近づいてきた。黒い物体の正体を知って啓太は驚き、

「潜水艦だー。」

と叫んだ。

　海面の白い波しぶきを裂いて表れたのは全長が五十メートルくらいの小型潜水艦だった。潜水艦はゆっくりと桟橋の方に近づいて来た。

「潜水艦でミサイルの入った箱を曳航しようとしているんだ。すげえ。」

「あんな小さな潜水艦でミサイルの入った五個の黒い箱を曳航するのは無理だ。海中には海流があるから押し流される。それに海底は山あり谷ありだ。黒い箱が岩山にぶつかったり引っ掛かったりしてしまう。潜水の深さの調整も難しいだろう。海上なら引っ張ることができるかも知れないが、海中でミサイルの入った黒い箱を引っ張るのは無理だ。」

「いえ、可能です啓さん。思い出しました。あのミサイルを詰めている黒い箱はシーモーラーと言って潜水調整ができる無人貨物潜水艇です。シーモーラーには電動の車とスクリューが付いていて電気はワイヤーロープ内の電線を伝って潜水艦から送られてきます。シーモーラーは陸上でも水中でも走

ります。スピードや方向は曳航する潜水艦でコンピューターを使って操作できるようになっています。彼らの狙いが始めて分かりました。台風の目に入っている間に潜水艦でミサイルを積んだシーモーラーを海中曳航をして国外に運び出す積もりです。台風が沖縄島を襲っている間に海中を移動して太平洋の公海に運び出すということです。暴風雨なら駆逐艦やヘリコプターで海上や空から攻撃することができません。広い公海に出てしまうと探知機で探すのは困難です。公海上で貨物船にシーモーラーを載せるのでしょう。その方法なら確実にミサイルを国外に運び出せます。」

「ええ。そんなスケールのでっかいことがミサイル窃盗団にできるのか。」

啓四郎は驚いた。

「国際的な武器商人ならできます」

「国際的な武器商人は潜水艦まで持っているのか。」

啓四郎は国際的な武器商人のスケールの大きさが信じられなかった。

潜水艦の出現はバーデスを絶望の淵に落とした。ミサイル窃盗団はミサイルを沖縄島に隠す積もりではなかったのだ。ミサイルを隠した場所をアメリカ軍に通報すればミサイルを取り返せるというバーデスの考えは甘かった。ミサイル窃盗団は台風の目が沖縄島を覆っている数時間の間にミサイルを潜水艦で国外に運び出そうとしているのだ。あとわずかの時間でミサイルは潜水艦に曳航されて国外に運び出される。バーデスは厳しい顔で桟橋を見詰めた。

三十一

桟橋の男達の動きが慌しくなった。三人の男が桟橋の突端に駆け寄り、桟橋に接岸した小型潜水艦の甲板に降りて行った。そして、ワイヤーロープの先端を桟橋に上げて、一台目のシーモーラーまで引っ張っていった。

やがて、潜水艦とシーモーラーはワイヤーロープで繋がれるだろう。そして、確実にミサイルは国外に運び出される。バーデスは踵を返して車の方に歩き始めた。啓四郎が「バーデス。」と声を掛けてもバーデスは啓四郎を振りかえらずに急ぎ足で車の方に歩き続けた。啓四郎は走ってバーデスを追った。

「バーデス。どこに行く積もりだ。」

「昆布の浜に行ってミサイルが運び出されるのを食い止めます。」

バーデスの言葉に啓四郎は驚いた。

「バーデス一人でやるというのか。」

「はい。」

「それは無茶だよ。」

「無茶かも知れません。しかし、やるしかありません。」

「相手は十人を越すならず者達だよ。一体どうやってバーデスひとりであいつらをやっつけてミサイルが潜水艦に曳航されるのを食い止めることができるのだ。方法はあるのか。」

「方法はありません。行き会ったりばったりです。」

真剣な顔でバーデスが行き会ったりばったりという日本語を使ったので可笑しかったが、状況は深刻であり笑うどころではない。

「バーデス。止めた方がいいよ。あいつらをやっつけるのは無理だよ。」

啓太もバーデスを引きとめた。

「啓太の言う通りだ。バーデス、無茶なことは止せ。嘉手納空軍基地に電話したらどうだ。」

「電話はします。しかし、私の言うことを信じてアメリカ軍が軍隊を寄越すかどうか。恐らく私の説明を信用しないでしょう。それに私の説明を信じてアメリカ軍が来るとしてもすでに手遅れです。」

「キャンプキントニーに行こうよ。事情を説明すれば軍隊を派遣するだろう。」

「彼らは三基のミサイルをシーモーラーに積み込んでいます。残りの二基をシーモーラーに積んだら天願桟橋を離れます。キャンプキントニーに行っても間に合いません。啓さんがキャンプキントニーに行ってください。私が食い止めている間に啓さんがキャンプキントニーからアメリカ軍を連れてきてください。」

「俺は英語が話せない。アメリカ軍を連れてくるのは無理だ。」

「それじゃ、警察署に行って、警官を連れてきてください。警察署からアメリカ軍に連絡するようにしてください。」

「それはやるよ。しかし、バーデスが昆布の浜に行くのは無謀だ。やめた方がいい。」

「そうだよ。バーデス。行くなよ。殺されるよ。」

啓太が泣きそうな声で言った。

「今行かないと私は一生後悔します。とても後悔します。」

バーデスは鎮痛な面持ちで黙って歩き続けた。

「僕達ではどうすることもできないよ、バーデス。行くなよ。」

啓太はバーデスを引き止めたが、バーデスの決意は変わらなかった。バーデスは思いつめた顔で歩き続けた。

三人は車を停めてある場所に来た。

「啓さんは警察署に行って警官を連れてきてくれませんか。お願いします。私は彼らの作業をストップさせて警官が来るまで時間稼ぎします。そして、警官の通報でアメリカ軍が来るまで彼等を桟橋に釘付けにします。」

「そんなことできないよ。絶対に不可能だよ。多勢に無勢だよ。バーデス一人であいつらの作業をアメリカ軍が来るまでストップさせるのは絶対にできないよ。」

「啓太の言う通りだ。バーデス一人ではどうしようもない。ミサイル窃盗団を食い止めるのは無理だ。」

啓四郎もバーデスを引き止めた。

「そうかも知れません。しかし、その方法しかありません。」

「無理なことは無理。それにさ、あのミサイルが悪いことに使われるとは限らないよ。バーデス行くなよ。親父、バーデスを引き止めてくれよ。」

啓四郎の顔は啓太が今までに見たことのない険しい顔をしていた。

「親父。バーデスを引きとめろよ。」

「ああ。」

啓四郎はバーデスを見つめたまま言った。

「啓太。お前は具志川警察署に行け。そして、警官を連れて来い。俺はバーデスと一緒にあいつらに殴りこみを掛ける。」

啓四郎の言葉に啓太は目を丸くした。

「ええ。親父、なんてことを言い出すんだ。頭が変になったのか。無茶だよ。殺されるよ。」

「啓太さんの言う通りです。危険です。」

「危険は承知の上だ。バーデスひとりで行かせるわけはいかないよ。」

「私はアメリカ人です。アメリカのミサイルが盗まれるのを黙って見過ごすことはできません。私にはミサイルが盗まれるのを防がなければならない義務があります。命を落としたとしてもなんの悔いもありません。むしろ名誉です。でも啓さんは日本人です。私と立場が違います。」

「バーデスよ、くそ真面目な話をするなよ。あのミサイルが日本に落とされる危険だってある。日本人の俺にだってあのミサイルが盗まれるのを防がなければならない事情はあるわけだ。俺ももう五十歳だ。命の値打ちもかなり安くなったし、ミサイル窃盗を食い止めるのに使うのなら俺の命も価値が高くなるというものよ。」

分けのわからない屁理屈でバーデスと武器窃盗団に殴りこみを掛けようとしている啓四郎の考えが啓太には理解できなかった。

「親父、冗談を言うのは止せよ。行くなよ。」

啓太は車に乗ろうとした啓四郎の腕を掴んだ。啓太の手を振り解いて啓四郎はバーデスの車に乗った。

「親父お願いだ。そんな危ないことは止めてくれよ。ミサイルを盗んだ連中の中にはアメリカ人も居るじゃないか。バーデスがアメリカ人だからってミサイルが盗まれるのを食い止める義務なんかないよ。そうだろう親父。」

啓太は車の窓を叩いた。啓四郎は窓を開けて、

「うるせえな。アメリカ人も色々だってことだよ。あいつらはあいつら。バーデスはバーデスだ。ほら、お前の車を早くバックさせろ。」

「嫌だよ。親父もバーデスも行くなよ。」

「啓太、バーデスはお前が命を狙われていた時に助けようとしたんだ。俺はバーデスに感謝している。そんなバーデスを

見捨てることは俺にはできない。バーデス一人だけで行かすわけにはいかない。バーデスが行くなら俺も行く。そういうことだ。」

「僕を助けに来てくれたバーデスには感謝するよ。でもそれとこれは別問題だよ。親父。自分の命が一番大事だよ。死にに行くのは駄目だよ。なあ親父。行くのは止めてくれよ。お願いだから。」

「さっさと車をバックさせろ。」

「嫌だよ。絶対嫌だよ。あそこに行ったら確実に殺されるよ。そんな所に親父を行かすわけにはいかないよ。なあ親父。行くのは止めてくれよ。」

啓太は大粒の涙を流して必死に啓四郎を説得した。

「馬鹿野朗。バーデスだけを行かすわけには行かないだろう。お前にはバーデスの覚悟の重さを感じることができないのか。」

「できるはずないよ。なあ、親父。行くなよ。バーデスも行くなよ。」

「俺はな、バーデスの覚悟の重さをずしりと感じるんだ。バーデスが行くなら俺も行く。そういうことだ。さっさと車をバックさせろ。」

「それじゃあ僕も行く。親父が行くなら僕も行く。」

「駄目だ。お前は警察署に行け。」

「嫌だ。親父と一緒に僕も行く。」

啓四郎は車から下りて、啓太の頬を思いっきり殴った。

「馬鹿野朗。俺とバーデスがあいつらを食い止めている間に警察を連れて来るしかミサイル窃盗を食い止める方法はないのだ。それが分からないのか。」

「分からないよ。ミサイルなんてどうでもいいよ。親父が殺されるのは絶対嫌だ。僕も行く。僕が親父を守る。」

啓太は泣きじゃくっていた。

「冷静になれ啓太。バーデスがミサイル窃盗を食い止めに行くと決心した時から状況は一変したのだ。その瞬間から俺と啓太の役目も決まったのだ。俺はバーデスと行く。お前は警察署に行く。それがミサイル窃盗を食い止める唯一の方法だ。それが分からないのか。」

「分からない。全然分からない。バーデスと親父だけでミサイル窃盗を食い止めることは無理だ。できるはずがない。僕にはバーデスの気持ちも親父の気持ちも分からない。犬死するに決まっている。親父が犬死するなら僕も一緒に犬死する。」

啓太は泣き喚いた。

ミサイル窃盗団の作業はどんどん進んでいる。急いでミサイル窃盗団の作業を食い止めなければならない。感情が高ぶっている啓太を説得するのが無理だと思った啓四郎は啓太の車に乗ると車をバックさせた。啓太は車のウインドーを叩きながら啓四郎がバーデスと一緒に行くのを止めさせようと涙を流しながら訴え続けた。車は道路に出た。啓四郎は啓太の車からバーデスの車に移った。バーデスの車は昆布の浜に向かってスタートした。

啓太は危険な場所に行こうとしている父親を残して具志川警察所に行く気にはどうしてもなれなかった。啓太は具志川警察署には行かないで、バーデスの車の後を付いて行った。


「啓さん。済みません。できるなら私ひとりで行きたいのですが、啓さんの援護がないと彼らを食い止めることができそうもありません。」

「俺は戦争の経験がないから余り役に立たないかも知れないが、いないよりはましだろう。」

「いえ、援護する者が居るか居ないかで大きく違います。とても、啓さんの援護は必要です。」

「そうか。俺は俺なりに頑張るよ。」

二人は暫く黙っていたがバーデスが再び口を開いた。

「もし、私が殺されたら啓さんは逃げて下さい。お願いします。」

ぞくっとさせる重たいしかし淡々としたバーデスの言葉だった。「死」を覚悟している人間が側に居ることを体感した啓四郎の体にぞくっとする冷たい閃光が走った。啓四郎の体はこわばり、バーデスに返事する言葉は見つからなかった。

三十二

バーデスは嘉手納空軍基地に電話を掛けた。啓四郎は警察に電話を掛けた。キャンプキントニー近くの天願桟橋からミサイルが運びだされようとしていることを伝えたが、予想していた通りいたずら電話扱いをされて信用されなかった。

バーデスの車は昆布の道路を下っていった。

「行き合ったりばったりといってもそれなりに策を立てなければならないのじゃないかバーデス。」

啓四郎は初めて体験する戦いにどうすればいいか見当がつかなかった。

「最初に、歩哨を片付けます。バリケードは反対の道路にも設置していると思います。だから、クーブの坂道に居る歩哨をやっつけてから急いで反対側に回ってもう一人の歩哨もやっつけます。

歩哨はM十六自動小銃を担いでいましたからそれを奪います。M十六は拳銃より破壊力は数段も上ですからミサイル窃盗団をやっつけるのにかなり役立ちます。歩哨をやっつけた後の計画は昆布の浜の現場を見てから考えましょう。」

「そうか、歩哨は昆布の浜の両側に居るだろうな。歩哨二人をやっつけるとなると昆布側の歩哨をやっつけてから、かなり大回りをして反対の石川市側に行かなければならないぞ。」

「でも、一人の歩哨だけやっつけたら、残りの歩哨に挟み撃ちにされる可能性があります。」

「そうか。でも、バーデスは歩哨をやっつけることはできるのか。」

「それは大丈夫です。任せてください。」

県道七五号線が見えてきた。バーデスが車を停めた。

「どうしたバーデス。」

「け、啓さん。運転を代わってください。」

バーデスが苦しそうに言った。ハンドルから離したバーデスの手が震えていた。体も小刻みに震えていた。

「どうしたんだバーデス。大丈夫か。」

「だ、大丈夫です。」

啓四郎は運転席に移動した。

「これではミサイル窃盗団と戦うのは無理じゃないのか。」

バーデスの手の震えは激しくなっていた。

「大丈夫です。治っていたと思っていたがまだ治っていなかったみたいです。」

「なんの病気だ。」

「後で説明します。啓さん。車を発進してください。震えはもう少しで治まりますから。」

啓四郎は車を発進させた。


車は昆布村から県道に出た。啓四郎は車を停めた。啓四郎はバーデスの手の震えを心配していたが、震えは小さくなっていた。

「まだ、震えているぞ。」

「もう少しで完全に治まると思います。私の顔はひきつっていますか。」

バーデスは緊張をほぐすために両手で頬を叩いた。深呼吸をゆっくりやった後に再び軽く頬を数回叩いた。

「私の顔はまだひきつっていますか。」

「少しな。」

バーデスはバックミラーを見ながら笑顔を作った。

「啓さん、バリケードの方に行ってください。」

啓四郎の運転する車は県道七五号線に出ると左折して坂を下っていった。バリケードが見えてきた。歩哨のアメリカ兵はじっと啓四郎の運転する車を睨んでいる。啓四郎は緊張し体がこわばった。

「バ、バーデス。どこまで進めるのだ。」

「もう、少し進めてください。」

バーデスの声は落ちついていた。啓四郎はスピードを落として進んだ。バリケードから十メートルほど離れた場所に来た時、

「ここで停めてください。」

とバーデスは言った。啓四郎は車を止めた。

「あの歩哨は私ひとりでやっつけます。啓さん、もし私があの歩哨をやっつけるのに失敗したら逃げてください。いいですね。」

「お、俺も行って二人でやっつけた方がいいじゃないのか。」と啓四郎は言ったが、啓四郎の体はこわばっていてスムーズに動ける状態ではなかった。

「いえ、アメリカ人の私だけの方が歩哨は油断します。私ひとりの方がいいと思います。」

バーデスは車から下りた。バーデスは陽気な顔でバーデスを凝視している歩哨のアメリカ兵に近づいた。

「ヘーイ、どうしてここにバリケードがあるのだ。俺はキャンプキンザに行く所だ。通してくれよ。」

歩哨の若いアメリカ兵は緊張していた。

「駄目だ。」

「おいおい、同じアメリカ軍人だぜ。通せないことはないだろう。」

バーデスは歩哨兵を油断させるために陽気に振舞った。バーデスは陽気に話しながらバリケードを越えて歩哨兵に近づいた。歩哨兵は陽気に振舞うバーデスが自分を倒すために近づいているとは全然年頭になかったから、バーデスに銃を構えることはしないで手で追い払おうとした。その瞬間にバーデスは歩哨兵の腕を掴み、腹部を膝で蹴ると一本背負いで道路に叩きつけ、腹にこぶしを打ち込み喉元に手刀を数回叩きこんだ。歩哨兵の動きは止まった。バーデスは歩哨兵の上着を脱がせると、上着で歩哨兵を後ろ手に縛り上げ、道路の側の草むらに投げ捨てた。

歩哨兵を殴り、気絶させて道路沿いの草むらに放り投げるまで十秒足らずの早業だった。啓四郎と啓太はバーデスのすごい戦闘能力にあっけに取られた。生真面目でおとなしいバーデスが戦闘の猛者だったとは信じられなかった。

バーデスは歩哨兵が担いでいたM十六自動小銃と拳銃を持ちながら車に戻ってきた。

「啓さん急ぎましょう。」

啓四郎は車をユーターンさせた。啓太が車から出て啓四郎達の車に寄って来た。

「親父、僕は具志川警察署に行ってパトカーを呼んでくるよ。」

「ああ、そうしてくれ。」

あっという間に歩哨兵を倒したバーデスを見て、バーデスならミサイル窃盗団と互角以上に戦い、警察が来るまでミサイル窃盗団を食い止めることができるだろうと信じることができた。親父も死なないだろうと信じることができた。であれば一分でも早く警察を連れて来ることが啓太の重要な役目だ。啓太は車をユーターンさせると急いで具志川警察署に向かった。

「すごいじゃないか。まさかバーデスがあんなに強いなんて思っていなかった。バーデスはグリーンベレーみたいな特殊部隊に居たのか。」

バーデスははにかみながら啓四郎の質問には答えないで、

「啓さん。急いで反対側の道路に行ってください。」

と言った。

「ああ、分かった。」

啓四郎は車のスピードを上げた。


「バーデス。手の振るえは治ったのか。」

啓四郎はバーデスの手を握った。震えは小さい震えになっていた。

「震えはまだ残っているな。」

「大丈夫です。戦う時は完全に止まります。」

「バーデス。なぜ手が震えるのだ。戦う前には武者震いというのがあるらしいが、その武者震いがひどくなったものか。」

「武者震いというのは私は知りません。私の手の震えは戦う前の恐怖や興奮からくる震えではありません。精神科のドクターの話によるとこの震えは私の心が戦いを拒否しているために震えているらしいです。」

「バーデスの心は戦いを拒否しているのか。」

「精神科のドクターはそのように説明しました。私には私の心が戦いを拒否しているのかどうかはっきりとは分かりません。」

「それじゃあ、バーデスは戦えないのじゃないのか。」

「病気がひどい時に戦えなくなった時がありました。でも、それは治りました。手が震えるのも治ったと思っていましたが治っていませんでした。」

バーデスは独り言のように、

「東南アジアでの戦いは独裁者との戦いではありませんでした。共産ゲリラとの戦いでした。貧しい生活をしている人々が共産ゲリラになっていました。共産ゲリラとの戦いは貧しい人々を虐げているような気持ちになりました。そして、少年兵士や少女兵士まで殺さなければならなかった。共産ゲリラとの戦いは辛かったです。」

と言った。

戦争の体験がない啓四郎にはバーデスの話は余りにも強烈過ぎた。啓四郎は何も言えなかった。

「戦いになったら手の震えは止まります。戦いになったら私は冷酷な戦闘員になってしまうのです。」

バーデスはさびしそうに言った。

啓四郎は喜怒哀楽の感情の起伏が少ないバーデスの性格の原因を知った気がした。

バーデスの喜怒哀楽が表に出ない抑揚のない言葉。その言葉の底にはバーデスの悲痛な心の叫びがあるような気がした。啓四郎はバーデスを慰める言葉を探したが適当な言葉はなかなか見つからなかった。

「冷酷な戦闘員の私を私は好きではありません。しかし、戦いが始まったら私は冷酷な戦闘員になるのです。」

バーデスは呟くように言った。

「そうか。」

と啓四郎は言い、バーデスをなぐさめる言葉を探したがなぐさめる言葉を見つけることはできなかった。

啓四郎の運転する車はキャンプキントニー沿いの県道から間道に入り、狭くてしかも曲がりくねった農道を通って川崎の県道八号線に出て、県道八号線から栄野比の国道三二九号線に出た。キャンプキントニーから川崎の県道八号線までの農道は狭くてしかも曲がりくねった道路が多いためにスピードを出すことはできなかった。

バーデスの顔からあせりの色が滲み出ている。国道三二九号線に出ると啓四郎はスピードを上げ、一気に栄野比の坂を上った。坂を上ると三叉路を右に曲がり、昆布の浜に向かった。道路は昆布の浜まで下り坂だった。住宅が並んで居る通りを過ぎるとゆるやかなカーブがあり、カーブを過ぎると乗馬練習場あり、乗馬練習場の側を通り、廃棄物最終処理場を過ぎると建物は途絶えて道路沿いは雑草や木々だけになった。

バーデスが予想した通り、昆布の浜が見える手前にバリケードが立っていた。

「バリケードだ。」

「バリケードです。」

「バーデス。どこで止めるか。」

バーデスはバリケードの五メートル手前で車を止めるように啓四郎に指示した。車を止めるとバーデスは急いで下りようとした。

「バーデス。」

啓四郎はバーデスを呼び止めた。バーデスは振り返った。

「バーデス頼むぜ。お前が頼りなんだから。なんとしてもミサイル窃盗を食い止めよう。」

と言って手を出した。そして、バーデスと強い握手をした。それが啓四郎ができるバーデスへの励ましだった。啓四郎が握ったバーデスの手の震えは止まっていた。バーデスは啓四郎の手を握り返すと、恥ずかしそうに微笑み、車から下りてバリケードの方に近づいて行った。

「キャンプキントニーに行きたいんだ。通してくれないか。」

バーデスは昆布の浜の歩哨を倒した時よりも大胆だった。歩哨兵が、

「トラブルが発生した。ここは通れない。」

と言ったがバーデスは歩哨の忠告を無視して、バリケードの内側に入った。

「止まれ。これ以上近づくな。」

と歩哨は言ったがバーデスは一瞬に歩哨の懐に踏み込み、歩哨に銃を構える余裕を与えずに腕を折り曲げると腹にパンチを叩きこみ、体をくの字にした歩哨の顎を蹴って、右腕を掴

んでねじ伏せ、顎と後頭部を掴んで首を捻ろうとして手を止めた。首を捻れば若い歩哨兵は即死する。バーデスは若い歩哨を殺す寸前に我に返りすでに気を失っている歩哨から手を離して深呼吸をした。そして、気絶した歩哨の上着を剥ぎ取り、ズボンを脱がしてズボンで腕を縛って、道路沿いの草むらに歩哨を投げ捨てると歩哨から剥ぎ取った軍服を着けながら車に戻ってきた。

「啓さん。M十六の安全装置は外してあります。引き金を引いたら弾が発射しますので気を付けてください。弾を発射する時はこのようにしっかりと両手で掴んで、腰を安定させてから引き金を引いて下さい。拳銃を撃つ時はこのように両手で掴んで右手の小指と薬指と親指は強く握って人差し指はリラックスすることに神経を使って下さい。引き金は軽く引いて下さい。」

「あ、ああ。」

啓四郎は戸惑いながら頷いた。

「行きましょう。」

バーデスと啓四郎は歩哨から奪ったM十六自動小銃二丁と拳銃二丁にバーデスの拳銃二丁を持って昆布の浜に向かった。

三十三

昆布の浜が見える場所に来た時、バーデスと啓四郎は岩陰に隠れて昆布の浜の様子を見た。

昆布の浜の道路沿いには五台の自家用車が駐車していた。昆布の浜の一角を埋め立てて作られた広場が天願桟橋入り口である。広場は金網で囲っていたが道路沿いの金網は倒されていて、広場にはミサイルを積んだトレーラーが止まっていた。トレーラーの後ろの海側にはクレーン車が陣取っていた。

ミサイルの四基はすでにシーモーラーに移されていてトレーラーには最後のミサイル一基が残っていた。

「バーデス。あと一基しか残っていないぞ。」

「そうですね。」

クレーンのアームが桟橋からトレーラーの方に向きを変えた。

「最後のミサイルをシーモーラーに移動しようとしている。あのミサイルをシーモーラーに積んだら潜水艦はシーモーラーを引っ張ってすぐに天願桟橋から出て行くのだろうな。」

啓四郎は呟いた。バーデスは黙ってミサイル窃盗団の動きを見ていた。

トレーラーの荷台にはミルコと中近東系の男が乗っていた。クレーンのアームがトレーラーの方に向きを変え、ゆっくりとクレーンの鈎が下りてきた。ミルコはクレーンの鈎を見上げて鈎を下ろす場所を、クレーンを操作しているジェノビッチに指示していた。

啓四郎は桟橋の方を見た。トレーラーから三十メートルほど離れた桟橋の上には最後尾のシーモーラーが止まっていた。シーモーラーには木村とベトナムからやって来たホアンチーが待機している。

「トレーラーに二人、クレーンの運転手、五台目のシーモーラーに二人か。残りの連中は栈橋のどこにいるのかな。」

トレーラーとクレーンと広場の回りに生えている雑木が視界をさえぎって岩陰からは栈橋全体は見えなかった。

「ここからは栈橋全体が見えません。移動しましょう。」

バーデスはそう言うと、背を低くして昆布の浜の道路沿いに駐車している車の方に移動した。バーデスは車に隠れながら啓四郎に来るように合図した。啓四郎は背を低くして走り、バーデスの側に来た。車の場所からは栈橋の全体が見えた。

栈橋の先端から百メートルほど離れた場所に止まっている一台目のシーモーラーの所に梅沢、梅津、フィリピン人のピコの三人が居た。梅沢は携帯電話で潜水艦の艦長と話していた。

「一番目のシーモーラーには三人居る。」

大城と香港から来たルーチン、トンチーの三人は梅沢の命令で二台目のシーモーラーの点検をやりシーモーラーの作動スイッチを押して、三台目のシーモーラーに移動していた。

「二台目のシーモーラーから三台目のシーモーラーに三人が移動している。」

と言いながら啓四郎はバーデスを見た。バーデスはじっと栈橋を見つめていた。

シーモーラーの長さは十一メートルくらいあり。高さは二メートルに近い。二台目のシーモーラーは一台目のシーモーラーから約五十メートル離れた場所に止まってワイヤーロープで繋がっていた。二台目から五台目のシーモーラーもそれぞれ五十メートル離れた場所にありワイヤーロープで繋がっていた。

「一台目のシーモーラーに三人居る。三台目に三人。五台目の二人、トレーラーに二人、クレーンに一人。合計で十一人だ。どうすればあいつらをやっつけてミサイルが盗まれるのを防ぐことができるのだろうか。」

天願栈橋の様子を見ながら、

「バーデス。俺は無理だと思うな。」

啓四郎はため息をついた。

「啓さん。私がトレーラーの二人をやっつけます。トレーラーの二人を私がやっつけたら啓さんは二人を縛ってください。もし、死んでいたら縛る必要はありません。」

「え、攻撃を始めるのか。」

バーデスが攻撃を始めると言ったので啓四郎は驚いた。

「はい。トレーラーの二人を私がやっつけたら啓さんは二人を縛ってください。」

「縛る縄がないよ。」

「上着を脱いで上着で腕を後ろに回して縛ってください。」

「バーデスが歩哨兵を縛ったやり方で縛るんだな。分かった。」

「死んでいたらそのまま放置してください。」

バーデスが死を普通の会話のように話すので啓四郎は背筋がぞくっとして、

「あ、ああ。」

返事の言葉が喉につかえた。

「トレーラーの二人をやっつけてから、次にクレーンの運転手をやっつけます。それから桟橋に行きます。」

「え、桟橋に行くのか。」

啓四郎はバーデスが桟橋に行くと言ったのには驚いた。トレーラーの二人とクレーンの運転手をやっつけるのは啓四郎も納得できた。しかし、桟橋に行くのは無謀すぎる。

「はい、桟橋に行きます。私が合図をしたら啓さんはトレーラーに隠れながら桟橋のシーモーラーの二人に向けてM十六を撃ち続けて私の援護をお願いします。」

「桟橋に行くのは危険すぎるよ。」

「一気に一台目のシーモーラーの所まで行って潜水艦とシーモーラーを繋いでいるワイヤーロープを外します。」

「え、一台目のシーモーラーまで行くのか。」

バーデスが一台目のシーモーラーまで行くという話に啓四郎はますます驚いた。

「はい。」

「それは無謀だよ。桟橋には十名以上の窃盗団が居る。一台目のシーモーラーまで行くのは絶対に無理だ。別の方法を考えよう。」

バーデスは啓四郎に言われなくても無謀な戦術であることは知っている。しかし、ミサイルの窃盗を防ぐには一台目のシーモーラーと潜水艦を繋いだワイヤーロープを離す以外に方法はないし、敵が油断している最初の攻撃が一気に桟橋の先端まで行ける可能性は高い。

「彼らは作業に懸命になっています。一気に攻撃すれば成功します。」

「多勢に無勢だよ。無理だよ。」

「シーモーラーと潜水艦はすでにワイヤーロープで繋がれています。いつでもシーモーラーを曳航できる状態です。五基目のミサイルをシーモーラーに乗せたら潜水艦はすぐに桟橋を離れるでしょう。一刻の猶予もありません。急いでワイヤーロープを切り離さなければならないです。」

「それはそうかも知れないが。」

「今が最高のチャンスです。」

とバーデスは言ったが、啓四郎は、

「バーデス一人では無理だよ。止めた方がいい。」

と言って否定した。

啓四郎の言う通りである。啓四郎が戦闘に慣れていたら啓四郎がバーデスと一緒に桟橋に行き、二人で攻撃をしながら移動すれば成功する確立は高くなる。しかし、戦闘の経験がなく拳銃を撃ったこともない啓四郎が死ぬ確率は非常に高い。だから啓四郎と一緒に行くわけにはいかない。確実に失敗すると思っている啓四郎も行く気はないだろう。

バーデス一人で一台目のシーモーラーまで辿りつくのは困難であるが不可能ではない。

四基のミサイルはすでにシーモーラーに格納されている。先頭のシーモーラーが潜水艦とワイヤーロープで連結されている現状ではバーテスにあれこれと悩む時間的余裕は与えられていない。成功する確率が低くても決断し実行するだけだ。

「バーデス。やっぱり一番目のシーモーラーに行くのは不可能だよ。止めた方がいい。」

と啓四郎はバーデスを引き止めたが、

「不可能ではありません。敵は油断しています。今なら一気に一番目のシーモーラーに行くチャンスがあります。啓さんは援護射撃をしてください。」

バーデスは啓四郎に援護射撃を頼んだ。バーデスを引き止めるのは無理であると知った啓四郎は、

「分かった。」

と言い、バーデスの援護射撃を引き受けた。

「啓さん。お願いします。」

そう言うとバーデスはトレーラーに向かった。

トレーラーの上で作業をしているミルコはトレーラーに近づいてくるバーデスをちらっと見たがバーデスが軍服を着けていたので歩哨のアメリカ兵と勘違いした。ミルコはバーデスを気にする様子もなく作業を続けた。バーデスはトレーラーに近づくとトレーラーの荷台に素早く上がり、下りて来たクレーンの鈎に手を伸ばしている中東系の男の後頭部をM十六自動小銃の台座で殴った。男は殴られた衝撃でトレーラーから落ちて気を失った。啓四郎は背を屈めてトレーラーから落ちた男に近寄ると男が生きているか死んでいるかを確かめないで男の服を脱いで男を後ろ手に縛った。

バーデスがトレーラーに這い上がって男を殴ったのに気づいたミルコは身構えようとしたがバーデスは素早い動きでミルコの顎をM十六自動小銃の台座で突き、ミルコに反撃する隙を与えず腹や顎を立て続けにM十六自動小銃で殴りつけた。ミルコもトレーラーの荷台から転げ落ちて動かなくなった。

クレーンを運転していたジェノビッチはトレーラーの荷台でミルコを襲ったバーデスの存在に気づいた。ジェノビッチはミルコがバーデスに殴り倒されたのを見ると拳銃を抜いてバーデスに撃ってきた。バーデスはトレーラーから飛び降りると身を伏せてジェノビッチの放つ銃弾に怯むこともなく、まるで戦闘訓練でもやっているように無駄のない素早い動きでクレーンに近づいて行った。クレーンに近づきながらバーデスはM十六自動小銃をジェノビッチに向けて連射した。クレーンの操作室の窓に無数の弾丸の穴が開き、ジェノビッチはM十六自動小銃の銃弾にはじき飛ばされてクレーンから転げ落ちた。

バーデスは銃弾を浴びたジェノビッチがクレーンから転げ落ちると窮屈な軍服を脱ぎ捨てて桟橋の方に走った。バーデスは啓四郎に五台目のシーモーラーに向かってM十六自動小銃を撃ち続けるように合図を送った。バーデスの合図を待っていた啓四郎はトレーラーの側に立ち、シーモーラーの二人に向けてM十六自動小銃を撃った。

　トレーラーから三十メートルほど離れた所にある五台目のシーモーラーの側でミサイルが運ばれて来るのを待っていた木村とホアンチーはバーデスとジェノビッチの銃撃戦に気づいた。二人はなにが起こったのか分からないで顔を見合わせた。するとジェノビッチに銃弾を浴びせた男が走ってきた。木村とホアンチーは拳銃を抜いて一斉にバーデスに向けて拳銃を射った。するとトレーラーの方から啓四郎のM十六自動小銃から発射された銃弾が飛んできた。

　啓四郎が撃った銃弾の何発かはシーモーラーに当たってガチッガチッと音を発した。予想外の場所から発射された銃弾に驚いた木村とホアンチーは啓四郎の銃撃から逃れるためにシーモーラーの後ろに身を隠した。

　啓四郎の援護射撃に乗じてバーデスは五台目のシーモーラーに向かって走った。クレーン車とシーモーラーの間は身を隠す物はなにもない。バーデスにとってもっとも危険な距離だったが、啓四郎の援護射撃に敵は怯みシーモーラーの裏側に隠れたのでバーデスはシーモーラーに難なく辿り着けた。バーデスはシーモーラーに接近する寸前に啓四郎に射撃を止めるように合図した。啓四郎の放つ銃弾がバーデスに当たる可能性があるからだ。バーデスはシーモーラーに辿り着くと直ぐに腹ばいになりながらシーモーラーの裏側に回り、木村とホアンチーに向けてM十六自動小銃を撃った。バーデスの銃撃に木村とホアンチーはバーデスの存在に気づく間もなく銃弾を浴びて次々と海に転落した。

　バーデスがトレーラーの二人、クレーンの運転手、五番目のシーモーラーの二人を次々と倒していったので啓四郎はバーデスが一気に一台目のシーモーラーに行けると信じた。しかし、バーデスの奇襲攻撃がスムーズにいったのはここまでだった。

　桟橋の先端から百メートル離れた位置にある一台目のシーモーラーと潜水艦を連結する作業の陣頭指揮をしていた梅沢はシーモーラーと潜水艦のワイヤーロープとの連結状態のチェックはすでに終えて、潜水艦の艦長と電話で現状の報告と出発する時間について話し合っていた。

　すると、海岸の方から銃を撃ち合う音が聞こえた。梅沢は桟橋の岸での銃撃戦の様子を確かめるために梅津とフィリピン人のピコを連れて一台目のシーモーラーから移動した。三台目のシーモーラーの点検をしていた大城と香港から来たルーチンとトンチーの三人は銃撃戦の様子を見て梅沢に報告するために一台目のシーモーラーに向かって移動した。梅沢のグループと大城のグループは二台目のシーモーラーで鉢合わせをした。

「大城。なにが起こったのだ。アメリカの軍隊が襲ってきたのか。」

「さあ、よく分からない。突然銃声が聞こえ、ジェノビッチがクレーンから転げ落ちた。」

バーデスはクレーンから桟橋に移った。

「あ、男が桟橋にきたぞ。」

「敵はひとりか。」

「いや、トレーラーにも居るようだ。」

「アメリカ兵か。」

「さあ、軍服は着ていなかったが。」

梅沢は昆布の浜を見回した。

「アメリカの軍隊も警察隊も見えないぞ。」

バーデスは五台目のシーモーラーに辿りついた。

「桟橋を渡ったのは一人だ。」

「襲ってきたのは二人だけなのか。」

「そうかも知れない。」

「あ、木村とホアンチーがやられた。」

「くそ、舐めやがって。おい、みんなで撃ち殺すぞ。早く片をつけて作業も早く終わらせるのだ。」

梅津たち六人の男たちは二台目のシーモーラーの左側と右側に別れて、バーデスを迎えた。

バーデスは五台目のシーモーラーから四台目のシーモーラーに移り、四台目から三台目のシーモーラーの後ろに移動した。しかし、三台目のシーモーラーから飛び出して二台目のシーモーラーに移動しようとした時に梅沢たちの激しい反撃にあった。二台目のシーモーラーにやって来ていた梅沢達は三人が右側に三人が左側に別れてバーデスを迎撃した。バーデスがシーモーラーの右側から飛び出した時に梅津達三人の銃口から一斉に火が吹き出した。バーデスはシーモーラーの後ろに戻り、左側に回って飛び出した。すると梅沢達の銃口が一斉に火を噴いた。バーデスもM十六自動小銃で反撃したが、梅沢達はシーモーラーに隠れながらバーデスと撃ち合った。バーデスは三台目のシーモーラーから飛び出すのはかなり危険であるのを感じた。

シーモーラーの長さが約十一メートル。三台目のシーモーラーから二台目のシーモーラーまでの距離は五十メートル。シーモーラーとシーモーラーの間には隠れることができるものは何もない。M十六自動小銃が拳銃より数倍の威力があっても、敵はシーモーラーに隠れながらバーデスを狙い撃ちする。六人と撃ち合いながら五十メートルの距離を走りきるのは困難だった。

三台目のシーモーラーから飛び出したバーデスは走っている途中で二台目のシーモーラーに隠れている梅沢達の銃弾を浴びるのは確実だ。奇跡的に二台目のシーモーラーに行けても、二台目のシーモーラーの前後で撃ち合いになる。一台目のシーモーラーに行くにはシーモーラーを飛び出して十一メートルのシーモーラーの側を走りさらに五十メートル走らなければならない。その間六人の銃弾を浴び続ける。バーデスの誤算は六人の敵が二台目のシーモーラーに陣取ったことであった。

敵が数人なら五分に戦えるが、六人の敵を相手にしては二台目のシーモーラーに行きそれから一台目のシーモーラーに辿りつく確率はゼロに近い。

さすがのバーデスも三台目のシーモーラーから飛び出す決断に迷いが生じた。

梅沢達とバーデスは二台目のシーモーラーと三台目のシーモーラーの間で膠着状態が続いた。

M十六自動小銃だけでは二台目のシーモーラーに陣取るミサイル窃盗団をやっつけるのは困難だ。

膠着状態が長引くのをバーデスは最も恐れていた。すでに四基のミサイルはシーモーラーに格納されている。膠着状態が長引いた時、ミサイル窃盗団は残り一基のミサイルを諦めて四基のミサイルを運び出す決断をするかも知れない。潜水艦とミサイルを積んでいる四個のシーモーラーと最後尾の空のシーモーラーはワイヤーロープですでに連結されている。五基目のミサイルをあきらめて潜水艦が動き出せば五台のシーモーラーの進行を止めることはできない。ミサイル窃盗団が五基目のミサイルを諦めて潜水艦を出発させれば四基のミサイルは日本国外に運び出されてしまうだろう。

バーデスは膠着状態を打開する方法を模索した。どうしても二台目のシーモーラーを突破する戦術が思い浮かなければ啓四郎の援護を頼むしかない。啓四郎がシーモーラーの左側を銃撃してくれればバーデスは右側の連中と銃撃戦をしながら移動することができる。それならなんとか一台目のシーモーラーに辿りつくことができる。しかし、啓四郎はどうなるか。銃撃戦の経験がない啓四郎はミサイル窃盗団と激しい銃撃戦をしなければならなくなる。啓四郎が生き残れる確率はかなり低い。啓四郎に援護を頼むわけにはいかない。バーデスは一人で強行突破をやるしかないが一対六では二台目のシーモーラーを突破するのは非常に難しい。他にいい方法はないのか。バーデスはミサイル窃盗団と銃撃戦を展開しながら考えた。

窮地に陥ったバーデスの頭に閃いたのは昆布の浜に駐車しているミサイル窃盗団の車に手榴弾かバズーカ砲のような強

力な武器が乗っているかも知れないということだった。ミサイル窃盗団の車なら強力な武器を乗せている可能性がある。膠着状態を打破するにはM十六自動小銃より強力な武器が必要だ。バズーカ砲なら申し分ない。手榴弾でもいい。密輸しようとしているのはミサイルだけではないかも知れないからミサイル窃盗団の車に武器が乗っている可能性はある。

バーデスはその場を退却して窃盗団の車から強力な武器を探すことにした。バーデスはM十六自動小銃を撃ち続けながら三台目のシーモーラーから四代目のシーモーラーに移り、四台目のシーモーラーから五台目のシーモーラーに移り、五台目のシーモーラーから啓四郎の居るトレーラーまで一気に走った。

梅沢達はバーデスが退却しているのに気づくとシーモーラーから飛び出して一斉に拳銃を撃ちながらバーデスを追いかけた。五台目のシーモーラーからトレーラーに向かって走っていた時、バーデスの足に銃弾が命中しその衝撃でバーデスは栈橋の上で倒れてしまった。五台目のシーモーラーとトレーラーの間の栈橋上には隠れることができる障害物はなにもない。啓四郎はトレーラーの陰から、必死にバーデスの援護射撃をやった。梅沢たちは四台目や五台目のシーモーラーの後ろからバーデスに拳銃を打ち続けた。バーデスは倒れた状態で肘を使って後退しながら梅沢達と応戦した。ガツンガツンとバーデスの近くで銃弾が栈橋の床を弾いた。バーデス万事窮す。

バーデスが立ち上がろうとした時、突然、最後の一基のミサイルを搭載している大型トレーラーが黒煙を吐き出しながら走り出した。大型トレーラーは栈橋に入り栈橋を直進してバーデスに接近してくる。運転席を見ると具志川警察署に行った筈の啓太がハンドルを握っていた。啓太は手を上下に振りながらバーデスに身を屈めるように合図している。バーデスは身を伏せた。トレーラーはバーデスの体を覆い隠して止まった。啓太は運転席から下りてトレーラーの下にいるバーデスを呼んだ。

「バーデス。こっち来て。」

バーデスはトレーラーの下から這い出てきた。

「バーデス、大丈夫か。」

「かすり傷です。」

啓太はバーデスを肩に担いでクレーンの方に逃げた。

「バーデス。大丈夫か。」

トレーラーからクレーンに移動して、クレーンから梅沢達と応戦していた啓四郎はバーデスに言った。

「大丈夫です。かすり傷です。」

バーデスは昆布の浜を見た。昆布の浜には啓太が連れて来たはずの警官の姿がなかった。

「啓太さん。警官は来なかったのですか。」

啓太は顔を伏せた。啓太はパトカーを連れてきていなかった。

「そうですか。」

「バーデス、ごめん。」

啓太が警官を連れて来なかったことにバーデスはがっかりしたが、ミサイル窃盗団と銃撃戦を展開している最中なのでパトカーが来ていない理由を啓太に聞く余裕はなかった。

三十四

「今直ぐパトカーを昆布の浜にやってくれ。」

啓太は具志川警察署に駆け込むとカウンターに居る五十代の警官に言った。警官はゆっくりと顔を上げて啓太を見ると、

「交通事故でも起こしたのか。」

と聞いた。

「交通事故どころの問題じゃないよ。ミサイルが潜水艦に引っ張られて盗まれそうなんだ。」

警官は啓太の突拍子もない話に「はあ。」と首を傾げた。

「だからさあ、嘉手納空軍基地からミサイルが盗まれて、昆布の浜から潜水艦に引っ張られて海外に運ばれていきそうだと言っているんだよ。パトカーを早く昆布の浜にやってくれよ。それからアメリカ軍を早く呼んでくれ。」

警官は怪訝そうに啓太の顔を見た。

「君。君の頭は大丈夫なのか。」

啓太の突拍子のない話では警官が納得するはずはなかったが、バーデスと父親がミサイル窃盗団と銃撃戦をやっていると思うと啓太は気持ちだけが焦り丁寧に説明する余裕がなかった。

「そんなにのんびりしているなよ。今大変な事が起きているんだよ。ミサイルが盗まれそうなんだよ。」

啓太は今にも警官に掴み掛ろうとする勢いだった。苛々していて落ち着きのない啓太の様子に啓太が暴れるかも知れないと察知した警官は別の警官を呼んだ。

「おうい、岸本。ここに来てくれ。」

がっちりとした体格の二十代の警官がやって来た。

「この若者がわけの分からないことを言っている。」

「お前、もう一度私に分かりやすく丁寧に説明してくれないか。」

警察の要求に啓太は・・・くそ、警察はいつもそうだ。同じ説明を何度もさせやがる。・・・と思い、「ちぇっ。」と舌打ちをした。啓太が舌打ちをしたので、侮辱されたと思った警官は、

「おい、ちぇっとお前、今舌打ちをしたな。それが警官に対する態度か。」

と啓太を責めた。

「やってねえよ。僕はパトカーを昆布の浜に出してくれと頼んでいるだけだよ。」

「今ちぇっと舌打ちしただろう。お前は嘘つきか。」

「嘘つきじゃねえよ。頼むからク昆布の浜にパトカーをやってくれ。一台でいい。親父の命が危ないんだよ。」

「だから、分かりやすく丁寧に説明をしてくれと言っただろう。それを舌打ちなんかするとは。」

その時、二人の警官が巡回から帰って来た。その中の一人の警官が啓太を見て、

「お前、山城じゃないか。駐車場に停まっている赤いスポーツカーはお前の車か。こんな所でなにをやっているんだ。スピード違反で連れてこられたのか。」

と珍しそうに啓太を見ながら言った。

「仲宗根さんはこの男を知っているんですか。」

「ああ、知っている。暴走族仲間にマングースのケイと呼ばれていた男だ。」

啓太は素早くてパトカーに捕まらないことからマングースのケイと呼ばれていた。

「おい、山城。暴走族は卒業していると思ったが、赤いスポーツカーを乗り回しているところを見ると、お前はまだ暴走族をやっているのか。」

「とっくの昔に止めたよ。今はコンビニで働いているよ。」

「ほう、コンビニでね。」

「コンビニで働いていて悪いか。」

単純で短気な啓太は次第に警官に腹が立ってきた。腹が立ってきて具志川警察所に来た目的を見失っていた。

「どこのコンビニで働いているんだ。」

「どこだっていいだろう。役立たず警官が。」

啓太の言葉にカチンときた二十代の警官が啓太の胸倉を掴んだ。

「おい、お前、なんと言った。」

「なにも言わねえよ。」

「役立たずの警官と言っただろう。」

啓太は「言ったが、それがどうした。」と言いたいところだったがぐっと気持ちを押さえて、

「そんなこと言ってねえよ。」

と言った。警官は、

「言っただろう。」

と言いながら啓太の胸倉をきつく締めた。

「まあまあ。」

五十代の警官が間に入って二十代の警官の腕を啓太の胸倉から離した。

「冷静になりなさい。」

「はい。すみません。」

五十代の警官の注意に二十代の警官は謝った。

「君も警官を侮辱するような言葉は慎みなさい。警察は暇ではないからな。さあ、もう帰りなさい。」

と五十代の警官が言ったので啓太は憮然として具志川警察署を出た。警察署を出て直ぐに昆布の浜にパトカーを連れて行くことができなかったことを啓太は後悔した。パトカーを連れて行かないと親父とバーデスの命が危ない。啓太は具志川

警察署に引き返した。

「頼むから僕と一緒に昆布の浜に行ってくれ。」

啓太は署内の警官全員が振り返る程の大声を出した。

「嘉手納空軍基地から盗んだミサイルが潜水艦で引っ張られて海外に運ばれようしているんだ。頼む。騙されたと思って僕と一緒に昆布の浜に行ってくれ。」

啓太は先程の警官に再び胸倉を掴まれた。それでも啓太は必死に昆布の浜にパトカーを回してくれるように頼んだ。

「お前、警察を舐めているのか。警察はお前の妄想に付き合っている暇はないのだ。台風対策で忙しいというのに。」

「おめえでなくていいよ。おめえ以外の警官でいいよ。僕と一緒に昆布の浜に行ってくれる警官とパトカーを頼むよ。」

啓太の言葉は警官をよけいに怒らしてしまった。

「おい、青年。お前は頭がおかしいのか。ミサイルがどうのこうのは映画か漫画の話だよ。」

「手を放せよ。おめえには頼まねえよ。能無し警官が。誰か僕と昆布の浜に行ってくれ。頼む。」

能無し呼ばわりされた警官はさらに強く啓太の胸倉を締め付けた。

「おい、今なんと言った。能無し警官と言ったな。」

「言わねえよ。」

「言っただろう。」

怒った警官は啓太を壁に押し付けた。暴走族時代の啓太なら警官の腕を跳ね除けて警官に抵抗していただろう。しかし、啓太はぐっと我慢して壁に押し付けられたまま、昆布の浜に警官が行ってくれることを訴えた。あわてて二人の警官がやって来て啓太を締め上げている警官の腕を掴み、啓太から離した。二人の警官に押さえられた警官は我に帰り二人の警官に謝った。

「冷静になれ池間君。警察署のロビーで乱暴な行為をするとはなんたる無様なことだ。」

「済みませんでした。つい我を忘れてしまいました。」

「君も分けの分からないことを言い続けると留置場行きだよ。留置場に入りたくなかったら帰りなさい。」

と言われ、啓太は渋々と警察署を出た。

短期で口下手な啓太は警察官と話が折り合わないですぐ口喧嘩になってしまう。啓太がどんなに頼んでも警察はパトカーを昆布の浜に派遣しないだろう。啓太は車に戻り昆布の浜に向かった。啓太はパトカーを昆布の浜に連れて行くことはできなかった。

三十五

「啓さんと啓太さんはここで彼らと応戦していてください。すぐ戻ります。」

バーデスはクーブ浜に戻り、五台の車のトランクを次々と開けてバズーカ砲と手榴弾を探した。しかし、一台目の車には拳銃が数丁入っているだけでバーデスが期待したバズーカ砲や手榴弾は入っていなかった。二台目の車には弾倉が十個近く転がっているだけだった。バーデスは弾倉をポケットに入れた。弾丸は多い方がいい。

バーデスは三台目のトランクを開けて驚いた。トランクには四十代と二十代の二人の男が押し込められていた。二人ともトランクの中で体を折り曲げて眠っていた。バーデスは若い男の体を起こして頬を叩いた。しかし、若い男は反応を示さなかった。強く叩いても若い男は目を覚ます様子がない。次に四十代の男を起こして頬を叩いた。しかし、目覚めなかった。トランクに押し込められた二人は深い睡眠状態から覚める気配がなかった。

二人の男は嘉手納空軍基地の側の旧道で啓太と話した防衛庁の人間であるに違いない。防衛庁の人間なら警察、自衛隊、嘉手納空軍基地に連絡することができる。二人のうちの一人でもいいから目を覚ましてくれれば緊急にアメリカ兵か自衛隊員を呼ぶことができるだろう。バーデスは再び二人の男の頬を激しく叩いたり揺さぶったりした。しかし二人はぐったりとしていてなんの反応も示さなかった。二人に注入された睡眠薬は強烈らしく起きる気配は全くなかった。睡眠薬注射はバーデスも何度か使用したことがあるから知っている。バーデスの経験から無反応な二人は恐らく致死量に近い睡眠薬を注入されたに違いない。バーデスは二人を起こすことを諦めざるを得なかった。深く眠っている二人を開いたトランクに放置すれば台風の目が過ぎて猛烈な暴風雨がやってきた時冷たい暴風雨に曝されたままになる。最悪の状態だと体が冷え込んで死んでしまう危険がある。暴風雨を避けるためにトランクを閉めてしまうと目が覚めた時に二人はトランクから脱出ができない。バーデスはトランクの二人を車の中に移した。

四台目の車のトランクスにはソ連製拳銃のトカレフが三丁入っているだけでバズーカ砲のような強力な武器はなかった。五台目の車にも手榴弾やバズーカ砲は乗っていなかった。バーデスはバズーカ砲や手榴弾を使用するのをあきらめるしかなかった。バーデスはトカレフや弾装などを持てるだけ持ってクレーン車に戻った。

「戦況はどうなっていますか。」

「三人の男が五番目のシーモーラーに居る。残りの三人は四台目のシーモーラーの方に居る。」

バーデスはM十六自動小銃を威嚇のために撃った。M十六自動小銃を乱射すれば敵も用心して簡単には接近戦を挑んではこないだろう。

バーデスが期待していたバズーカ砲や手榴弾を見つけることができなかったので戦術を変更しなければならなかった。バーデスは桟橋の五台目と四台目に陣取っている敵の様子を見ながら戦術を組み立て直した。もうすぐ台風の目が過ぎて再び暴風雨になるだろう。暴風雨になる前に潜水艦がシーモーラーを海の中に牽引していくことは確実だ。台風の目が過ぎる前に潜水艦とシーモーラーを切り離さなくてはならない。バーデスに残された戦術はひとつしかなかった。

「私は一台目のシーモーラーに行きます。啓さん啓太さん、援護射撃をお願いします。」

「本気じゃないだろうな。」

足を怪我しているバーデスが再び一台目のシーモーラーのところまで行くと言ったので啓四郎は驚いた。

「勿論本気です。敵は五番目と四番目のシーモーラーにいます。さっきより今の方が一台目のシーモーラーに行ける可能性は高いです。」

「しかし、足をケガしているのだろう。何百メートルもある桟橋を走り抜けるのは無理だよ。」

「かすり傷です。走るのに大きな影響はありません。援護射撃をお願いします。それと私がやられたら直ぐに逃げて下さい。そのことを忘れずに。」

「俺も行こうか。」

と啓四郎は言った。

バーデスは啓四郎を見た、啓四郎の顔は本気の表情をしている。バーデスひとりより啓四郎と二人で攻めた方が成功する確立は高い。五台目のシーモーラーから四台目のシーモーラーに移動する時にバーデスが四台目に隠れているミサイル窃盗団と応戦し啓四郎が五台目に隠れているミサイル窃盗団と応戦すれば四台目のシーモーラーに移動しやすい。四台目から三台目に移動する時はバーデスと啓四郎が一緒に四台目に隠れた武器窃盗団に攻撃しながら移動すれば三台目への移動もやりやすいだろう。しかし、啓四郎は戦闘の経験がないし戦闘訓練の経験もない。啓四郎にスピードと持久力はあるだろうか。啓四郎の走りながらの射撃の能力は疑問である。それに銃弾で傷を負った時に啓四郎は痛みに耐えながら戦闘を続けることができるかどうか。啓四郎が軍事訓練を受けて戦闘に長けていれば生き残れるだろうが啓四郎が銃撃戦をするのは今日が始めてである。初心者の啓四郎がバーデスとコンビを組んでミサイル窃盗団と応戦しながら五台目のシーモーラーから三台目のシーモーラーまで一気に駆け抜けていくのは啓四郎には非常に危険だ。啓四郎が途中でミサイル窃盗団の銃弾の餌食になる可能性が高い。

啓四郎が倒れた時、バーデスは啓四郎を見捨てて一台目のシーモーラーまで走っていけるだろうか。答えはノーだ。啓四郎を見捨てて一台目のシーモーラーに走っていくことがバーデスにはできそうになかった。バーデスが倒れた時、啓四郎がバーデスを見捨てて一台目のシーモーラーに向かって走り続けることができるかというと、それもノーだろう。それに二人が一台目のシーモーラーに辿り付けたとしても、昆布の浜に戻ることはできない。バーデスはシーモーラーをワイヤーロープから切り離したら海に飛び込むつもりだ。バーデスひとりならなんとか生き延びることはできる。しかし、啓四郎には無理だろう。バーデスは啓四郎が「俺も行こうか。」と言ってくれたのは有り難かったが啓四郎を連れて行くわけにはいかなかった。バーデスは啓四郎の「俺も行こうか。」と言ったことに答えないで、

「啓さんはここから援護射撃をしてください。敵をできるだけシーモーラーから出さないでください。」

と言った。

バーデスが五台目のシーモーラーに接近する時は啓四郎と啓太は四台目のシーモーラーに隠れている武器窃盗団に向けて銃を打ち続けてバーデスを援護し、バーデスが五台目のシーモーラーから四台目のシーモーラーに移動する時は五台目のシーモーラーに隠れている武器窃盗団がシーモーラーから飛び出さないように援護射撃をするようにバーデスは啓四郎と啓太に指示した。啓四郎はバーデスの顔を見ながらバーデスの指示を聞いていた。しかし、泣き虫の啓太はバーデスの腕を掴んで「バーデス。行くなよ。殺されるよ。」とバーデスをしきりに引き止めた。バーデスが啓四郎と啓太に指示をした後に立ち上がろうとすると啓太はバーデスの腕を強く握った。

「バーデス。行くなよ。殺されるよ。」

と言った。バーデスは穏やかに微笑んだ。

「啓太さんありがとう。でも四台のシーモーラーにはすでにミサイルが搭載されています。ミサイル窃盗団が五台目のミサイルを諦めて四台のミサイルだけを運び出す可能性がありますす。どうしてもシーモーラーを潜水艦から切り離さなければなりません。」

「ミサイルなんかくれてやれよ。ミサイルよりバーデスの命が大事だよ。バーデス、行くなよ。一台目のシーモーラーまでは行けないよ。殺されるよ。」

バーデスは苦笑した。

「大丈夫です。行けます。」

と言いながらバーデスは啓太の手を離した。

「援護をお願いします。」

啓四郎は頷いた。

これから死地へ向かうバーデスは冷静で穏やかな顔をしていた。バーデスを死地に送り出す啓四郎と啓太の親子は悲壮感に満ちていた。啓四郎はバーデスが無事に一台目のシーモーラーに辿り着けるとは思えなかった。五台目のシーモーラーから四台目のシーモーラーに移動する時には五台目と四台目に隠れているミサイル窃盗団から挟み撃ちされる。挟み撃ちされて五十メートルの距離を走り抜けるのは不可能だ。バーデスは殺されるという思いが啓四郎の頭をよぎった。バーデスもその覚悟なのだろうと啓四郎は思わざるを得なかった。

それなのに穏やかな表情をしているバーデスの気持ちが啓四郎には理解できなかった。

バーデスは啓四郎と啓太に「援護射撃をお願いします。」と言って、M十六自動小銃を左手に持ち愛用のコルト45オートマチックを腰に入れて桟橋の方にビッコを引きながら走っていった。自分の命を省みずにひたすらにミサイルが盗まれるのを食い止めようとしているバーデスに啓四郎は胸が締め付けられた。ビッコを引きながら敵地に去っていくバーデスに、

「バーデス、死ぬなよ。」

と心の声を掛けるしかできなかった。

「親父、バーデス死んじゃうよ。死んじゃうよ。バーデスを引きとめろよ。」

啓太は涙を流しながら啓四郎に頼んだ。

「バカヤロウ。そんなことができるか。できれば苦労しないよ。」
・・共産ゲリラと戦うのは辛かったです。少女兵士や少年兵士を殺してしまいますから・・・と呟いた無表情なバーデスの顔とビッコを引きながら桟橋を走っていくバーデスの後姿が重なり合った。バーデスにとっては共産ゲリラと戦うより死ぬ可能性が高いミサイル窃盗団と戦う方が精神的には楽だというのか。バーデスは死ぬことに平気なのか。穏やかな顔をして「死」に向かって行くバーデスが啓四郎は理解できなかった。バーデスは精神的に病んでいる部分があるのかも知れない。戦争で癒えない傷を負ったのかも知れないと啓四郎は思った。そう言えば啓四郎はバーデスについてなにも知らないことに気がついた。ウィリアム・バーデス、三十六歳、身長一メートル九十三センチ、白人。そして左きき。啓四郎が知っているのはそれだけだ。バーデスがアメリカのどこで生まれたか、両親の名前はなんというか、兄弟は何人か、学歴と職歴、海兵隊の経歴などについて啓四郎はバーデスに聞いたことがなかった。バーデスは啓四郎に聞かれたことは答えたが聞かれないことを自分から話す人間ではなかった。バーデスが管理しているインターネットショップの操作方法を丁寧に教え、HTML言語を使ったHPの作成方法も根気よく教えてくれたバーデス。いつも穏やかで、凝り性の啓四郎がバーデスのアパートで半日近くパソコン操作を習ってもバーデスは嫌な顔をしないで啓四郎に丁寧に教えてくれた。バーデスはアメリカの一流大学を出た人間だろうと啓四郎は勝手に推理していた。そんなバーデスが・・・共産ゲリラと戦うのは辛かったです。少女兵士や少年兵士を殺してしまいますから・・・と言った。バーデスは衝撃的な辛い体験をやったのだろう。海兵隊を除隊したのにアメリカに帰らないでアジアを転々と旅をしているバーデス。バーデスがアジアに住むのは商売だけではなくアジアにこだわる深い理由があるの

かも知れない。啓四郎には理解できない深い理由が。バーデスの後ろ姿には辛く暗く重たい荷を背に背負っているように啓四郎には見えた。今、バーデスは、びっこを引きながら、死地に向かっている。啓四郎はバーデスの後ろ姿を見ながら言いようもない切ない気持ちに胸を締め付けられた。「バーデス。死ぬなよ。」と心で呟きながら啓四郎の目からも涙が流れていた。

三十六

バーデスは身を屈めてクレーンからトレーラーの後部に移り、トレーラーの運転台の方に進んだ。啓四郎と啓太は援護射撃をやっている。バーデスがトレーラーを飛び出してシーモーラーに近づこうとした時、シーモーラーから飛び出してトレーラーに近づこうとしたピコと鉢合わせになった。ピコはバーデスを見てあわててシーモーラーに引き返そうとしたがバーデスのM十六自動小銃が火を吹き、ピコは銃弾に弾き飛ばされて桟橋から海に落ちていった。バーデスはM十六を撃ちながら最後尾のシーモーラーに移った。最後尾のシーモーラーには大城とトンチーの二人の男が残っていたが、バーデスはかまわずに五番目シーモーラーを走り抜けM十六自動小銃を五番目のシーモーラーと四番目のシーモーラーに向かって交互に乱射しながら四番目のシーモーラーの方に走った。拳銃しか持っていない窃盗団に対してM十六白動小銃の威力は絶大だった。シーモーラーの裏側に隠れている窃盗団は間断なく飛んで来るM十六の銃弾を恐れて拳銃だけを覗かせて盲目撃ちをした。啓四郎が突破することが不可能だと思っていた五台目のシーモーラーから四台目のシーモーラーへの移動は啓四郎の予想を裏切って簡単に成功した。しかし、四番目のシーモーラーに移った時には間断なく撃ち続けたM十六自動小銃の銃弾が尽きてしまった。バーデスはM十六自動小銃を放り捨てて三番目のシーモーラーに向かって走った。足をケガしていたバーデスは走りが遅くなっている。四番目のシーモーラーの裏の方に隠れていた梅津が走っているバーデスがM十六自動小銃を持っていないことに気づいた。

「梅沢さん。あいつ自動小銃を持っていませんぜ。弾を全部使ったのじゃないかな。」

「そうか。それじゃこっちに勝ち目がある。」

梅沢は五番目のシーモーラーに隠れてる大城とトンチーに急いで来るように合図した後、シーモーラーから飛び出して梅津、ルーチンと一緒に一斉に三台目のシーモーラーに向かって走っているバーデスに拳銃を撃ち続けた。大城とトンチーが五台目のシーモーラーから飛び出したので啓四郎と啓太は大城達を目掛けて銃を撃ち続けた。しかし、生まれて始めて拳銃を撃つ啓四郎と啓太の撃つ銃弾は大城達に命中しなかった。梅沢達と大城達はバーデスを攻撃しながら走った。バーデスはコル４５オートマチックで応戦しながら走った。

しかし、負傷した左足をひきずって走るバーデスは思うように走ることができなかった。次第に走るスピードが落ちていったバーデスは三番目のシーモーラーと二番目のシーモーラーの中間まで来た時、三番目のシーモーラーまで移ってきた梅沢達の銃弾を浴びて海に転落した。左足が負傷していなければバーデスは一台目のシーモーラーまで辿り付き、潜水艦のワイヤーロープとシーモーラーを切り離すことに成功していただろう。

「おやじー。バーデスが海に落ちたー。」

啓太は泣き叫んだ。

三十七

銃弾を浴びて桟橋からバーデスが落ちていったので梅沢は、

「一番やっかいな奴が消えた。残りの二人は大した奴等じゃない。私達が攻撃すれば直ぐに逃げるだろう。」

とにやりと笑い、

「行くぞ。」

と勢いよく言うと、大城、梅津、ルーチン、トンチーを連れてシーモーラーの裏側を通って桟橋を引き返して来た。

梅沢は五基目のミサイルに未練があった。一基五億近くもするミサイルだが梅沢の売値は五分の一の一億円しかなかった。しかし、一億円は梅沢にとって大金である。四基で四億円。必要経費が五千万円から一億円近くになるだろうから梅沢の懐には少なくても三億円は入る。しかし、梅沢は三億円も手に入れれば十分だという気持ちにはなれなかった。目の前に一億円のミサイルがある。クレーンの操縦ができるミルコとジェノビッチは死んだが梅沢は下手ではあるがクレーンの操縦ができる。梅沢がクレーンを操作して梅津達三人がシーモーラーにミサイルを積み込む作業をすれば三十分足らずで五基目のミサイルをシーモーラーに収めることができる。たった三十分足らずで一億円を稼ぐことができるのだ。梅沢は五基目のミサイルを簡単にあきらめることはできなかった。

梅沢がシーモーラーを牽引する小型潜水艦を所有している世界的な武器商人との交渉で嘉手納弾薬庫から盗み出したミサイルを武器商人が買う確約をした。その時から梅沢は嘉手納弾薬庫からミサイルを盗み出すアメリカ人グループの組織化、電話一本で四十八時間以内に沖縄島に来ることができる十名余のメンバーを確保するための五十名余のリストの作成。五台のシーモーラー確保と倉庫保管。シーモーラーを運び出す手配は懇意にしている沖縄島の牽引業者を利用した。大型クレーンは懇意にしている業者を利用した。台風の進路についての勉強もやった。梅沢はミサイル窃盗実現の為に色々な苦労をしてきた。台風の目が沖縄島を通過した時にしか実現しない奇抜なアイデアは一生に一度実現できるかどうかの大仕事だ。実行に移して三年。台風に期待したのが十回。潜水艦を待機させたのが四回、メンバーを沖縄島に呼んだのが三回。しかし、沖縄島直撃を期待した台風は直前で台風の目が沖縄島からずれたり、台風の目が深夜に通過したりして梅沢のミサイルを盗む計画は一度も実現したことはなかった。実現は今日が最初である。そして恐らく今日が最後であろう。

ミサイルは潜水艦を手配した武器商人ミスター・スペンサーが買うことになっている。天願桟橋はミサイルという商品の受け渡し場所でもあった。シーモーラーが小型潜水艦に牽引されて海に潜った瞬間に梅沢のミサイルの商売は成立である。あと一基のミサイル。あの五基目のミサイルをシーモーラーに収めることが梅沢に残された最後の仕事である。最後のミサイル、最後の仕事、一億円。抵抗している二人の男たちを殺すか追い払ってしまえば簡単に一億円が上増しされる。梅沢はなんとしてでも五基目のミサイルをシーモーラーに積み込みたかった。梅沢は五基目のミサイルをシーモーラーに積み込むために、大城、梅津、ルーチン、トンチーを連れて五台目のシーモーラーに陣取り、クレーンに陣取っている啓四郎と啓太を攻撃した。啓四郎と啓太も必死に応戦した。

「ルーチンとトンチー、トレーラーの方に移れ。」

梅沢に命令されてトンチーとルーチンはトレーラーの方に移りトレーラーの荷台に上った。トンチーとルーチンはミサイルを防壁にして啓四郎と啓太に銃を撃った。

「くそ、俺達を舐めやがって。啓太、トレーラーの奴にどんどん撃て。」

啓四郎はバーデスが銃弾を浴びて海に落ちたのを見て、血が逆流し怒りが込み上げていた。啓四郎はクレーンから一歩も下がる気はなかったし、敵がトレーラーの荷台に昇って攻撃しても啓四郎の高まっている気持ちは萎えなかった。・・・あの二人を蹴散らしてやる・・・と啓四郎は意気込んだ。

啓太にトレーラーの荷台に陣取っているトーチンとルーチンを狙って撃つように啓四郎が指示したので啓太はトーチンとルーチンに向かってトカレフを連射した。トンチーとルーチンは身を屈めた。

「どんどん撃て。」と言って、啓四郎はトンチーとルーチンに見られないように身を屈めてトレーラーの後尾に向かって走った。荷台の後ろに到着するとミサイルの裏側に移動し、一度深呼吸をしてから立ち上がってトーチンとルーチンに目掛けて銃を発射した。啓四郎の拳銃から連射された銃弾の一発がルーチンの肩を射抜いた。思わぬ場所からの反撃にルーチンはあわてふためき、トレーラーの荷台から転げ落ちると梅沢達の居るシーモーラーの方へ逃げた。ルーチンが逃げたのでトンチーもルーチンを追って逃げた。逃げるトンチーとルーチンを目掛けて啓四郎の拳銃は火を吹いた。

予想以上の啓四郎と啓太の反撃に会い、トンチーとルーチンが逃げ帰ったことに梅沢は困惑した。

「くそ、以外にしぶとい連中だ。」

「梅沢さん。俺の拳銃は弾が残り少ない。」

大城が言うと、

「俺の拳銃も弾が残り少ないです。」

と梅津も言った。ほうほうの体でトレーラーから逃げてきたルーチンは拳銃をトレーラーの荷台に落としてしまっていた。

「まいったな。」

人数は多くても拳銃の弾がなければ攻めることはできない。

「潜水艦の連中から武器を借りてくるしかない。自動小銃があれば一気に片をつけることができる。」

「潜水艦の連中にも応援を頼めませんかね。」

と梅津は梅沢に聞いた。

「それは無理だ。最悪の時は私達が潜水艦に乗ることになっているから潜水艦には潜水艦とシーモーラーを操作する人間しか乗っていない。」

「え、俺達は潜水艦に乗れるのですか。」

「ああ、アメリカ軍や警察が私達を襲ってくることまで想定した計画だ。アメリカ軍や警察に昆布の浜から攻撃されたら逃げ道はなくなる。唯一逃げることができるのは潜水艦しかない。潜水艦なら確実に逃げることができる。」

「梅沢さんはそこまで考えていたんだ。」

梅津は梅沢の用意周到に感心した。

「梅沢さんはそこまで想定していたのか。俺たちにはできない芸当だ。」

大城も梅沢の頭のよさに舌をまいた。

「私は潜水艦に行って銃を借りてくる。お前達は応戦していろ。」

梅沢は自分の拳銃をルーチンに渡すと桟橋の先端の方へ去った。


梅津と大城は最悪の時は潜水艦に乗れるということを梅沢から聞いて安堵した。梅津と大城はミサイルの運び出しが終わると昆布の浜に戻って、車で逃げることしか念頭になかった。啓四郎と啓太を殺すか二人を追い払うことができない限り、この場所から自分達は逃げることはできないと思い込んでいた。だから、桟橋の出入り口で陣取る啓四郎と啓太を排除しようと懸命に攻撃していたのだ。

梅沢から潜水艦に乗ることができると言われて梅津と大城の戦闘意欲が萎えていった。梅津と大城は梅沢のように五基目のミサイルをシーモーラーに乗せることに執念はなかった。五基目のミサイルを運び出すことができなくても梅津と大城の報酬が少なくなることはない。それどころか多くの仲間が死んだので死んだ連中がもらう予定だった報酬の何割かは自分達の報酬に上乗せされる筈だ。梅沢という男はそれをきちんと計算してくれる人間だ。そう考えると無理して啓四郎と啓太を排除する銃撃戦をやる必要は梅津と大城にはなかった。事情を知らないトンチーとルーチンは懸命に啓四郎、啓太と応戦していたが、梅津と大城は戦闘意欲が萎えて適当に拳銃を撃ち返していた。

梅津達と啓四郎親子の銃撃戦は膠着状態が続いた。

バーデスはミサイル窃盗団に銃撃されて桟橋から海に転落していった。バーデスは殺された。バーデスの死に対する啓四郎の悲しみと怒りの感情の高ぶりは最高に達していた。啓四郎はバーデスのようにトレーラーから飛び出して五台目のシーモーラーに隠れているミサイル窃盗団に銃弾を浴びせたかった。しかし、銃撃戦の経験がない啓四郎はバーデスのように敵と刺し違えるような接近戦をやる勇気はなかった。啓四郎は飛び出す勇気のない自分に苛々してきた。クレーンとトレーラーに隠れながらシーモーラーに隠れているミサイル窃盗団にいくら拳銃を撃っても彼らに命中させることはできない。思い切ってトレーラーから飛び出して攻撃をしたい気持ちはある。しかし、それができない。

バーデスの仇を討ちたいのにミサイル窃盗団と刺し違えることができない自分に啓四郎の苛立ちは高まっていった。五台目のシーモーラーに隠れているミサイル窃盗団の奴らに一矢を報いる方法はないかと啓四郎は思案した。トレーラーを運転して五台目のシーモーラーにぶつけることを思いついたが、トレーラーを運転しているとシーモーラーにぶつける前に敵の銃弾を浴びてしまう可能性が高い。啓四郎はトレーラーでシーモーラーに突っ込むのは危険なので諦めるしかなかった。啓四郎は周りを見回しながら効果ある攻撃ができる方法を苛々しながら思案した。

クレーンのアームが頭上に高々と聳えているのを見て啓四郎は閃いた。高々と聳えているクレーンのアームを敵の頭上に打ち下ろすのだ。アームは五番目のシーモーラーに楽に届く長さだ。クレーンのアームの先端から伸びているワイヤーロープと鉤をシーモーラーの裏に隠れている奴らに打ち下ろせば奴らは吹き飛ばされて海に転落するだろう。啓四郎はクレーンを操作してクレーンのアームを五台目のシーモーラーに打ち下ろすことにした。

啓四郎は啓太に援護射撃を頼むと狙い撃ちされるかも知れないクレーンの運転台に上った。クレーンはエンジンが掛かったままだ。クレーンの操縦は初めてだがユンボを操作した経験はある。啓四郎はクレーンのレバーを軽く引いたりボタンを押したりしてクレーンの操作方法を調べた。

クレーンの操作方法が分かった啓四郎はクレーンのアームを最大に伸ばして、操作室の正面を五番目のシーモーラーに向けた。梅津達の撃った弾が時々啓四郎の命を狙って跳んで来る。クレーンの窓に銃弾の穴が開いた。クレーンの鉄枠や鉄壁が時々キンキンと銃弾を弾く音を立てる。

啓四郎は最大限に伸ばしたクレーンのアームをシーモーラーの頭部の方に隠れている梅津と大城に狙いを定めた。

「くたばれー。」

と叫んで啓四郎はクレーンのアームをシーモーラーの先端に向けて倒した。黒いアームはものすごい速度になってシーモーラーにぶつかった。しかし、啓四郎は梅津と大城の頭上にアームを落とした積もりだったが操縦が不慣れなためにアームは啓四郎の狙いからは外れてシーモーラーの真ん中に落ちてしまい梅津や大城の頭上に落とすのには失敗した。シーモーラーの中央部は凹みアームは折れ曲がった。

突然空から降ってきた鉄の棒にルーチンは驚き、あわてふためいて後ろに飛びのいて桟橋から海に落ちていった。難を逃れた梅津と大城とトンチーは急いで四番目のシーモーラーに移動した。

「啓太、付いて来い。」

啓四郎と啓太は一緒にトレーラーに戻った。四番目のシーモーラーに陣取る梅津達とトレーラーに陣取る啓四郎、啓太の睨み合いが続いたが、

「啓太。俺はシーモーラーに行く。援護してくれ。」

啓四郎は五番目のシーモーラーに移る決心をした。

「親父。あれはバーデスではないか。」

啓太は桟橋の下の海面を指した。五番目のシーモーラーとトレーラーの中間あたりの海に男が浮かんでいるのが見えた。海面に浮かんでいる男は桟橋の柱と柱の間に仰向けになって浮き、海岸の方に少しずつ進んでいる。啓四郎は桟橋に体を伏せて男を見た。海面に浮かんでいる男は紛れもなくバーデスだ。傷を負ったハーデスは体力を浪費しない背泳ぎでゆっくりと海岸に向かって進んでいた。啓太は海面の男がバーデスと分かると躊躇しないで海に飛び込み、バーデスに向かって泳ぎ出した。

バーデスは死んでいなかった。バーデスは生きていた。啓四郎の心は怒りと悲しみから安堵と喜びに変わった。啓四郎は啓太とバーデスが無事に陸に上がれるように、ミサイル窃盗団の連中を四番目のシーモーラーに釘付けにする目的で拳銃を撃ち続けた。幸いなことにミサイル窃盗団は啓太が海に飛び込んだことを知らないようで、啓四郎の連射の銃弾に身を隠して反撃をしなかった。

「おやじー。」

クレーンの近くにバーデスを連れて来た啓太は啓四郎を呼んだ。しかし、ミサイル窃盗団をシーモーラーに釘付けにしている啓四郎はその場を離れるわけにはいかない。

「私を啓さんの所に連れて行ってください。」

性も根も尽き果てているバーデスは弱々しい声で言った。啓太はバーデスの肩を担いでトレーラーの側に陣取っている啓四郎の所に連れて行った。

「親父、バーデスだ。ほら。」

バーデスは啓太の肩から離れると桟橋の上に横たわった。

バーデスは梅沢達が放った銃弾を脇腹と左肩に浴び、傷ついていた左足にも再び銃弾を浴びていた。その衝撃でバーデスは海に落ちた。幸い致命傷になるような銃弾は浴びていなかったので海に落ちたバーデスは桟橋の下に潜り、桟橋の柱に掴まって消耗した体力を温存しながら、桟橋の柱から柱へと移動してきたのだった。

啓太の肩を借りて啓四郎の所まで来たバーデスはかなり体力を消耗し、左肩、右脇腹、左太ももから出血していて、バーデスの上着とTシャツとジーパンは血に染まっていた。

「大丈夫かバーデス。」

啓四郎はバーデスの体を心配した。

「大丈夫です。太ももを撃たれたので踏ん張りが利かず海に落ちてしまいました。今、どんな状況になっていますか。」

「敵は四人に減った。あいつらの戦力はかなり落ちている。あいつらは四台目のシーモーラーに隠れている。」

「そうですか。啓さん。私のコルト45を持っていますか。」

啓四郎は腰に挿してあるコルト45をバーデスに渡した。バーデスはコルト45から弾倉を出すとポケットから新しい弾倉を出してコルト45に込めた。

「啓さん。援護射撃をお願いします。」

バーデスは立ち上がると五番目のシーモーラーに走る構えを見せた。

「え。」

精も根も尽き果てているバーデスが飛び出して行こうとしているのに啓四郎は驚いた。

「バーデス、待て。お前の肉体は限界にきている。これ以上戦うのは無理だ。」

「大丈夫です。まだ拳銃の弾きがねを引く力は残っています。彼らにミサイルを渡すわけにはいきません。」

バーデスを引き止めることはできない。しかし、傷だらけのバーデスだけを行かすことに啓四郎は抵抗があった。敵は四人に減り、攻撃も散発的になっている。今なら啓四郎、啓太、バーデスの三人でミサイル窃盗団と互角以上に戦えるかも知れない。啓四郎は自分が先陣を切る決意をした。

「分かった。バーデスがその気持ちでいる限り引き止めることはできない。俺が先陣を切ろう。おい啓太手伝え。」

啓四郎が先陣を切り、啓太はバーデスの肩を担いで啓四郎の後に続くことになった。

「啓太とバーデスはあいつらが隠れている四台目のシーモーラーに向けて拳銃を撃ってくれ。その間に俺は五番目のシーモーラーに移る。シーモーラーに移ったら俺が援護射撃をするからバーデスと一緒に来い。」

戦いが有利になっていると感じている啓太は啓四郎が五番目のシーモーラーに行くのに反対をしなかった。啓太は頷いた。

「絶対にあいつらに親父を狙わせないよ。」

「行くよ。」

と言って啓四郎はトレーラーから飛び出して五番目のシーモーラーに向かって走り出した。啓太は四番目のシーモーラーに向かって銃を連射した。バーデスはシーモーラーからミサイル窃盗団が顔を見せたらずぐに撃つように拳銃を構えた。啓太が啓四郎の援護射撃をしている間に啓四郎は拳銃を四番目のシーモーラーに向かって撃ちながら五番目のシーモーラーに走った。啓四郎はミサイル窃盗団の反撃なしに五番目のシーモーラーに移ることができた。シーモーラーに移ると裏側に回って四番目のシーモーラーの裏側に向けて拳銃を撃った。ところがミサイル窃盗団の反撃はなかった。変に思い、啓四郎は顔を出してシーモーラーの裏側を見た。五十メートル離れた四番目のシーモーラーの裏側には居る筈の四人のミサイル窃盗団の姿は見当たらなかった。そう言えば啓太がバーデスを助けに海に飛び込んだ頃から敵の銃声がしなくなっていた。

トレーラーに隠れている啓四郎の場所から見えるのは五台目のシーモーラーと四台目のシーモーラーまでで四台目のシーモーラーから先は見えなかった。そのために啓四郎達は大城達が四台目のシーモーラーから退散していくのを見ることができなかったのだ。ミサイル窃盗団は啓太がバーデスを助けに海に飛び込んだ頃に退散したようだ。

ミサイル窃盗団が居なくなっていたので啓四郎はほっとした。啓四郎は啓太に向かって手を振った。啓太とバーデスが走ってきた。

「あいつらが居なくなっている。」

「え、本当か、親父。」

「見てみろ。あいつらの姿がない。」

啓太はシーモーラーの裏側から覗いた。ミサイル窃盗団の姿は四台目、三台目、二台目、一台目にもなかった。

「本当だ。あいつら、逃げやがったな。」

と啓太は勝ち誇った。

「ああ、逃げやがった。ざまー見ろだ。」

啓四郎もミサイル窃盗団を退散させたことを勝ち誇った。しかし、バーデスの顔は暗くなった。

「啓さん、一台目のシーモーラーに急いで行きましょう。」

「どうしたんだ、バーデス。」

「急いでシーモーラーと潜水艦を繋いでいるロープを外さなければなりません。彼らは潜水艦で逃げるつもりです。」

バーデスはそういうと啓太から離れてびっこを引きながら走り出した。

「そうか、このままだとシーモーラーに入っている四基のミサイルが運ばれてしまう。」

啓四郎と啓太はバーデスと一緒に走った。ミサイル窃盗団は三番目のシーモーラーだけでなく、二番目と一番目のシーモーラーの裏側にもその姿はなかった。ミサイル窃盗団は桟橋から姿を消していた。

三十八

梅沢は武器を借りに潜水艦に入った。

「艦長、バズーカ砲か手榴弾はないか。」

「梅沢さん三十分前から電話しても出てくれないから部下を桟橋に行かそうとしていたところです。」

「悪かったな。もめごとがあってね。艦長の話は後で聞くから、バズーカ砲があったら貸してくれ。」

「梅沢さん。残念ながらバズーカ砲はありません。」

「手榴弾もないのか。」

「ありません。それよりも梅沢さん。」

「自動小銃もないのか。」

あせっている梅沢は艦長の言うことを聞こうとしなかった。

「自動小銃はあります。」

「よかった。自動小銃を貸してくれ。」

「しかし、梅沢さん。出発しなければなりません。」

「もう少し待ってくれ。最後のミサイルをまだ積んでいない。」

「無理です。直ぐに出発しないとまずいです。」

「三十分待ってくれないか。三十分以内で最後のミサイルをシーモーラーに移すから。」

「無理です。台風の目が過ぎていく時間が迫っています。台風の目が過ぎる前に五台のシーモーラーを水深十メートル以下まで移動しければならないのです。すでに危険時間帯に入っているのです。これ以上は待てません。」

「頼む。あと三十分だけだ。」

梅沢は出発を遅らせてくれるように頼んだが、艦長は頑として受け付けなかった。梅沢は五基目のミサイルを断念しなければならなかった。仕方なく梅沢は大城へ電話した。

「大城か。梅沢だ。」

「大城だ。バズーカ砲は借りられたか。」

「いや、大城。全員引き上げろ。」

「え、五基目のミサイルは乗せないのか。」

「ああ、残念だがあきらめなければならない。急いで潜水艦に来い。すぐに出るぞ。」

「分かった。」

大城は電話を切ると梅津に、

「梅沢さんが引き上げろと電話してきた。」

「え。どうして。」

「さあな。とにかく急いで潜水艦に来いと言った。」

「潜水艦に乗って逃げるのか。」

「そのようだな。」

「へえ、潜水艦に乗れるのか。そいつはいいや。急いで行こうぜ。」

大城、梅津、ルーチンは天願桟橋の突端に向かって走った。

三十九

バーデス、啓四郎、啓太が一番目のシーモーラーに向かって歩いていると足裏に小さい振動が伝わってきた。

「啓さん。待ってください。」

そう言うとバーデスは桟橋の床に耳を当てた。潜水艦のエンジン音とスクリューの回転音が聞こえた。

「潜水艦が動き出したようです。」

バーデスが恐れていたことが現実になった。

ミサイル窃盗団は五台目のミサイルを諦めて、四台のミサイルを運び出すことにしたのだ。バーデスは一番目のシーモーラーに向かって走った。啓四郎と啓太もバーデスと一緒に走った。バーデスは動き出している一台目のシーモーラーに近づくとシーモーラーの繋ぎ箇所を調べた。繋ぎ箇所は潜水艦に引っ張られているワイヤーロープの鉤とシーモーラーの鉤ががっちりと噛み合っていて、人間の力で外すのは不可能だった。バーデスは鉤に拳銃を撃った。しかし、鉤はびくともしなかった。一台目のシーモーラーまで来ることができたのに、ワイヤーロープとシーモーラーを連結している鉤を外すことができないことにバーデスはくやしくて天を仰いだ。これでは四台のミサイルは確実に海外に運び出される。バーデスは無力感に襲われた。

シーモーラーの内部には二百メートルのワイヤーロープが内臓され、シーモーラーの尻から出たワイヤーロープは潜水艦で伸縮が自在に調整できるシステムになっている。一台目のシーモーラーの後部から五十メートル延びたワイヤーロープは二台目のシーモーラーと繋がり。二台目のシーモーラーの後部から延びたワイヤーロープは三台目のシーモーラーと繋がっていた。三台目のシーモーラーは四台目のシーモーラーと、四台目のシーモーラーは五台目のシーモーラーと同じように繋がっていた。

カラカラという金属音がシーモーラーの底から聞こえてきた。金属音は早くなった。潜水艦からの操作で五台のシーモーラーのスクリューが回り始めた。

先頭のシーモーラーはゆっくりと桟橋の先端に向かって移動している。バーデスと啓四郎と啓太は桟橋の先端に行き潜水艦を見た。

広い海原は船の姿はなく海面は薄い青色に広がっていた。桟橋から数百メートル沖に黒い潜水艦だけが海の異物のように浮かんでいる。潜水艦にはウィンチが設置してあり、ウィンチがゆっくりと回転してワイヤーロープを巻いている。桟橋の突端にはワイヤーロープと桟橋の先端が摩擦しないように回転ローラーが設置され、ワイヤーロープは回転ローラーの上をスムーズに流れている。大型トレーラー、クレーン、シーモーラー、潜水艦。それに回転ローラーまで設置してありミサイルの窃盗は緻密な計画のもとに用意周到に準備されていたのだ。

先頭のシーモーラーが移動していくと二番目のシーモーラーと繋がっているワイヤーロープが伸びていき、ピーンと真っ直ぐにワイヤーロープが伸びきった後に二番目のシーモーラーも動きだした。次に三番目のシーモーラーのワイヤーロープが真っ直ぐに伸びてゆっくりと動き出した。

「親父、シーモーラーを止める方法はないのか。」

ゆっくりと移動しているシーモーラーを見ながら啓太は悔しがった。

「こうなっては俺達の力じゃどうすることもできない。」

啓四郎も無念な思いでシーモーラーを見ていた。

「バーデスがあんなに頑張ったのに。くやしいよ。」

啓太は悔しくて唇を噛んだ。

バーデスはゆっくり移動しているシーモーラーの車輪を調べたり、ワイヤーロープなどシーモーラーのあらゆる箇所を調べて、シーモーラーを止める方法を探した。しかし、ワイヤーロープとシーモーラーの接続を外すには専用の道具が必要だし、シーモーラーの動きを人間の力や銃弾で止めることはできなかった。ワイヤーロープとシーモーラーの接続を外す道具は栈橋の上にはなにひとつ残っていなかった。

バーデスの顔に絶望の色が滲んできた。バーデスは再び栈橋の先端に歩き始めた。栈橋の先端に立ったバーデスは悔しい思いで潜水艦を睨んだ。最後の手段があるとすれば潜水艦に乗り込み、潜水艦の動きを止めるしかない。ワイヤーロープをつたって潜水艦に飛び乗るかどうかバーデスは迷った。

疲労困憊しているバーデスの肉体はワイヤーロープを伝って数百メートル以上も離れた潜水艦に辿り付けるだろうか。辿り付けたとしても潜水艦のハッチを開けることができるだろうか。ワイヤーロープを伝っていき潜水艦のハッチを開けることができる可能性は限りなくゼロに近い。バーデスは無力感に襲われ立ち尽くした。バーデスの側に立った啓四郎はバーデスを慰める言葉もなく黙って立っていた。

全てのシーモーラーのワイヤーロープが伸びきった時にウィンチの回転は止まった。潜水艦のエンジン音が高まりスクリューの回転が早くなった。潜水艦はゆっくりと進んだ。

「いよいよ、ミサイルが運ばれていく。」

啓四郎は観念した。啓四郎はバーデスの肩を叩いた。バーデスはじっと潜水艦を睨んでいる。

ところが、シーモーラーを曳航している潜水艦に異変が起こった。シーモーラーを繋いでいる全てのロープがピーンと延びた時に潜水艦が進まなくなったのだ。潜水艦はスクリューの回転を上げた。しかし、潜水艦は前進をしなかった。

予期していなかった現象に啓四郎とバーデスは顔を見合わせた。もしかすると潜水艦に異常事態が発生したために推進力が落ちたのかも知れない。それともシーモーラーのどれかに偶然ブレーキが掛かったのか。それとも五台のシーモーラーを引っ張る力が潜水艦にはないのだろうか。原因は不明であるがシーモーラーを牽引している潜水艦は前進しなくなった。

「潜水艦が止まったよ親父。」

「ああ。」

三人は潜水艦を見た。潜水艦は白い泡を出してもがいている。

「なぜ、進まないのだろう。」

ピーンと延びているロープを見ながら、啓四郎は言った。

「シーモーラーが重過ぎて引っ張りきれないんだよ、きっと。」

と啓太ははしゃいで言った。

「そんなことはないと思います。シーモーラーの車輪は電気モーターがついています。」

とバーデスは言った。

「シーモーラーのどれかがブレーキを掛けているかもしれないな。」

「それはあり得ます。シーモーラーのどれかが制御装置が壊れているかもしれません。」

バーデスと啓四郎はシーモーラーが止まった原因を調べ始めた。

「僕は端の方から調べてくる。」

啓太は最後尾のシーモーラーから調べるために走って行った。啓四郎とバーデスは四番目のシーモーラーを調べた。暫くして啓太が歓喜の声を上げながら走ってきた。

「親父。シーモーラーが止まった原因が分かったよ。五番目のシーモーラーにクレーンのアームが食い込んでいるよ。見てよ親父。」

啓太は五台目のシーモーラーを指した。啓四郎とバーデスは五台目のシーモーラーを見た。海岸のクレーンから延びたアームの先がシーモーラーの天井で折れ曲がっているのが見えた。

「ああ、あれか。あれは俺が打ち下ろしたんだ。狙った奴に命中しなくて悔しかったが、そのアームがシーモーラーを食い止めているのか。不幸中の幸いだな。おもしろいことになったぞ。どれくらい食い込んでいるか見てくる。」

啓四郎はクレーンのアームが食い込んでいる状態を調べるために五番目のシーモーラーの所に走っていった。

「どの程度食い込んでいるのですか。」

「大分食い込んでいるみたいだよ。あれだけ食い込めば簡単には外れないと思う。」

啓太ははしゃいで言った。バーデスも様子を見るためにびっこをひきながら歩き出した。三台目のシーモーラーの場所に来た時バーデスは五台目のシーモーラーを見て戻ってくる啓四郎と会った。

「バーデス。クレーンのアームはシーモーラーに深く食い込んでいるし折れ曲がって桟橋の橋げたにも食い込んでいる。あの状態なら絶対に外れないよ。シーモーラーはこれ以上動くことはない。」

「そうですか。よかったです。」

「これでミサイルは盗まれないね、親父。」

「ああ、これで一安心だ。」

ハーデスと啓四郎が喜びの握手をした。その時、ピーンと張っているワイヤーロープが緩みシーモーラーがわずかに後ろの方に移動した。

「親父、ワイヤーロープが緩んだよ。どうしてだろう。」

「本当だ。潜水艦がシーモーラーを牽引するのを止めたのだろうか。」

「もしかしたら、潜水艦がワイヤーロープを解いたかもしれないよ。」

と啓太は言ったが、バーデスはワイヤーロープが緩んだのが気になり天願桟橋の先端に向かって歩き出した。

「彼らがミサイルを簡単にあきらめるとは考えられません。」

「それは言える。」

啓四郎もバーデスの考えと同じだった。

バーデス、啓四郎、啓太は桟橋の突端の方に行き潜水艦を見た。潜水艦とシーモーラーを繋いでいるワイヤーロープは大きく揺るんで海面に沈んでいた。潜水艦が桟橋にゆっくりバックしてくる。

「シーモーラーが止まった原因を調べに戻ってきたな。」

「五台目のシーモーラーにクレーンのアームが食い込んでいるのが分かれば、ミサイル窃盗団は五台目のシーモーラーを切り離します。」

「そうだろうな。」

「彼らを上陸させてはいけません。」

「ああ、分かっている。」

啓四郎は拳銃を握り締めた。啓太も拳銃を握り締めた。

「啓さんと啓太さんは右端の方に移動してください。そして、私が合図したら桟橋から潜水艦に盲目撃ちをして下さい。彼らはすぐに銃で反撃してきますから絶対に体を出してはいけません。」

啓四郎と啓太は頷いた。

「分かった。」

啓四郎と啓太はバーデスの指示に従って桟橋の右側に移動して身を伏せた。バーデスは桟橋の左側に移動して身を伏せて潜水艦の様子を見た。

潜水艦の船尾が桟橋にゆっくりと近づいて来た。潜水艦のハッチが開いた。最初に顔を出したのは大城だった。自動小銃を持った大城がハッチから出てきた。大城はハッチから下りると桟橋に向けて自動小銃を構えた。次に梅津がハッチから顔を出し潜水艦の甲板に降りた。梅津も桟橋に向けて自動小銃を構えた。次にトンチーがハッチから出てきた。トンチーは拳銃を構えた。最後に梅沢が出てきた。梅沢の手にも自動小銃が握られている。甲板に自動小銃を構えた三人の男と銃を構えた一人の男を乗せたまま潜水艦はゆっくりと栈橋に近付いて来た。バーデスは潜水艦の潜望鏡を見ながら、近づいてくる潜水艦との距離を測った。啓四郎と啓太は栈橋に身を伏せたままバーデスの合図を待った。潜水艦はゆっくりと近づいてくる。

バーデスが手を上げた。啓四郎と啓太はバーデスに指示された通り、拳銃の銃身だけを栈橋の先端から突き出して数発撃った。直ぐに梅沢、梅津、大城の自動小銃が反撃の火を吹いた。キンキンキンキンと栈橋に設置されたローラーが金属音を発した。顔を出したら一瞬の内にハチの巣になるだろう。啓四郎と啓太は梅沢達の銃撃が止むのを待って再び拳銃を数発撃った。梅沢達は直ぐに反撃した。啓四郎、啓太の反対側に身を伏せているバーデスは啓四郎、啓太の方に注意を向けている梅沢達に気付かれないように四人の立っている位置を確かめた。それから身を伏せて潜水艦との距離を目測した。啓四郎と啓太は銃を撃つのを止めて身を伏せ、バーデスの次の合図を待った。

三十五メートル三十メートルと潜水艦と栈橋の距離は狭まってきた。二十五メートル、二十メートル。バーデスが合図をした。栈橋から銃身だけを突き出している啓四郎と啓太の拳銃が連続して火を吹いた。大城の自動小銃が反撃の火を吹き、梅津の自動小銃と梅沢の自動小銃からも火が吹いた。栈橋に銃弾の当たる金属音がキンキンと激しく響いた。啓四郎と啓太は銃を打ち続けた。梅沢、大城、梅津、トンキーの四人は啓四郎と啓太に集中している。バーデスは素早く起き上がり膝立ちすると両手でコルト45オートマチックを握り、自動小銃を撃ちまくっている大城に銃口を向けた。

バーデスのコルト45オートマチックがパンパンと火を噴いた。大城が膝をがくっと折ったまま海に転げ落ちた。啓四郎と啓太の銃撃に気を奪われていた梅沢達はバーデスの存在に気付かなかった。バーデスのコルト45オートマチックの銃口は大城が膝をがくっとさせた時には梅津に向かって火を噴いた。銃弾は梅津の胸と腹に当り、梅津はがくんと腰を折って潜水艦の甲板に倒れこむとずるずると海面に滑り落ちていった。梅沢は啓四郎と啓太の銃声とは別の場所からの銃声に気づいた。梅沢は栈橋の右側を見た。梅沢は栈橋で膝立ちになっているバーデスに見つけ自動小銃をバーデスに向けた。しかし、梅沢の自動小銃が火を噴く前に怒りを込めたバーデスのコルト45オートマチックの銃口が火を噴いた、梅沢は胸に二発の銃弾を食らって後ろに仰向けに倒れて海に転げ落ちた。最後に残ったトンチーもバーデスに気づきバーデスに向かって拳銃を撃ったが、バーデスの放った銃弾にトンチーは弾き飛ばされて海に転げ落ちた。銃撃戦が止んで暫くすると潜水艦のハッチから男が顔を出して回りを見まわした。次の瞬間、男の額から血が吹き出て男は潜水艦の中に落ちていった。

潜水艦のハッチは閉じられた。潜水艦のスクリューが回転して白い泡が浮いてきた。潜水艦は栈橋から離れていった。

潜水艦は海面に浮いたまま次第にスピードを増していく。潜水艦が栈橋から離れるに従い潜水艦のウィンチは逆回転して巻かれているワイヤーロープを解き放していった。五十メートル、百メートル、百五十メートルと潜水艦は栈橋から遠のいていく。遠のいていきながら潜水艦のスピードは増していった。バーデスは不安そうに潜水艦が遠のいて行くのを見つめていた。二百メートル、二百五十メートル。潜水艦がスピードを上げてそのまま走り続けるとワイヤーロープは切れてしまうのか。それとも強引にシーモーラーを海に引きずり込んでしまうのか。啓四郎も不安になってきてバーデスの側で潜水艦を見つめた。三百メートル。潜水艦とシーモーラーを繋いでいるワイヤーロープがグーンと伸びた。海中に沈んでいたワイヤーロープが浮き出てきて滴を滴らせながら海面から離れてピーンと伸びきった。シーモーラーが前進した。バーデスと啓四郎はシーモーラーと潜水艦を交互に見ながら最悪の予感が的中しないことを祈った。潜水艦とシーモーラーを繋いでいるワイヤーロープが切れれば潜水艦だけ逃げることができる。それはよしとしよう。しかし、一台目のシーモーラーと二台目のシーモーラーを繋ぐワイヤーロープが切れると一台目のシーモーラーは栈橋から落ちて潜水艦に牽引されていく。二台目のシーモーラーと三台目のシーモーラーを繋ぐワイヤーロープが切れれば二台のシーモーラーが潜水艦に牽引されていく。四台目のシーモーラーと五台目のシーモーラーを繋ぐワイヤーロープが切れたら四台のシーモーラーが潜水艦に牽引されていく。最悪の場合は四基のミサイルが日本国外に運び去られるのだ。バーデスにとっては一基のミサイルが日本国外に運び去られるだけでも最悪である。

バーデス、啓四郎、啓太は栈橋に立ち潜水艦を見詰めた。潜水艦は栈橋から四、五百メートル離れた沖でワイヤーロープを引っぱってもがいている。波が次第に高くなり、潜水艦は上下に大きく揺れ始めた。

風と雨は次第に激しくなり、潜水艦は激しい波に大きく揺れた。怒り狂い始めた海には潜水艦も一葉の枯れ葉のようだ。バーデスはじっと荒波に弄ばれるように大きく浮き沈みする潜水艦を見続けていた。潜水艦はまるでトローリングで釣られたカジキの最後のあがきにも似ていた。

シーモーラーを繋いでいる全てのワイヤーロープはピーンと伸びきった。潜水艦がこれ以上前進するのは不可能だろう。

「あれ。」

ワイヤーロープを見つめていた啓四郎がワイヤーロープの異変に気づいた。ワイヤーロープがどんどん海底に沈んでいくのだ。

「ワイヤーロープがどんどん沈んでいく潜水艦が深く潜っているにしても変だ。どうしたのだろう。」

と啓四郎は言った。啓太とバーデスもワイヤーロープを見た。ワイヤーロープはなおも深く沈み九十度近く折れ曲がった。

「海がこんなに深いかな。おかしい。」

バーデスの顔に笑みがこぼれた。

「潜水艦はシーモーラーを繋いでいるワイヤーロープを切り離したようです。」

「ああ、なるほど、それでシーモーラーは海底まで沈みワイヤーロープは直角に近く曲がっているんだ。これでミサイルが盗まれることは一〇〇パーセントなくなった。良かったなバーデス。」

「ありがとう。啓さん、啓太さん。」

三人はほっとし、抱き合いそして握手した。

何時の間にか海が荒れているだけではなく桟橋も風が強くなっていた。

「バーデス。そろそろ引き揚げたほうがいいだろう。」

啓四郎の声にバーデスは我に帰り、辺りを見まわした。

空はどんよりと曇り、風は激しくなっている。雨も降ってきた。台風の目はすでに去ったようだ。吹き返しの暴風雨は激しくなるのが早い。もう直ぐ風速四十メートルの暴風雨が猛威を振るうだろう、海は荒れ狂い二十メートル以上を越す波が桟橋を襲ってくるに違いない。バーデスは啓四郎に安堵の微笑みを見せた。

「もう大丈夫だ。啓さん。ミサイルは盗まれない。」

「そうですね。啓さん。早くこの場から引き揚げましょう。」

啓四郎と啓太は両脇からバーデスを支えながら、激しい雨と風と波が襲ってくるようになった天願桟橋から海岸に戻っていった。

「困ったな。バーデスを病院に連れて行って傷の手当てをしなればならないが、拳銃で撃たれたことがばれるかも知れない。拳銃で撃たれた傷だと分かれば病院は警察に連絡するに違いない。」

「そのことなら大丈夫です啓さん。浦添市で開業している友人がいます。彼なら警察に連絡するようなことはありません。啓さん、私を浦添市まで連れて行ってください。」

「わかった。啓太はコンビニに戻れ。俺はバーデスを浦添市の病院に連れていく。」

「その前に三人でコンビニに行ってくれないかな。」

「どうして。」

「どうしてって。僕が由利恵に怒られるのは目に見えているじゃないか。由利恵から三回も電話があったんだ。それなのに僕は電話を取らなかったんだ。由利恵はとても怒っているよ。由利恵の怒りが静まるように親父が由利恵にうまく弁解してくれよ。」

「仕様のない息子だ。バーデスがある事情で大怪我したからとでも電話で言っとくよ。」

「それで由利恵は納得するかなあ。心配だ。」

「じゃあ、バーデスが交通事故に巻き込まれたことにしよう。お前も擦り傷が多いからバーデスの車に乗っていたことにするのだ。」

「それなら納得するかも。親父、うまく説明してくれよ。」

啓四郎は苦笑いした。

「しかし、由利恵さんは勘の鋭い女性だからなあ。俺の嘘を見破るかも知れない。お前がバーデスの車に乗っていたというのは変だし、バーデスを見舞いに行って、俺の言ったことが本当かどうかバーデスに聞く可能性があるな。」

「そんなことはしないだろう。」

「お前がそう思うならそう思えばいい。思うのは自由だから。」

「ああ、不安だ。バーデス、由利恵に聞かれたらバーデスの傷は交通事故の性にしてくれよ。」

「バーデスは真面目で嘘をつけないからな。バーデスの嘘は由利恵さんに直ぐばれる。」

「ああ、どうしよう。コンビニに行くのが恐いよ。」

啓四郎はにやにやした。バーデスは笑いを噛み殺したために脇腹の傷が痛くなった。

急に風雨が弱まった。台風のエアーポケットだ。数分すると再び激しい風雨が襲ってくる。

「親父。僕達はヒーローだね。明日の新聞に掲載されないかな。なにしろミサイルを盗もうとした大窃盗団をやっつけたのだからな。警察から表彰されるに違いない。そういうことになったら由利恵も僕を見直すに違いない。」

「俺達のことが新聞に掲載されてみろ、ミサイル窃盗団の仲間は黙っていないだろうよ。なにしろ俺達は窃盗団の仲間を殺しただけでなく何十億という儲けをふいにさせたんだ。俺達への恨みは計り知れない。ミサイル窃盗団は殺された仲間の敵討ちに俺達の命を狙うかもな。」

啓太は「まさかあ。」と言いながらも不安な顔になった。

「それにな啓太。お前は日本警察の嫌らしさをまだ御存知ないようだ。俺達はヒーローどころかミサイル窃盗団の一味と勘ぐられるかも知れないぞ。」

「まさか。そんなことはないよ。」

「まあ、ミサイル窃盗団とは思わないとしても、俺達はヒーローどころか犯罪人にされてしまうだろうな。まあ、無期懲役は間違いないな。」

「それはないだろう親父。」

「考えてもみろよ。俺達は法律で禁じられている拳銃を撃ちまくったんだぜ。銃刀法違反だ。それに吉原の急坂で車を突き落とした。あの車に乗っていた奴は死んじまっただろう。ということは殺人罪だ。それに中部病院で撃ち殺された男がいたな。あれも俺達が殺したと警察は勘ぐるだろうな。それに天願桟橋に入ったからアメリカ軍の敷地内への侵入、それも犯罪だ。天願桟橋では十人以上の死傷者を出した。十人以上も死傷者を出したとなると、こりゃあ死刑になるな。運良く死刑にならないとしても、無期懲役は免れないだろうよ。」

「冗談だろ親父。」

「ま、警察とはそんな所よ。」

「じゃ、僕が警察に行ったのはまずいな。僕は顔を知られているから疑われるよ。」

「かもな。」

「どうしよう。親父、どうしよう。」

「俺やバーデスのことは絶対に警察には話すなよ。警察もお前一人でミサイル窃盗団をやっつけたとは信じないだろう。まま、通り掛かりにミサイルを運んでいるのを見ただけだと言い張ることだ。」

「見ただけだと言い張れば疑われずに済むかな。」

「それは分からん。なにしろ日本の警察は陰険で疑り深いからな。とにかく俺とバーデスのことは絶対に警察に話すな。最悪の場合は啓太ひとりで罪をしょってくれ。」

「ああ、どうしよう。親父、どうしよう。」

「アハハハハハハ。」

終わり

２０１７年７月１０日発行
台風十八号とミサイル
　定価１５６６円(消費税込)

編集・発行者　又吉康隆
発行所　ヒジャイ出版
〒　９０４-０３１４
沖縄県中頭郡読谷村字古堅５９-８
電話　〇九八-九五六-一三二〇
印刷所　東京カラー印刷株式会社
ISBN978 - 4 - 905100 - 24 - 9
C0093

著者　又吉　康隆
１９４８年４月２日生まれ。読谷村出身。
琉球大学国文学科卒。

発売中

一九七一Mの死　著者・又吉康隆
定価1188円(税込)

ジュゴンを食べた話　著者・又吉康隆
定価1620円(税込)

バーデスの五日間　著者・又吉康隆
上巻1404円(税込)下巻1296円(税込)

おっかあを殺したのは俺じゃねえ　著者・又吉康隆
定価1458円(税込み)

沖縄に内なる民主義はあるか　著者・又吉康隆
定価1620円(税込み)

翁長知事・県議会は撤回せよ謝罪せよ　著者・又吉康隆
定価1080円(税込)

あなたたち　沖縄をもてあそぶなよ　著者・又吉康隆
定価1458円(税込)

マスコミが伝えない沖縄革新の実態
違法行為を繰り返す沖縄革新に未来はあるか
著者・又吉康隆
定価　1404円(税込み)

県内取次店
沖縄教販
〒900-0037
沖縄県那覇市辻1-17-1
TEL　098-868-4170

本土取次店
(株)地方小出版流通センター
〒900-0037
東京都新宿区南町20
TEL　03-3260-0355
FAX　03-3235-6182
取次店はネット販売をしています。